La forêt des assassins

Mathieu BERTRAND

La forêt des assassins

M+ ÉDITIONS
12 rue de la Part-Dieu
69003 Lyon
mpluseditions.fr

Composition Marc DUTEIL
ISBN 978-2-38211-070-6

Prologue

1982, Périgord

Elle était couchée sur le sol depuis une heure. Peut-être plus. Elle ne savait pas. Sophie Raignal avait perdu toute notion de temps depuis qu'elle s'était effondrée. En de brefs allers-retours et au rythme des coups de boutoir de ses violeurs, son dos frottait sur les tomettes qui composaient le sol de la salle de séjour. C'était le quatrième qui la pénétrait depuis que le groupe d'hommes, qui se faisaient appeler les Dignitaires, avait fait irruption dans sa maison pour la punir. Peut-être le cinquième. Elle l'ignorait. Et la punir de quoi ? Ils étaient tous devenus fous à lier…

Sophie les connaissait depuis si longtemps. Elle les avait accueillis sur son domaine de nombreuses années auparavant. L'époque était alors à la douceur de vivre et à l'amour libre, mais surtout à la création d'un utopique village du bonheur par des idéalistes. Ces derniers, d'année en année, avaient fini par se transformer en une communauté située à mi-chemin entre un groupe d'ex soixante-huitards et une secte religieuse aussi rigide dans ses pratiques qu'intolérante envers ses propres membres.

Elle ne regardait pas le visage de celui qui était en train de l'avilir. La tête tournée vers la droite, la joue posée sur le sol, elle n'osait pas affronter les traits de cet énième salopard qui prenait plaisir à la déshonorer pendant que les autres psalmodiaient, chacun le nez plongé dans son Livre de Dieu. Elle avait d'abord crié mais le village avait ignoré sa détresse. Non par laxisme, mais plus sûrement par peur des Dignitaires… Elle avait ensuite pleuré. Et enfin, plus rien… Elle ne parlait plus. Même sa respiration semblait au ralenti. Les pensées de Sophie n'étaient plus habitées que par un souhait : que tout cela se termine au plus vite et que le souffle de vie qui animait encore son corps souillé s'éteigne définitivement.

À quelques centimètres de la bouche de Sophie, l'homme grognait de plaisir en lui crachant au visage son haleine répugnante, vague mélange de tabac brun et de café.

Le Guide, celui par qui toute cette folie avait débuté, se pencha par-dessus l'épaule du violeur et s'adressa de nouveau à sa victime :

« Ma sœur, tu as vécu dans le vice et la perversion. Rappelle-toi ce qu'a dit Matthieu au chapitre 26 verset 52 ! *Alors Jésus lui dit : remets ton épée à sa place ; car tous ceux qui prendront l'épée périront par l'épée*. Toi qui as vécu par le sexe, tu vas donc périr par le sexe. Mais d'abord, repens-toi et dis-moi ce que je dois savoir ! Celle qui t'a avortée sera pardonnée car elle est venue se confesser. Mais l'homme qui t'a fait ça, qui est-il ?

Parle ! ordonna-t-il en hurlant, un doigt accusateur pointé vers elle. »

Le regard de la jeune femme glissa sur les tomettes rouge-ocre avant de courir le long de la plinthe qui décorait le bas des murs de la pièce et de tomber sur la porte entrebâillée de la chambre voisine.

Une larme glissa sur son visage alors que l'homme finissait sa besogne dans un soupir de satisfaction. Il se retira pour laisser sa place à un autre qui posa son Livre de Dieu sur la table, se pencha sur elle et la pénétra à son tour. Pendant que les va-et-vient qui salissaient un peu plus son corps à chaque instant reprenaient, les yeux de la jeune femme abandonnèrent le vernis patiné de la vieille porte pour venir se poser sur le bout de ses doigts. Son regard longea son bras droit étendu sur le sol et rencontra un étui à couteau. Il pendait à la ceinture du pantalon à peine entrouvert du violeur et se balançait au rythme du mouvement de ses hanches.

Elle ferma les yeux et laissa ses doigts effleurer le manche de l'arme. Doucement, elle la saisit et la sortit de son étui.

Non, pensa-t-elle, *je ne leur laisserai pas le plaisir de me lapider quand ils en auront fini avec ma soi-disant punition.*

– Qu'est-ce qu'elle fait ? cria l'un des hommes, en désignant la main armée de la jeune femme.

Avant que l'un des Dignitaires n'ait eu le temps de réagir, Sophie s'était enfoncé la lame dans le foie jusqu'à la garde. Son visage, animé d'une grimace de douleur, se tourna enfin vers celui du violeur qui était en train de se retirer en hurlant son dégoût.

– Vous ne saurez jamais. Par contre, vous paierez ce que vous venez de faire. S'attaquer à une Raignal, c'est s'attaquer à la mort elle-même… souffla-t-elle dans un ultime soupir alors que ses yeux se fermaient doucement.

1

Paris, 2022

Patricia Lagazzi, allongée sur le ventre et la tête tournée vers la table de nuit, regardait son téléphone vibrer à côté du réveil dont l'écran numérique affichait dix heures quinze. Cela faisait quatre, peut-être cinq fois qu'il sonnait. Elle ferma les yeux en soufflant. La jeune femme savait que des appels à répétition comme ceux-ci ne pouvaient provenir que des bureaux de la section Alésani, pour laquelle elle travaillait depuis plusieurs années.

Doucement, elle tendit son bras et saisit le portable qu'elle finit par coller à son oreille dans un geste d'une lenteur déconcertante.

– Bonjour, vilaine fille, dit-elle, la voix encore à moitié endormie.

– Bonjour ma belle, répondit Véronique. Je suis désolée de te déranger pendant tes congés. Tu es seule ?

– Oui. Éva est repartie hier soir à l'EOGN[1]. Sa formation d'officier n'en finit pas mais elle

1. EOGN : École des officiers de la gendarmerie nationale.

s'accroche. J'ai l'impression que c'est devenu encore plus difficile qu'à mon époque.

– Ça a l'air de bien *matcher* toutes les deux ? avança la secrétaire.

– Oui, je reconnais que ça se passe super bien. Elle est adorable. Mais je suppose que tu ne m'appelles pas pour me parler de ma vie sentimentale ?

– On a quelque chose pour toi, confirma Véronique dont la voix venait de changer d'intonation. Après, si tu préfères qu'on attende lundi que tu rentres de vacances, c'est comme tu veux…

– Non, vas-y ! J'adore le côté « corvéable à merci » du job de commandante de gendarmerie.

– Bienvenue dans les services secrets, ma chérie ! Deux meurtres un peu bizarres, tu prends ?

– Les trucs bizarres, c'est bien pour ça qu'a été créée la section Alésani, non ? Alors je t'écoute !

Patricia s'assit au bord du lit et glissa ses AirPods[1] dans ses oreilles avant de se lever. Elle se dirigea aussitôt vers la cuisine, au moment où Véronique commençait l'exposé de l'affaire.

– Bon, pour l'instant, je n'ai pas grand-chose ! C'est tombé ce matin par mail mais certains trucs ont attiré mon attention.

– Vas-y ! dit Patricia en appuyant sur le bouton de la machine à capsules, d'où s'écoula immédiatement l'un des trois cafés qu'elle allait enchaîner les uns derrière les autres, avant même d'aller prendre sa douche.

---

1. Écouteurs sans fil connectés à un téléphone portable.

– OK. Alors voilà : notre histoire se déroule au fin fond de la Dordogne, quelque part entre Périgueux et Sarlat-la-Canéda, dans un village qui ne semble même pas exister…

– Comment ça : « ne semble même pas exister » ? coupa la commandante de gendarmerie.

Tout en parlant, cette dernière venait d'allumer une Marlboro et s'était installée à la table de la cuisine devant sa tasse fumante.

– En fait, c'est un lieu-dit perdu au sommet d'une colline où des espèces de hippies ont élu domicile au début des années soixante-dix.

– Ils n'ont pas été les seuls. Je crois que durant cette période, beaucoup de communautés, plus ou moins adeptes de la vie sans contraintes et de la cigarette parfumée aux herbes de Provence, ont vu le jour un peu partout.

– C'est juste. Sauf qu'apparemment, le groupe dont je te parle existe toujours et vit en totale autarcie dans un patelin qui n'est même pas accessible par la route. D'après le mail que j'ai sous les yeux, les gendarmes les plus proches sont ceux de Brélac-sur-Vézère, et même eux ne savent pas vraiment ce qui s'y passe.

Patricia se leva et alla faire couler son deuxième café tout en enchaînant sa deuxième cigarette. Elle toussa un peu puis retourna s'asseoir.

– Ça va ? questionna la secrétaire.

– Oui mais ces putains de clopes vont finir par me tuer. Il faut vraiment que j'arrête.

– Je te signale que tu me répètes ça quasiment tous les matins.

– Je sais. Bon, tu disais quoi ? Que même les gendarmes sur place ne savent pas ce qui se passe chez les hippies ?

– Non, mais bon, la gendarmerie locale est l'une des plus petites brigades de France. Ils ne sont que six, et à mon avis, ils sont bien plus habitués à courir après les voleurs de poules ou les violeurs de chèvres qu'après les meurtriers. Un peu comme les gendarmes de Saint-Tropez, tu vois…

La commandante éclata de rire. Elle se leva et posa sa tasse dans l'évier. Le troisième café serait pour plus tard.

– Et en quoi cette histoire est-elle susceptible d'intéresser la section Alésani ? questionna-t-elle, intriguée.

– Les deux mecs assassinés ont été retrouvés dans des positions vraiment bizarres. Comme une espèce de mise en scène… ou peut-être un message que le tueur a voulu faire passer. Difficile à dire…

– Du genre ?

– Du genre : la première victime a été retrouvée avant-hier matin, attachée sur une chaise en plein centre du village.

– Original… Et la seconde ?

– La seconde a été découverte hier, exactement dans la même position et au même endroit. À croire qu'à peine le légiste parti avec le premier corps, le meurtrier en avait mis un autre à la place.

– Tu… Tu plaisantes ?

– Non, je te jure. J'ai trouvé ça super bizarre. Tu en penses quoi ? Tu prends ?

– Bien sûr que je prends. À part le mail, tu as autre chose ?

– On te prépare un dossier, répondit Véronique. On est en train de collecter tout ce qu'on peut. Je pense que j'aurai un truc à te présenter d'ici le début de l'après-midi. Tu veux que je t'envoie déjà ce qu'on a ?

– Non. Je n'ai pas fini mon petit déj. Fais couler le café, je serai au bureau dans une heure.

– Tu ne finis pas tes congés tranquillement ?

– Rien à foutre. De toute façon, maintenant qu'Éva est repartie, je n'ai plus rien à faire. À tout à l'heure !

Patricia ôta ses AirPods avant d'aller prendre une douche. Moins de trente minutes plus tard, elle quittait son domicile. Elle avait un physique particulièrement élancé et était habituée à sentir le regard des hommes se poser sur ses courbes. Elle était souvent vêtue d'un pantalon et d'une veste en cuir noir et se maquillait dans des tons très foncés. Ses cheveux courts plaqués en arrière par du gel et sa ressemblance frappante avec Trinity, l'héroïne de la série cinématographique *Matrix*[1], lui valaient régulièrement des sifflets dans la rue ou des regards désobligeants de la part des ronds-de-cuir du ministère. Elle s'en fichait et adorait cultiver son style légèrement gothique.

---

1. La trilogie MATRIX, avec l'acteur Keanu Reeves, est une série cinématographique américano-australienne réalisée par les sœurs Lana et Lilly Wachowski. Le rôle de Trinity y est tenu par l'actrice Carrie-Anne Moss.

Elle arriva à onze heures quarante-cinq devant le ministère de l'Intérieur. Les locaux de la section Alésani étaient situés au second sous-sol de la place Beauvau, dans un endroit connu d'une dizaine de personnes seulement.

La commandante s'interrogeait souvent sur les raisons qui poussaient systématiquement les ministres successifs à nier l'existence de ce service et elle en arrivait toujours aux mêmes conclusions : soit les enjeux en matière de « secret-défense » étaient trop importants, soit les Français n'étaient pas encore prêts à croire en certaines choses qui relevaient bien plus du paranormal que de la réalité à laquelle ils étaient confrontés dans leur vie quotidienne. Patricia optait pour la seconde explication.

À onze heures cinquante-cinq, elle pénétrait enfin dans le bureau de Véronique qui faisait office de secrétaire et d'agent de liaison. La pièce voisine était quant à elle occupée par deux adjointes administratives en charge de tout le volet logistique.

Un second poste d'officier était vacant, mais à ce jour le ministre ne semblait pas pressé de recruter, sûrement en raison du profil atypique et des connaissances ésotériques qu'exigeait un tel emploi. D'autant que l'embauche d'un nouvel officier dans le service devait être aussi validée par le dirigeant des Ghjuvannali, un petit groupe religieux descendant des fondateurs de la section Alésani[1].

Si cette double tutelle, hiérarchique et spirituelle, ne causait pas spécialement de problèmes dans le fonctionnement du service, dès qu'il était question de recrutement ou de budget, les politiques et les religieux paraissaient avoir du mal à tomber d'accord sur la ligne de conduite à adopter.

– Coucou ! s'écria Patricia.

Véronique, absorbée par les données affichées sur l'écran de son ordinateur, ne répondit pas, se contentant de montrer, le bras tendu, que le café était chaud et n'attendait plus que le bon vouloir de la commandante Lagazzi. Cette dernière se servit sans un mot puis vint se placer derrière le fauteuil de la secrétaire pour découvrir ce qui semblait tant la captiver.

En plein écran, deux photos disposées l'une à côté de l'autre semblaient à première vue montrer la même scène, mais Patricia se rendit compte que les victimes étaient différentes. Des liens entourant le buste, les poignets et les chevilles maintenaient en position assise chacun des corps sur ce qui paraissait être un fauteuil à roulettes.

Patricia se pencha en avant et passa son bras sur le côté pour emprunter sa souris à Véronique. Aussitôt, elle agrandit les photos et scruta les images sous toutes leurs coutures. Elle s'attarda sur le visage des victimes.

1. Voir *La Porte d'Abaddon* du même auteur, aux Éditions M+

– Ils ont l'air vieux, fit remarquer la secrétaire.

– Ils doivent avoir au moins soixante-dix ans. On a leurs identités ?

– Non, pas encore. Ça ne devrait pas tarder.

Patricia lâcha la souris et alla s'asseoir sur la chaise devant le bureau de Véronique. Les yeux rivés sur le carrelage crème qui recouvrait le sol, elle se mit à réfléchir.

– Tu as l'air bien pensive...

– Je le suis. On a affaire à un sacré tordu.

– Pourquoi ? Tu as une idée ? s'enquit la secrétaire.

– Non, mais exhiber ses victimes de cette manière et enchaîner deux meurtres identiques à vingt-quatre heures d'intervalle, ça me laisse supposer que l'auteur a de la suite dans les idées.

– Tu penses que ce n'est pas fini ?

– J'en suis quasiment certaine, confirma Patricia.

– On prend donc l'affaire ?

– Oui. Préviens le procureur de Périgueux et la brigade de gendarmerie locale que j'arrive.

– D'accord. Et je te mets le dossier sur une clé USB ?

– Oui, merci. Ah oui, j'allais oublier, trouve-moi aussi qui est le légiste qui s'occupe des autopsies. C'est par lui que je vais commencer.

Moins d'une heure plus tard, la commandante avait terminé ses préparatifs de départ. Allongée sur son lit, elle étudiait une carte du département de la Dordogne sur son ordinateur portable.

« Véronique a dit Brélac-sur-Vézère, entre Sarlat-La-Canéda et Périgueux. Non, mais je rêve !

Le patelin n'est même pas indiqué sur la carte », constata-t-elle à voix haute, en plissant les yeux comme pour tenter de deviner où il pouvait bien se situer. « J'espère que Google Maps le connaît, au moins… »

Alors qu'elle se levait, son téléphone portable lui notifia un message entrant : *Les deux corps sont à l'institut médico-légal de l'hôpital Pellegrin à Bordeaux. Bon voyage. Bises. Véro.*

Elle saisit aussitôt le sac de sport qui la suivait dans chacune de ses missions et attrapa son manteau de cuir noir suspendu derrière la porte d'entrée. Quelques instants après, sa Golf s'élançait sur le périphérique parisien en direction de l'autoroute A10.

Patricia optait systématiquement pour des déplacements en voiture, y compris sur les longues distances, car dans le cadre de certaines de ses missions, qui pouvaient s'avérer très particulières, elle emportait dans son coffre du matériel qu'elle devait garder en permanence à portée de main.

Après un trajet effectué d'une seule traite, l'officier de gendarmerie arriva enfin sur le parking de son hôtel bordelais en début de soirée.

Tu manges quelque chose, tu te couches et demain matin, tu es à huit heures à l'hôpital Pellegrin, se dit-elle, en sortant de la voiture.

2

Patricia patientait depuis quelques minutes quand un grand gaillard de plus d'un mètre quatre-vingt-dix et de près de cent vingt kilos se présenta à elle.

– Commandante Lagazzi ?

– Oui, répondit-elle, en se levant immédiatement.

– Docteur Théveny. Suivez-moi, je vous prie.

Après un instant à longer le couloir du service de médecine légale de l'hôpital Pellegrin, le médecin et l'officier de gendarmerie pénétrèrent dans une salle dédiée aux autopsies. Des murs bleu pâle et un ameublement en acier inoxydable décoraient un lieu aussi froid et terne que pouvait l'être la mort elle-même.

Au centre de la pièce, une lampe scialytique, dont la taille démesurée rappelait bien plus un projecteur de stade de football qu'un dispositif conçu pour une salle d'opération, éclairait deux tables d'autopsie espacées de près d'un mètre l'une de l'autre. Sur chacune d'entre elles reposait un corps recouvert d'un drap blanc.

– Vous avez pu identifier les victimes ? questionna Patricia.

– Non. Je me suis rendu moi-même sur place quand elles ont été découvertes mais personne n'a été en mesure de nous révéler ne serait-ce que leurs noms. Il semble que, lors de l'installation de la communauté, ils aient tous fait le choix de brûler leurs pièces d'identité pour, selon eux, « ne plus être numérotés comme des moutons ».

– Apparemment, ils ont emménagé près de Brélac-sur-Vézère juste après soixante-huit…

– C'est ça. De vrais rebelles, sourit le médecin en découvrant les cadavres. Vous… Vous êtes habituée à ….

– Ne vous inquiétez pas. J'ai tendance à fréquenter assidûment les services de médecine légale. Peut-être même un peu trop…

Patricia s'approcha et observa les corps pendant plusieurs minutes sans émettre le moindre commentaire. Elle finit par demander :

– Je suppose que la cause de la mort a un lien direct avec cette plaie au niveau du cœur que l'on retrouve sur chacun des corps ?

– Tout à fait juste ! attesta le médecin. Vous avez affaire à un sacré cinglé.

– Développez.

– Le meurtrier a ouvert la cage thoracique de ses victimes puis a ôté le cœur *ante mortem.*

– Vous en êtes certain ?

– Vous voyez cette marque présente à la pliure du bras ?

Patricia s'approcha et confirma d'un geste de la tête.

– Qu'est-ce que c'est ?

– Vos victimes ont été perfusées.

– À quoi pensez-vous ?

– Je pense qu'à l'aide de cette perf, votre tueur les a anesthésiées afin de leur ouvrir la cage thoracique. Sans cette injection, elles seraient probablement mortes d'une crise cardiaque bien avant qu'il n'atteigne un organe. Ensuite, soit il leur a arraché le cœur dans la foulée soit...

– Soit ?

– Soit il les a laissées se réveiller pour leur ôter le cœur alors qu'elles étaient conscientes. Je pencherais plutôt pour cette seconde hypothèse.

Patricia hocha de nouveau la tête en continuant à observer les corps.

– D'après vous, c'est un travail de professionnel ?

– Vous pensez à un médecin ? Non, pas du tout ! Après avoir terminé sa besogne, il a recousu la cage thoracique, mais un élève de première année de médecine aurait fait quelque chose de bien plus propre. J'en ai vu des trucs, depuis que je suis légiste, mais celui qui a fait ça, ajouta le docteur Théveny, ce n'est pas un meurtrier, c'est un boucher...

– Ou simplement une personne qui éprouvait une sacrée haine envers eux... Autre chose ?

– Le premier examen a révélé plusieurs lacérations au niveau des épaules, des bras et du cou. Probablement dues aux cordes qui ont servi de liens pour maintenir les corps attachés sur les fauteuils. À cela, il faut ajouter de multiples fractures des côtes, des bras et des hanches. Et autre chose...

– Oui ?

– Ils ont tous deux été émasculés. Vraisemblablement à vif, alors que la cage thoracique était déjà ouverte mais que le cœur battait encore.

– Les pauvres, soupira Patricia. Personne ne mérite de mourir dans autant de souffrances…

La commandante de gendarmerie s'arrêta soudainement de parler. Penchée au-dessus de l'une des victimes, elle plissa les yeux pour tenter de deviner ce que représentait la marque gravée dans le cou qu'elle venait d'apercevoir. Elle se redressa et se rendit auprès du second corps.

– Oui ! confirma le médecin en lui tendant une loupe rectangulaire. Le second aussi présente une scarification dans le cou, probablement gravée dans la chair à l'aide d'un scalpel. Ou plus sûrement avec la pointe d'une lame de couteau.

Patricia observa la marque à l'aide de la loupe. La cicatrice formait un *IV*.

– Quatre en chiffres romains ?

– Tout à fait. Et sur l'autre corps, c'est un cinq.

Elle fit le tour de la table d'autopsie pour examiner le cou de la seconde victime. Au travers de la loupe grossissante, elle découvrit un V qui ne devait guère mesurer plus d'un centimètre de haut.

– Si votre meurtrier numérote ses victimes, il semble qu'il vous manque trois cadavres, fit remarquer le docteur Théveny.

– Ce n'est pas dit. Ces chiffres ont peut-être une autre signification.

– Peut-être, répondit-il d'un air sceptique. Vous avez besoin d'autre chose, Commandante ?

– Vous pouvez m'envoyer votre rapport par mail dès qu'il sera prêt ?

– Bien entendu. Vous partez pour Brélac-sur-Vézère ?

– Merci. En effet, il faut que j'aille me rendre compte par moi-même. D'autant que je suis loin d'être convaincue que le tueur va s'arrêter là, termina-t-elle, en posant un dernier regard sur les deux corps allongés.

– Je suis bien d'accord avec vous. Au revoir, Commandante Lagazzi.

– Au revoir, Docteur.

Une trentaine de minutes plus tard, quand la Golf de Patricia sortit de Bordeaux et prit la direction de Périgueux, la sonnerie du téléphone coupa la musique *metal* que les haut-parleurs du véhicule diffusaient à pleine puissance.

– Bonjour, ma belle ! Bien dormi ? demanda Véronique.

– Oui, l'hôtel était plutôt cool. Je viens de passer une bonne partie de la matinée avec le légiste et là, je file en direction de la Dordogne. Tu as eu le procureur et les flics locaux ?

– Oui, t'inquiète ! Ces derniers t'attendent et le magistrat va te laisser bosser tranquille. Mais il veut savoir ce qui se passe en temps réel.

– OK. Sinon, du nouveau ?

– Non, pas d'infos. Je pense que les gendarmes de Brélac t'en apprendront bien plus que moi sur cette communauté. Je n'ai vraiment rien découvert à part qu'il est impossible de trouver les noms de ses membres.

– Oui, le légiste m'en a parlé. Apparemment, ils ont brûlé toutes leurs pièces d'identité il y a plus de quarante ans, confirma Patricia.

– Et les corps, ça a donné quoi ?

– Le mec qui a fait ça n'est pas un simple tueur. Je pense qu'il y a autre chose. Ces meurtres n'étaient pas gratuits.

– Comment ça ? s'enquit la secrétaire de la section Alésani.

– Difficile à dire. Trop de violence, trop de haine dans les actes… Je ne sais pas…

– Une vengeance ?

– Peut-être… Les victimes ont chacune un chiffre romain gravé dans le cou. Un *IV* pour l'un et un *V* pour l'autre. Tu pourrais regarder si, par le passé, on a répertorié des marques de ce genre dans des homicides ?

– Pas de souci, je m'en occupe. On se recontacte ce soir ou demain matin. Fais attention à toi !

– Merci.

Patricia arriva à Brélac-sur-Vézère en milieu d'après-midi. *Ce village est identique à des centaines d'autres*, constata-t-elle en tournant la tête de tous les côtés quand elle sortit de sa voiture. Face à elle, trônait un monument aux morts en hommage aux victimes de guerre. Bordant la place centrale, elle aperçut, les uns à côté des autres, la mairie, l'église, l'école et un bar-restaurant. Le regard de l'officier tomba sur l'enseigne lumineuse aux couleurs du drapeau national qui indiquait la gendarmerie, dans une ruelle à une cinquantaine de mètres.

Elle dut sonner à l'interphone une bonne dizaine de fois avant qu'une voix ne daigne enfin se manifester.

– Bonjour. Vous désirez ?

– Bonjour. Commandante Lagazzi.

– Entrez ! répondit l'homme en déclenchant l'ouverture de la grille électrique.

« Putain, la commandante de Paris est déjà là ! » entendit-elle dans l'interphone en même temps que l'homme raccrochait. Elle sourit.

Une fois la grille passée, un gendarme vint accueillir Patricia dans la cour recouverte de gravier noir.

– Soyez la bienvenue, Commandante. Adjudant Perrin. C'est moi qui dirige cette brigade.

– Bonjour mon Adjudant, répondit-elle, un rictus au coin des lèvres, amusée par le moment de panique que son arrivée semblait avoir produit.

– Suivez-moi, proposa-t-il en désignant, le bras tendu, la porte d'accès aux bureaux.

Aussitôt entrée, Patricia balaya du regard le local d'une cinquantaine de mètres carrés. Les murs avaient autrefois dû être blancs. Ils étaient désormais d'une couleur indéfinissable située à mi-chemin entre un crème foncé et un gris ciment. Accrochée sur le mur du fond, trônait une affiche du film *Le marginal,* sur laquelle l'acteur Jean-Paul Belmondo arborait un léger sourire, presque neutre, en exhibant un revolver à la ceinture. *C'est rare de voir des gendarmes se permettre de décorer ainsi une salle qui reçoit du public,* pensa-t-elle. *Ce genre de déco est plutôt réservé aux policiers des commissariats parisiens.*

Ils ne doivent vraiment pas voir grand monde ici. En même temps, j'aime bien le côté anticonformiste du policier dans ce film. Je dois lui ressembler un peu par certains aspects...

Quatre bureaux étaient occupés par des gendarmes qui se levèrent aussitôt et se mirent au garde-à-vous.

– Repos, Messieurs ! On se détend, sourit-elle. Je ne suis pas en inspection. Je vois que vous avez été avertis de ma venue ?

– Oui, Commandante, confirma l'adjudant. Merci de venir nous prêter assistance dans cette enquête... compliquée. Nous sommes une petite brigade de six gendarmes dans un territoire particulièrement rural. Nous ne sommes pas très habitués à des homicides de ce type.

– Je vous rassure. Personne n'est habitué aux meurtres tels que ceux qui viennent de se dérouler ici. On peut faire le point ?

Alors que les quatre gendarmes se rasseyaient devant leur ordinateur respectif, Patricia se posa face au bureau de l'adjudant Perrin.

– Par où voulez-vous commencer, Commandante ?

– Par le début. Que pouvez-vous me dire sur cette communauté ?

– Cela fait une cinquantaine d'années qu'ils sont installés près de Brélac, mais paradoxalement on ne sait pas grand-chose d'eux. Pour ne pas dire rien du tout...

– Alors, dites-moi simplement ce que vous en savez.

– D'accord. Ils sont arrivés chez nous petit à petit, entre 1968 et 1971. Une fille du pays, Sophie Raignal, faisait ses études à la Sorbonne quand les évènements de mai soixante-huit ont éclaté. Héritière d'un ancien village abandonné transformé en ferme par son grand-père, elle a proposé à une quarantaine d'activistes étudiants plus ou moins désabusés par la fin de leur pseudo-révolution de venir s'installer chez elle, ici, en Dordogne.

L'un des gendarmes, un jeune homme d'une trentaine d'années, posa deux cafés sur le bureau de son chef. Patricia inclina la tête pour le remercier et saisit aussitôt l'une des deux tasses.

– Ici, les vieux se rappellent encore de l'arrivée des hippies parisiens avec leurs 2 CV repeintes en version psychédélique et leurs pantalons à fleurs, signala le jeune gendarme qui venait de servir le café.

– Ah oui, j'ai oublié de vous préciser que Guillaume est un enfant du pays. C'est le seul de la brigade et si vous avez besoin de renseignements, sachez qu'il est né ici et a passé toute sa jeunesse dans le village.

– C'est noté, répondit Patricia, en reposant la tasse vide sur le bureau. Continuez, mon Adjudant.

– Les premières années de leur installation, cela s'est plutôt bien passé. Ils avaient tous brûlé leurs pièces d'identité « pour ne pas être fichés », comme ils disaient, et vivaient de leur troupeau de brebis, de leur miel et de petits bijoux qu'ils vendaient aux touristes. Mais au bout de quelques années, ça s'est gâté…

– C'est-à-dire ?

– Alors qu'on les voyait régulièrement dans Brélac, ils ont commencé à ne plus se montrer. Progressivement, ils se sont renfermés sur eux-mêmes, jusqu'à ce qu'on finisse par ne plus du tout les voir. On a toujours supposé une dérive plus ou moins sectaire. Mais honnêtement, on n'en sait guère plus. Quand ils nous ont contactés pour le second homicide, cela faisait plus de vingt ans qu'un gendarme de la brigade n'avait pas croisé l'un d'entre eux.

– Comment ça ? Vous ne passez jamais dans leur coin, lors des rondes ? questionna la commandante d'un air surpris. Et pourquoi avez-vous parlé de second homicide ? Qui vous a avertis pour le premier ?

– Pour le premier, c'est la mairie qui a reçu un message anonyme. Sinon, pour les rondes, le problème, c'est qu'Anarchia est quasiment inaccessible. Il faut être équipé de véhicules tout-terrain que nous n'avons pas. Quand l'identification criminelle et le légiste sont venus, ç'a été très compliqué pour eux d'accéder au village.

– Anarchia ? C'est quoi ? Le surnom du patelin ?

– Tout à fait, confirma l'adjudant. C'est ainsi qu'ils ont baptisé leur coin. Et depuis, c'est comme ça que tout le monde l'appelle.

– Anarchia, répéta Patricia songeuse. Vous m'en direz tant…

– Vous savez, ils ne sont plus les révolutionnaires qu'ils étaient il y a cinquante ans. Ils ont désormais tous entre soixante-dix et quatre-vingts ans et ressemblent bien plus à des mormons débarqués des États-Unis du XIXe siècle qu'à autre chose…

– Vous savez quoi à ce sujet ?

– Pas grand-chose non plus. On sait qu'ils ont basculé dans la religion aux alentours de 1980, mais guère plus. Même s'ils se sont plutôt montrés de bonne volonté lors des interrogatoires, nous avons bien compris que parler de leur religion était tabou, car à la moindre question relative au sujet, ils devenaient très évasifs.

Patricia se leva et alla observer la carte IGN[1] fixée au mur, juste à côté du bureau de l'adjudant.

– Nous sommes ici, n'est-ce pas ? demanda-t-elle en désignant un point.

– C'est exact, répondit Guillaume en s'approchant. Et Anarchia est là, continua-t-il en posant son doigt sur un petit groupe d'une douzaine de bâtisses. Le sentier d'accès que vous voyez là traverse une forêt sur à peu près six kilomètres et est difficilement carrossable.

– Comment vous avez fait pour les corps ?

– Deux hélicoptères et deux véhicules tout-terrain des pompiers, intervint l'adjudant Perrin.

– Vous pouvez me trouver un 4x4 ? questionna Patricia. Je voudrais aller visiter Anarchia dès demain matin à la première heure.

– Je ne sais pas trop si les pompiers vont pouvoir nous en prêter un pendant tout votre séjour. Sinon,

1. Les cartes IGN sont des cartes topographiques élaborées par l'Institut géographique national. Elles sont généralement à l'échelle 1/25000e et permettent d'analyser le relief ainsi que toutes les routes, les chemins et les sentiers.

je peux demander un véhicule à la brigade de Sarlat…

– Non, je ne veux pas des espèces de SUV de la gendarmerie. Il me faut un vrai 4x4 capable de monter aux arbres. Trouvez-moi un Pajero ou un Land Cruiser. S'il le faut, louez-en un.

– Mon Adjudant, intervint Guillaume, l'un de mes cousins organise des balades touristiques en tout-terrain. Je peux peut-être lui demander ?

– Appelez-le immédiatement, ordonna-t-il, visiblement soulagé par la solution proposée par le jeune homme.

– Je pense à autre chose, coupa Patricia. C'est très bien que les habitants d'Anarchia aient appelé pour le second meurtre, mais vu qu'on ne sait pas vraiment qui habite là-bas, ils auraient pu tout aussi bien l'enterrer sans en parler et on ne l'aurait jamais su. C'est d'ailleurs ce qu'ils auraient peut-être fait sans le message anonyme dénonçant le premier meurtre. Je ne pense pas qu'un groupe d'anciens hippies, qui plus est transformé en une secte religieuse, raffole de la présence policière. Pourquoi nous ont-ils prévenus selon vous ?

L'adjudant balaya la pièce du regard à la recherche d'une réponse ou d'une aide parmi ses hommes. Après quelques secondes, ses yeux revinrent sur la commandante Lagazzi.

– Honnêtement, je n'avais pas vraiment réfléchi à ce point. Mais vous avez raison. Ils auraient pu ne jamais en parler. D'autant que je suis d'accord avec vous. Je suis loin d'être convaincu qu'ils soient fans des forces de l'ordre. À Anarchia, cela fait cinquante ans que c'est la loi de la communauté qui règne et non celle de la République... À moins qu'ils n'aient vraiment peur que la série de meurtres ne s'arrête pas à deux...

– Possible, répondit Patricia, sans pour autant sembler convaincue. Guillaume ?

– Oui ? répondit le jeune gendarme en se relevant de son bureau pour s'approcher.

– Le fait qu'ils aient appelé la gendarmerie m'intrigue. Vous qui êtes d'ici, pouvez-vous me dire où les habitants d'Anarchia enterrent leurs morts ?

– Co... comment ça ?

– S'ils ont tous entre soixante-dix et quatre-vingts ans et qu'ils habitent ce coin paumé de forêt depuis cinquante ans, je suppose qu'il y a déjà eu plusieurs décès parmi eux, non ?

– Oui... probablement...

– Je m'interroge donc sur le lieu des sépultures. Ils les enterrent dans le cimetière de Brélac-sur-Vézère ?

– Je n'ai jamais entendu parler du moindre mort à Anarchia. Ils doivent les enfouir quelque part sans rien dire à personne.

– D'où le fait que je sois étonnée de leur appel à la gendarmerie concernant ces deux meurtres...

– Ils veulent peut-être simplement que le meurtrier soit arrêté, supposa l'adjudant.

– Peut-être... Et les interrogatoires, ça a donné quoi ?

– Vous connaissez les trois singes de la sagesse, je suppose ? demanda-t-il, d'un air désabusé.

– D'accord, j'ai compris, grimaça Patricia. Personne n'a parlé, personne n'a rien vu et personne n'a rien entendu. C'est ça ?

– Vous avez tout compris, Commandante. Les deux morts ont été découverts le matin au réveil, assis sur des chaises en plein centre d'Anarchia, sans que personne n'ait rien vu ni entendu. En tout cas, d'après ce qu'ils disent…

– Et l'analyse de la scène de crime par l'identification criminelle, ça a donné quoi ?

– Ni empreintes, ni traces d'ADN, ni le moindre indice…

– En fait, on n'a rien !

– Désolé…

– Bon, nous reparlerons de tout ça demain matin, coupa Patricia, visiblement agacée par l'absence de la moindre information ou du plus petit indice. Vous avez de quoi me loger ?

– Le village dispose d'un petit hôtel. Il semble que votre service y ait réservé une chambre pour tout votre séjour. À moins que vous ne préfériez dormir à la brigade. Nous avons un logement de fonction vide…

– Non, l'hôtel, ce sera très bien, répondit la jeune femme en se levant.

– Justement, Commandante, si je peux me permettre, je n'ai pas très bien compris pour quel service vous travaillez…

Patricia Lagazzi arbora un petit sourire énigmatique qu'elle accompagna d'un clin d'œil.

– Si vous me le disiez, après, vous devriez me tuer, c'est ça ? dit l'adjudant en rendant son sourire à l'officier.

– C'est à peu près ça, confirma-t-elle. Guillaume, vous me guidez jusqu'à mon hôtel, s'il vous plaît ?

– Bien entendu, Commandante, répondit le jeune gendarme en raccrochant son combiné téléphonique.

– Pour la voiture, vous avez quelque chose ?

– Oui, je vous ai trouvé une Jeep Wrangler, dit-il avec satisfaction. Vous l'aurez pour demain matin neuf heures.

– C'est parfait. Merci et à demain, conclut-elle.

– Bonne soirée, Commandante, à demain matin, répondit l'adjudant pendant que les trois autres gendarmes se levaient pour saluer le départ de l'officier.

Quelques minutes plus tard, Patricia et Guillaume remontaient en silence ce qui semblait être la rue principale de Brélac. Le soleil était progressivement en train de laisser la place à la pénombre de la nuit tombante.

– J'ai l'impression que vous avez quelque chose à me dire... avança-t-elle.

– Oui, Commandante. Je n'ai pas osé en parler à l'adjudant car il ne croit pas trop à… comment dire… ?

– Aux choses étranges ? Ou aux légendes locales, peut-être ? suggéra Patricia.

– C'est ça ! Aux légendes locales !

– Je vous écoute.

Tous deux s'arrêtèrent de marcher et se firent face. Guillaume semblait soucieux.

– Voilà. Depuis qu'on a découvert les deux corps, les vieux de Brélac causent tous du retour du tueur des forêts.

– Le tueur des forêts ? De quoi parlez-vous ?

– Je ne sais pas vraiment. Personne ne sait d'ailleurs, répondit le gendarme en baissant le ton. Il se dit que tous les quarante ans, une âme errante de la forêt prend possession du corps d'un habitant du village pour en faire un meurtrier. Il devient alors le tueur des forêts et assassine des innocents pendant plusieurs jours avant que l'âme perdue ne se retire de lui. Une fois que c'est fait, le tueur ne se souvient même plus de ses meurtres.

– Comme si, tous les quarante ans, la forêt avait besoin d'un certain nombre de décès pour être satisfaite ?

– C'est un peu ça, confirma-t-il en continuant à baisser le ton pour finir par être presque inaudible. Il y a des rumeurs sur des massacres qui auraient eu lieu aux XVIIIe et XIXe siècles, mais rien de vraiment avéré… Par contre, ce qui est certain, c'est qu'un tueur a sévi à Brélac au début du XXe. Il a tué sept personnes en dix-neuf jours lors de l'année 1902, et puis plus rien.

– Il a été attrapé ?

– Non, on n'a jamais su qui c'était. Quarante ans plus tard, en 1942, un officier nazi a pété les plombs et a fait exécuter trente et une personnes en trois jours ; il s'est ensuite collé une balle dans la tête.

– En effet, tout cela est bizarre… Et je suppose qu'il y a eu quelque chose d'autre, quarante ans plus tard ?

– En fait oui, mais on ne sait pas quoi… On a tous entendu parler de crimes atroces qui se seraient déroulés en 1982, mais comme ils ont eu lieu à Anarchia, personne ne sait exactement ce qui s'est passé…

– Décidément, j'ai hâte de rencontrer les habitants de ce lieu, conclut Patricia. Demain matin, je voudrais que vous me guidiez jusque là-bas. Je vais avertir votre adjudant pour qu'il vous laisse à ma disposition pendant mon séjour. J'ai besoin de quelqu'un qui connaisse la région.

– À vos ordres, Commandante.

Une dizaine de minutes plus tard, Patricia s'était installée dans l'une des trois chambres du petit hôtel de Brélac. Après avoir déballé ses affaires et pris une douche, elle était descendue manger dans la salle de restaurant qui occupait tout le rez-de-chaussée. Unique cliente de la soirée, elle avait passé un moment agréable auprès de l'hôtelière qui avait fini par dîner avec elle en tête-à-tête. L'officier de gendarmerie avait apprécié le côté convivial de cette veuve de près de soixante ans qui avait abandonné Paris au décès de son mari pour venir s'installer dans ce petit village de Dordogne et reprendre un hôtel-restaurant fermé depuis une bonne dizaine d'années. Le commerce vivotait grâce aux chauffeurs routiers de passage mais surtout en donnant gîte et couvert aux randonneurs, Brélac étant une étape reconnue sur le chemin de Saint-Jacques-de-Compostelle.

À vingt-deux heures, Patricia éteignit la lumière de sa chambre et s'assit sur son lit, son ordinateur portable installé sur ses genoux. Le noir de la pièce, le reflet bleu de l'écran et le vert clignotant de l'enseigne de la pharmacie voisine qui se frayait un chemin entre les rideaux mal fermés conféraient une ambiance particulière au lieu. *L'impression d'être en boîte,* sourit la jeune femme. *Il ne manque plus qu'un peu de musique et un whisky-Coca et je m'y croirais presque...*

Après quelques recherches infructueuses sur le passé de Brélac et l'envoi d'un mail à Véronique dans lequel elle lui demandait d'effectuer des recherches sur les journaux de l'époque pour retrouver une trace des meurtres de 1902 et 1942, elle s'endormit, son ordinateur toujours allumé sur ses genoux.

3

Le lendemain, dès huit heures cinquante, Guillaume fit irruption dans le restaurant de l'hôtel pendant que Patricia terminait son petit déjeuner.

– Bonjour, Commandante. On peut y aller dès que vous êtes prête.

– Vous voulez un café ? demanda cette dernière sans lever la tête, les yeux rivés sur son *smartphone*.

– Non, je vous remercie.

– OK, on y va alors, conclut-elle en se levant. Je pense qu'une grosse journée nous attend.

Alors qu'elle passait son long manteau de cuir noir, Guillaume ne put cacher son étonnement à la vue des cuisses de Patricia, harnachées chacune d'un holster garni d'un pistolet automatique.

– Commandante, si je peux me permettre, on dirait…

– Oui, ce sont bien des Desert Eagle[1]. C'est mon côté un peu parano, sourit-elle, sans vouloir s'étendre sur une remarque quasi systématique

1. Le Desert Eagle est un pistolet semi-automatique de calibre 357 magnum, 44 magnum ou 50 action express conçu par Israël Military Industries (IMI) dans les années 1980. Il est particulièrement connu pour sa puissance de feu.

de ses nouveaux collègues, tant le port de ce type d'arme était interdit dans la presque totalité des services.

– Vous… vous êtes dans les services secrets ? C'est ça ?

– Décidément, le corps dont je fais partie a l'air de tous vous intriguer, répondit-elle en éludant la dernière question.

– Excusez-moi, je ne voulais pas paraître indiscret…

Dès que la commandante sortit, elle ne put s'empêcher un petit sifflement d'admiration devant le véhicule garé dans la rue. Une Jeep Wrangler surélevée, équipée d'énormes pneus à crampons et d'un pare-buffle chromé prêt à défoncer tout ce qu'il trouverait sur sa route, attendait les deux membres de la gendarmerie.

– Alors là, félicitations pour votre trouvaille. Vous remercierez votre cousin.

– Au prix où il nous loue ça, on n'a même pas de merci à lui dire, se contenta de répondre Guillaume. Vous préférez conduire, Commandante ?

– Je préfère.

Le jeune gendarme s'installa sur le siège passager et Patricia démarra le 4x4 dans le bruit sourd si caractéristique des véhicules tout-terrain de grosse cylindrée. Sitôt sortis de Brélac-sur-Vézère, ils bifurquèrent sur un chemin de terre qui menait vers une épaisse forêt visible à flanc de colline, huit cents mètres plus haut.

– Nous venions souvent jouer ici, avec les autres enfants du village, fit remarquer Guillaume quand la Jeep atteignit la lisière de la forêt. Puis, quand les disparitions ont eu lieu, nos parents nous ont interdit de revenir par là.

– Les disparitions ? répéta Patricia, en fronçant les sourcils. Quelles disparitions ?

– Je ne vous en ai pas parlé hier car ça n'a aucun lien avec notre affaire, mais en l'an 2000, il s'est dit à Brélac que trois randonneurs qui suivaient le chemin de Saint-Jacques-de- Compostelle avaient disparu dans cette forêt. Mais cela n'a jamais été vraiment prouvé.

– Comment ça ?

– Il y a eu une battue avec des chiens mais on n'a pas retrouvé la moindre trace de leur passage dans le coin. Ce sont leurs familles qui ont prétendu avoir perdu le contact avec les randonneurs lors de leur traversée de Brélac. Honnêtement, je n'en sais pas plus. Cette histoire est un peu tombée aux oubliettes depuis et plus personne n'en parle…

Le chemin qui menait à la forêt s'était petit à petit transformé en une piste caillouteuse. Patricia ralentit progressivement pour éviter d'abîmer le véhicule dans les ornières de plus en plus profondes. Peu à peu, le jour commença à faire place à la pénombre.

– Il faut reconnaître que c'est un peu glauque. J'ai toujours eu l'impression que les arbres nous épiaient. En plus, ils sont tellement touffus et collés les uns aux autres qu'il fait extrêmement sombre dans cette forêt, même en plein jour.

– C'est vrai que l'endroit a un côté un peu flippant, sourit Patricia. Par contre, l'odeur de sève et d'humus est très agréable. Nous sommes encore loin ?

– Ça dépend si vous parlez en temps ou en distance. Il doit nous rester entre quatre et cinq kilomètres, mais il va nous falloir encore trente bonnes minutes. Peut-être plus. L'état du chemin va encore se détériorer.

Tout en conduisant, Patricia saisit son *smartphone* pour vérifier la connexion.

– Zone blanche, Commandante, confirma le gendarme en voyant la moue de la jeune femme. Nous ne capterons plus rien jusqu'à notre retour à Brélac.

– Je vois ça. Je suppose que nous allons faire plusieurs déplacements à Anarchia dans les jours qui suivent. Il va falloir nous trouver un téléphone satellite.

Les phares automatiques s'étaient déclenchés tant la forêt s'était assombrie. La Jeep avançait au pas, envoyant valdinguer ses deux occupants d'une portière à l'autre à chacun de ses soubresauts quand quelques rayons de lumière apparurent à plusieurs centaines de mètres du véhicule.

– Ça y est, nous allons sortir de la forêt. Anarchia n'est plus très loin, commenta Guillaume.

– Je m'attendais à ce qu'elle soit plus grande. Nous l'avons finalement traversée assez rapidement.

– Ne vous méprenez pas. Cette forêt fait plusieurs centaines d'hectares. Nous en avons simplement parcouru une petite partie. Mais si vous vous y perdez et ne retrouvez pas le chemin, c'est un coup à ne plus jamais en sortir.

Le Jeep emprunta une piste de terre partiellement couverte d'herbes sauvages d'environ vingt centimètres de haut. En une quinzaine de minutes, elle franchit plusieurs collines tout en longeant en permanence la lisière de la forêt qui se trouvait sur sa droite. Enfin, le véhicule ralentit devant un panneau de bois qui semblait avoir été planté en bordure de chemin de très longues années auparavant tant il était rongé par l'humidité et le soleil. Le mot *Anarchia*, badigeonné grossièrement à la peinture blanche, n'était plus qu'une vague inscription difficile à déchiffrer.

– Nous y sommes ! signala le jeune gendarme. Avancez jusqu'au centre du village, Commandante.

Le 4x4 roula au pas jusqu'à ce qui semblait être la place centrale d'un lieu qui ne comportait guère plus d'une quinzaine d'habitations. Quand Patricia sortit du véhicule, son regard se posa immédiatement sur un endroit de près de trente mètres carrés, délimité par une rubalise qu'elle reconnut immédiatement comme étant du matériel de gendarmerie.

– Je suppose que c'est ici qu'ont été trouvés les corps ?

– C'est ici, oui, confirma Guillaume. Nous avons laissé le marquage mais l'identification criminelle n'a rien découvert. Il n'y avait même pas de traces laissées par les fauteuils sur le sol. C'est comme s'ils n'avaient pas été tirés jusque-là mais plutôt posés, vous voyez…

Patricia leva la tête et observa les alentours. L'endroit était relativement propre et soigné. La place, qui baignait sous le soleil, était entourée de maisons en pierres arborant, pour certaines, des pots de fleurs à leurs fenêtres. Anarchia semblait être resté figé au XIXe siècle. Pas un seul véhicule n'était visible ; aucune parabole ni la moindre antenne ne figurait sur les toitures. L'absence totale de technologie lui sauta immédiatement aux yeux. Soudain, elle fronça les sourcils et se concentra quelques instants.

– Vous entendez, Guillaume ? demanda-t-elle.

– Non… désolé, Commandante, je n'entends rien…

– Justement. Il n'y a pas le moindre bruit. On est en pleine nature et on n'entend rien. Pas le moindre bruit d'animal, d'insecte, rien du tout…

– J'avais pas fait attention à ça la première fois que je suis venu. Ça vous intrigue ?

– En fait, je n'aime pas ça du tout, répondit Patricia en se pinçant les lèvres. Un endroit où même les insectes ne viennent pas, alors qu'en cette saison et en pleine nature, on devrait être assaillis de moustiques, de mouches ou d'abeilles, ça ne me dit rien de bon. Mais vraiment rien de bon du tout… Il ne semble pas y avoir grand monde non plus.

– Ils doivent être là-bas, supposa le gendarme en montrant, le bras tendu, la plus grande demeure d'Anarchia.

– C'est quoi ? questionna-t-elle en observant la bâtisse dont l'entrée semblait protégée par un monument.

Sans attendre de réponse à sa dernière question, Patricia traversa la place rectangulaire d'une quarantaine de mètres de long pour observer ce qui paraissait être là bien plus pour protéger la maison que pour la décorer. La statue, de près de deux mètres de haut, représentait un homme qui s'apprêtait à en égorger un autre, à genoux devant lui.

– Putain, on est où, ici ? soupira-t-elle.

– Pourquoi ? Vous savez ce que cela représente, Commandante ? questionna Guillaume dans son dos.

– Plutôt, oui. C'est Abraham s'apprêtant à sacrifier son fils Isaac pour prouver sa loyauté à Dieu. C'est un épisode de la Genèse, issu de l'Ancien Testament. Ce genre de statue ne se trouve que dans les musées ou les églises. Mettre ça là, de façon presque ostentatoire, je trouve que c'est vraiment glauque.

– Cela n'a rien de glauque, madame. Ce n'est qu'un simple hommage à notre Père à tous.

Une voix froide, rauque, presque usée par le temps, venait de fuser dans le dos des deux gendarmes qui se retournèrent immédiatement.

– Bonjour, Guide d'Anarchia ! dit aussitôt Guillaume en tendant la main pour saluer le nouveau venu.

Ce dernier ne répondit pas et laissa la main du jeune homme en suspens. Il observait Patricia avec curiosité. Malgré un âge qui paraissait très avancé, les yeux de l'homme étaient vifs et il se tenait bien droit, presque cambré. Vêtu d'une chemise à carreaux rouges et noirs et d'un pantalon sombre en velours côtelé, il arborait une barbe et de longs cheveux gris. Guillaume, mal à l'aise, ramena sa main vers lui pendant que Patricia et le vieil homme s'observaient.

– Je suis Noé, le Guide d'Anarchia. Avec l'aide des cinq autres Dignitaires, j'essaie de conduire les membres de notre communauté sur le bon chemin. Vous êtes gendarme, je suppose ?

La dernière question, accompagnée d'un regard qui en disait long sur ce qu'il pensait de la tenue de Patricia, semblait presque méprisante.

– Noé ? Vous m'en direz tant, se contenta de répondre l'officier sur le même ton dédaigneux que celui de son interlocuteur. Je suis la commandante Patricia Lagazzi, désormais en charge de l'enquête relative aux deux meurtres qui ont eu lieu au sein de votre communauté.

– Veuillez excuser ma maladresse, se reprit-il aussitôt. Je ne voulais pas vous vexer, mais nous ne sommes pas habitués à recevoir du monde et nous ne sommes plus très au fait des modes vestimentaires depuis bien longtemps. Par ailleurs, juger de la présence de cette statue m'a paru maladroit de votre part.

– Pas de souci. Je vous en prie, répondit-elle avec politesse. Désolée si mes propos vous ont heurté mais je reconnais avoir été surprise de découvrir Abraham dans un lieu tel que celui-ci.

– Ce n'est pas grave. Vous avez des questions, je suppose ?

– Oui, je vais devoir interroger tous les habitants d'Anarchia. En particulier ceux dont les maisons ont des fenêtres qui donnent directement sur cette place. Combien êtes-vous au juste, ici ?

– Nous ne sommes plus que trente-huit habitants, mais interroger tout le monde ne vous servira à rien. J'ai toutes les informations dont vous avez besoin. Je peux réunir les Dignitaires et nous vous apporterons toutes les réponses à vos questions.

– Si vous permettez, c'est moi qui déciderai qui je dois interroger. Vous êtes six « Dignitaires » si j'ai bien compris ?

– En fait, nous ne sommes plus que quatre... répondit le vieil homme en tournant la tête pour jeter un regard vers la rubalise jaune vif sur laquelle étaient inscrits, en caractères noirs, les mots *Gendarmerie nationale - zone interdite*.

Patricia tourna la tête à son tour vers le lieu où avaient été trouvés les deux corps. Son regard revint ensuite vers Guillaume.

– Je suis désolé, Commandante, mais nous ne savions pas que les deux victimes étaient des Dignitaires.

– Quel est le rôle des Dignitaires, exactement ?

– Nous avons un rôle de guides spirituels et de gestionnaires de la communauté. Nous gérons un peu tout le fonctionnement d'Anarchia. Mais le plus simple est peut-être que vous rentriez dans notre Maison de Dieu. Tout le village y est présent pour l'office.

– Je veux bien, répondit Patricia. Je suppose que la Maison de Dieu est un peu votre église ?

– Tout à fait. Nous y tenons aussi toutes nos réunions. Je vous propose de rester assis dans le fond de la salle le temps que la prière se termine et vous pourrez ensuite rencontrer les habitants.

– Nous vous suivons, monsieur.

– Noé. Appelez-moi Noé.

– C'est noté... Noé.

Aussitôt, le vieil homme ouvrit la porte qui grinça suffisamment pour avertir les occupants du lieu que des nouveaux venus pénétraient dans leur sanctuaire. À peine étaient-ils à l'intérieur que Patricia se tournait vers Guillaume pour s'adresser à lui à voix basse :

– J'ai la berlue ou quoi ?

– Non, Commandante, chuchota le jeune homme. Les hommes s'habillent tous exactement de la même façon, avec leur pantalon foncé et leur chemise à carreaux et les femmes mettent toutes la même robe longue gris et blanc.

– Putain, j'ai l'impression de me retrouver dans un épisode de *La petite maison dans la prairie*[1].

Alors que le jeune gendarme se retenait de pouffer de rire, Patricia observa l'endroit en écoutant les paroles des deux hommes et de la femme qui se tenaient debout sur l'estrade. Quand ils furent rejoints par Noé, elle comprit qu'elle avait devant elle les quatre Dignitaires encore vivants. Le regard de la commandante balaya ensuite la salle rectangulaire d'une vingtaine de mètres de long, au sol recouvert de parquet.

Les occupants étaient assis sur des bancs de bois rudimentaires. Tous avaient à la main un petit livre. Patricia regarda autour d'elle jusqu'à ce que ses yeux tombent sur l'un d'eux, posé sur une chaise vide voisine. Elle le saisit et observa la couverture rose pâle sur laquelle était écrit en lettres dorées *Livre de Dieu*. Elle leva les yeux

---

1. Série télévisée américaine contant l'histoire d'une famille de pionniers du Minnesota au XIXe siècle.

vers les Dignitaires, qui étaient plongés dans la lecture à voix haute d'une prière, et en profita pour glisser le livre sous son manteau.

Devant l'air surpris de Guillaume, elle lui fit un clin d'œil avant de retourner à l'observation de la salle. Tous les habitants d'Anarchia venaient de se lever pour écouter les dernières paroles de leur Guide Noé.

– Mes très chers amis, comme vous avez pu le voir, deux gendarmes sont actuellement parmi nous. Ils vont faire le tour d'Anarchia. Je vous prie de leur réserver le meilleur accueil et de répondre à toutes leurs questions sans la moindre retenue. Allez tous en paix.

Dans un ordre quasi militaire et sans le moindre mot, les hommes se tournèrent vers l'intérieur de la salle et, un par un, quittèrent la pièce. Une fois qu'ils furent sortis, ce fut au tour des femmes d'effectuer un départ tout aussi martial.

– C'est quoi ce délire ? chuchota Patricia à Guillaume. On dirait qu'ils sont tous lobotomisés.

– Comment ça, Commandante ?

– Vous n'avez pas vu leur expression ? Ils regardent tous devant eux sans la moindre émotion dans les yeux.

– Oui, c'est vrai. L'adjudant s'en était aussi fait la remarque. Mais vous allez voir, dès qu'ils sont à l'extérieur, ils sont plutôt gentils. En tout cas, quand nous sommes venus, nous avons été très bien accueillis.

– Nous verrons ça, répondit-elle en voyant que Noé et les trois autres Dignitaires s'approchaient d'eux dans une salle désormais vide.

– Commandante Lagazzi, permettez-moi de vous présenter les trois Dignitaires qui me secondent. En premier lieu, voici Jacob et Rachel, qui sont aussi mari et femme.

– Enchantée.

Tous deux se tenaient l'un contre l'autre et paraissaient avoir, comme le reste de la communauté, entre soixante-dix et quatre-vingts ans. À l'instar de Noé, l'homme portait une longue barbe grise. Il dévisageait les nouveaux venus d'un regard perçant, à la limite de l'impolitesse. Rachel se tenait droite et fixait Patricia. Ses yeux gris clair, sa peau très blanche et ses traits encore fins laissaient deviner un visage qui avait dû être très beau lors de sa jeunesse.

– Enfin, continua Noé, le dernier dignitaire se nomme Cham.

Patricia inclina la tête pour saluer ce dernier qui, contrairement aux autres, daigna sourire en lui souhaitant la bienvenue. Chauve, des lunettes loupe posées sur le bout du nez, il était le seul à avoir besoin d'une canne pour déplacer un corps voûté par le temps et probablement le travail manuel ou agricole de toute une vie.

– Merci de nous accueillir. Vous… vous avez tous adopté un nom issu de l'Ancien Testament ?

– Oui, répondit Noé. Enfin, seuls les six Dignitaires ont ce privilège. Les autres habitants d'Anarchia ont choisi eux-mêmes leur propre nom.

– À ce propos, j'ai entendu dire que lors de votre arrivée ici, vous aviez tous brûlé vos papiers d'identité ?

– C'est juste, confirma-t-il en tendant le bras pour inviter les gendarmes à sortir de la Maison de Dieu. Nous étions des idéalistes empreints d'idées révolutionnaires. Il ne reste plus de cette période que le nom du lieu dans lequel vous êtes actuellement.

– Auriez-vous un listing des habitants avec leurs véritables patronymes ?

– L'adjudant Perrin nous l'a déjà demandé. Nous tentons de vous le constituer mais ce n'est pas évident. Nous n'avons pas utilisé nos véritables noms depuis plus de cinquante ans, et l'âge aidant, nombre d'entre nous ne se les rappellent même pas. Vous savez, quand nous sommes arrivés ici, nous avons coupé tout lien avec nos amis et nos familles. Nous n'avons même pas de compte bancaire, à part celui de l'entreprise Anarchia, et nous ne sommes affiliés à aucun régime de retraite, de sécurité sociale ou que sais-je encore… Mais nous allons faire notre possible pour vous établir une liste.

– Vous avez une société ? Ici ? intervint Guillaume, surpris. Une société de quoi ?

– Malheureusement, il est bien difficile d'assurer notre subsistance avec les seuls fruits et légumes que nous cultivons. Aussi, nous avons dû créer une entreprise, il y a une quarantaine d'années, pour commercialiser nos produits locaux.

Arrivés au centre de la petite place d'Anarchia, les Dignitaires quittèrent le groupe, laissant Noé seul avec les gendarmes.

– Je vous laisse travailler à votre enquête, reprit ce dernier. Bien entendu, comme tous les autres habitants du village, je suis à votre disposition pour tout renseignement.

– C'est noté. Merci beaucoup, répondit Patricia en regardant le vieil homme s'éloigner à son tour.

Le regard de la commandante de gendarmerie retourna, comme par instinct, vers la rubalise qui entourait la scène de crime. Il balaya ensuite la place ensoleillée désormais déserte. Les habitants d'Anarchia s'étaient volatilisés en quelques minutes. Patricia plissa les yeux comme pour tenter de deviner combien d'entre eux étaient en train de l'observer, cachés derrière les rideaux des vieilles maisons.

– Vous en pensez quoi, Guillaume ? s'enquit-elle en se retournant vers le jeune homme.

– Ils sont bizarres. Mais il y a autre chose…

– Oui ?

– Lors de notre premier passage, j'ai déjà eu l'étrange sensation qu'ils nous avaient avertis des meurtres pour que nous enquêtions, mais en même temps, ils ne posent aucune question sur l'avancement de l'enquête. Ils ne semblent même pas inquiets. On dirait qu'ils nous reçoivent en villégiature.

– J'ai eu exactement la même impression. Je crois que c'est la première enquête que je mène durant laquelle des potentielles futures victimes ne semblent pas s'inquiéter des résultats de l'enquête. Je ne les ai volontairement pas interrogés pour voir s'ils se laissaient aller à quelques confidences, mais rien… Vous pouvez me sortir les photos de la scène de crime prises par les techniciens de la scientifique, s'il vous plaît ?

– Bien sûr, Commandante…

Quelques minutes plus tard, Patricia observait les clichés des deux hommes attachés à leurs fauteuils. Leurs visages marqués semblaient encore souffrir des atrocités vécues avant leur mort.

– Guillaume ? demanda-t-elle en tendant au jeune homme les photos qu'il rangea dans l'attaché-case.

– Oui ?

– Est-ce que vous avez remarqué que nous n'avons pas vu un seul enfant ni la moindre personne en dessous de soixante-cinq ans ?

– Je sais. Quand nous sommes venus, l'adjudant a posé la question à Noé et celui-ci a répondu que, lors de leur arrivée, à la fin des années soixante, ils avaient décidé que la communauté n'aurait pas d'enfants et qu'elle disparaîtrait avec la mort du dernier d'entre eux.

– Je trouve ça un peu bizarre, répondit-elle d'un air sceptique. Ce n'était pas la mentalité des hippies de cette période. En revanche, cela pourrait bien relever de croyances d'un groupe religieux complètement endoctriné…

Tout en terminant sa phrase, Patricia extirpa de sa poche le livre emprunté à la Maison de Dieu. Elle en feuilleta quelques pages puis releva la tête. Son regard balaya de nouveau le lieu avant de tomber sur une femme qui longeait la place d'un pas rapide, à guère plus d'une vingtaine de mètres d'elle.

– S'il vous plaît ? la héla Patricia.

La femme jeta un regard vers la commandante de gendarmerie en pressant un peu plus le pas, la tête rentrée dans les épaules. Quelques secondes plus tard, elle pénétrait à l'intérieur d'une maison sans même se retourner. À peine en avait-elle claqué la porte que Patricia se présentait devant et y frappait de son poing fermé. Après quelques instants, elle s'entrebâilla. Comme toutes les habitantes d'Anarchia, la femme était vêtue d'une longue robe grisâtre. Son visage, marqué par des années de labeur, était barré de petits yeux bleus qui avaient du mal à percer à travers les nombreuses rides qui les encadraient. La finesse de son corps légèrement voûté et sa petite taille finissaient de lui donner un air de grand-mère fragile et usée par le temps.

– Je... je peux vous aider ? demanda-t-elle timidement.

– Bonjour, Madame. Désolée de vous déranger. Je suis la commandante Lagazzi et je suis chargée d'enquêter sur les évènements qui ont eu lieu ces derniers jours. Auriez-vous un instant à m'accorder ?

– Ou... oui... bien sûr. Entrez, je vous prie...

La vieille dame s'était écartée pour permettre aux enquêteurs de pénétrer à l'intérieur. Le regard inquiet qu'elle jeta en direction de la place n'échappa pas à Patricia. Une fois la porte refermée, elle parut se détendre légèrement.

– Puis-je vous proposer une infusion ?

– Non, merci. Pourrais-je vous poser quelques questions ? demanda Patricia avec une douceur dans la voix dont elle n'usait que très rarement.

– Si je peux y répondre, oui, bien entendu.

Les deux gendarmes étaient toujours debout dans l'entrée et n'osaient pas pénétrer plus avant. La maison se limitait à une grande pièce dépouillée de tout superflu. Une vieille cuisinière à gaz parsemée de taches de rouille, une table de bois entourée de trois chaises dépareillées, une vieille armoire et une banquette revêtue d'une couverture bleue à carreaux finissaient de meubler un intérieur particulièrement triste. Patricia comprit au premier regard que toute la vie de cette vieille femme se résumait aux quelques meubles qu'elle avait sous les yeux.

– Les deux nuits durant lesquelles ont été déposés les corps des victimes au centre de la place, vous n'avez rien entendu d'inhabituel ?

– Non, j'ai le sommeil lourd, vous savez…

– Je comprends. Vous connaissiez les victimes, je suppose ? Vous savez si des personnes leur en voulaient ou si elles avaient des problèmes avec quelqu'un en particulier ?

– Non, je ne crois pas… Vous savez, ici, tout le monde s'entend bien…

– D'accord. Vous n'avez aucune information en mesure de nous aider ?

– Non… Je suis désolée…

– Ce n'est pas grave. Nous ne vous dérangeons pas plus longtemps. Merci de nous avoir accueillis.

La conversation n'avait duré guère plus qu'une vingtaine de secondes mais la commandante ne souhaitait pas perdre de temps avec une personne qui, elle en était convaincue, mentait effrontément. Au moment où Guillaume ouvrait la porte pour ressortir, Patricia et la vieille dame échangèrent un dernier regard. Alors que les lèvres de cette dernière s'apprêtaient à prononcer quelques mots, la peur se dessina sur son visage. La commandante comprit aussitôt et se retourna. Dans l'encadrement de la porte, face à Guillaume, se trouvait Noé.

— Je vois que vous avez rencontré Marie. J'espère qu'elle ne vous a pas trop ennuyés avec ses vieilles histoires ? sourit-il.

Patricia se tourna de nouveau vers la vieille dame. Son visage s'était désormais refermé sur une mâchoire crispée par l'arrivée du Dignitaire.

– Non, pas du tout, ne vous inquiétez pas.

Les gendarmes sortirent après avoir salué Marie, qui resta debout au milieu de sa maison, comme figée par l'arrivée du Guide spirituel de la petite communauté. Ce dernier les quitta presque aussitôt.

– On dirait qu'il est venu surveiller ce qu'aurait pu nous dire la vieille dame, suggéra Guillaume en le regardant s'éloigner.

– C'est tout à fait ça, confirma Patricia.

La journée se termina sur plusieurs interrogatoires qui n'apportèrent aucune information supplémentaire aux gendarmes. Avant de partir, guidés par Noé, ils visitèrent les logements des victimes. Les intérieurs n'étaient guère plus gais que celui de Marie mais quelque chose de différent régnait dans ces deux habitations. Quelque chose que Guillaume souleva dès qu'ils furent installés dans la Jeep, prêts à repartir.

– Commandante, vous n'avez pas eu l'impression que, malgré toutes les cochonneries qui traînaient dans les maisons, le ménage avait été fait.

– C'est juste ! Je pense qu'ils ont tout rangé avant notre arrivée. Mais il n'y a rien d'autre qui vous a étonné ?

– En fait si... Il y a quelque chose qui ne tourne vraiment pas rond. J'ai eu la sensation bizarre que tous les gens que nous avons rencontrés jouaient un rôle. Comme si les mots qu'ils devaient employer et les phrases qu'ils devaient dire avaient été établis au préalable.

– C'est tout à fait ça. Votre adjudant a raison : personne n'a rien vu, rien entendu et aucun d'eux ne témoignera. Vous avez remarqué qu'ils nous ont tous dit la même phrase, mot pour mot ?

– Oui, Commandante : « J'ai le sommeil lourd, je n'ai rien entendu... ».

Patricia Lagazzi sourit en démarrant le 4x4. Elle était contente d'avoir mobilisé Guillaume. Le jeune homme était sensé, rapide dans sa réflexion et semblait particulièrement intelligent.

– Commandante, je reviens sur cette histoire de dénonciation des meurtres que nous avons abordée hier. Est-ce que vous croyez qu'on aurait été avertis du second meurtre sans le message anonyme qui dénonçait le premier ?

– Vous en pensez quoi, vous ? questionna-t-elle, préférant laisser le jeune homme conclure par lui-même un point qui lui semblait particulièrement important.

– Je suis d'avis que sans ça, on n'aurait jamais entendu parler de ces meurtres.

– Je suis d'accord avec votre raisonnement. Sachant que les gendarmes traînaient sur place, Noé s'est senti obligé de donner l'alerte concernant le second meurtre. Il est plus que probable en effet, que si on n'avait pas eu ce message anonyme pour le premier homicide, on n'aurait jamais rien su. Ce qui me pousse à m'interroger de nouveau sur le lieu où ils enterrent leurs morts. Je pense qu'une petite randonnée dans les environs s'impose.

– Vous voulez fouiller les bois ?

– Disons, répondit Patricia, que je vais aller y faire une petite promenade de santé. Je suis convaincue qu'il se passe des trucs bizarres dans les environs d'Anarchia.

– Comment ça ?

– Je ne sais pas. Leur religion, leur façon de vivre, la manière de diriger de Noé et de ses sbires… Beaucoup de choses m'intriguent. Et puis je suis convaincue que ce n'est pas fini…

– Vous croyez qu'il va y avoir d'autres meurtres ? s'inquiéta le jeune gendarme.

Elle ne répondit pas. Le jour déclinait doucement et la Jeep amorçait la traversée de la forêt. Patricia conduisait tout en réfléchissant. Marie ! Il fallait qu'elle revoie Marie. La vieille dame détenait des informations. Elle savait quelque chose. Noé n'était entré que pour l'empêcher de parler.

– Elle est vraiment flippante, cette forêt, fit remarquer le jeune gendarme en coupant la commandante dans ses réflexions.

– C'est vrai que ce matin, on n'y voyait déjà pas grand-chose mais là, à la nuit tombante, il faut reconnaître que c'est pas hyper rassurant.

Tout en conduisant, Patricia alluma l'écran de son iPhone. Rien.

– Nous ne capterons rien avant notre arrivée à Brélac, fit remarquer Guillaume. S'il nous arrivait quelque chose ici, en pleine nuit, nous serions dans de beaux draps.

– Vous m'avez bien dit que des randonneurs avaient disparu, par ici, il y a une vingtaine d'années ?

– C'est exact. Ils n'ont jamais été retrouvés. Ni eux ni aucune de leurs affaires. Absolument rien…

Alors qu'il faisait désormais nuit noire, le véhicule commençait à redescendre la piste qui menait au village.

– Je ne serais guère étonnée qu'il y ait eu d'autres disparitions pour lesquelles personne n'a jamais fait le rapprochement avec Anarchia. Il va falloir creuser de ce côté-là aussi.

– Vous voulez que je m'en occupe, Commandante ?

– Non, faites simplement un rapport à votre chef sur la journée d'aujourd'hui. De mon côté, le service pour lequel je travaille va s'occuper d'approfondir un peu plus toute cette histoire. À moins que…

– Oui ?

– Puisque vous êtes d'ici, je veux bien que vous interrogiez vos proches, vos amis, les anciens du village peut-être…

– Sur d'éventuelles autres disparitions ?

– Par exemple !

Patricia gara le 4x4 devant son hôtel. Quand ils descendirent du véhicule, elle s'alluma une cigarette et proposa à son collègue de dîner avec elle. Le jeune homme, peu à l'aise, eut tout le mal du monde à refuser et à expliquer que sa jeune épouse et un enfant en bas âge devaient l'attendre avec impatience.

– Allez rejoindre les vôtres, répondit-elle, nous nous retrouverons demain matin à la gendarmerie.

– Merci, Commandante. Bonne soirée.

Une quinzaine de minutes plus tard, attablée dans la salle déserte du restaurant dans l'attente que l'hôtelière lui serve son repas, Patricia en profita pour téléphoner à la secrétaire de la section Alésani.

– Bonsoir, Véro ! Encore au bureau ?

– Oui, je suis toujours sur les infos que tu m'as demandées.

– Vas-y, raconte.

– Bon, pour ce que t'ont dit les gendarmes de Brélac, c'est vrai. Il y a bien un mec, en 1902, qui a tué sept personnes en l'espace de dix-neuf jours. Pour 1942, c'est confirmé aussi. J'ai retrouvé, dans des archives de la Libération, le témoignage d'un résistant qui racontait avoir participé à l'attaque de la Kommandantur allemande de Périgueux. Selon lui, elle avait été ordonnée en représailles de l'assassinat de trente et une personnes par un officier de la Gestapo à Brélac.

– Et pour 1982 ?

– Non, je n'ai rien. Pas plus que je n'ai trouvé trace de précédents relatifs à des morts avec des chiffres romains scarifiés sur la peau. En revanche, je te confirme que le coin a un côté un peu maudit. Cette histoire de massacre qui revient tous les quarante ans dure depuis plusieurs siècles. C'est un peu étrange mais il se passe toujours un truc bizarre…

– Comment ça ?

– Je ne sais pas trop… Disons que, tous les quarante ans, il y a toujours eu une bataille, une guerre entre comtés locaux qui a viré à l'hécatombe, un sorcier qui s'est nourri du sang de nouveau-nés pour tenter de découvrir l'élixir de jouvence, et je t'en passe, et des meilleures… Et ce genre d'histoires revient systématiquement, aussi loin que j'aie pu remonter.

Patricia réfléchit. Elle avait déjà entendu parler de lieux plus ou moins maudits. Mais sans vraiment que cela soit avéré. À Brélac, il se passait manifestement quelque chose de terrible depuis des siècles et personne n'avait jamais tenté de comprendre pourquoi ni comment. Peut-être était-il temps de mettre fin à cette malédiction. Sous réserve que tout cela ait un fondement de vérité.

– Il faudrait que tu orientes tes recherches dans une autre direction.

– C'est à dire ? demanda Véronique.

– Renseigne-toi sur des randonneurs qui auraient disparu en 2000. Et peut-être sur d'autres disparitions pour lesquelles les gendarmes locaux n'auraient pas fait le rapprochement avec Brélac ou Anarchia.

– OK. Je regarde.

Alors qu'une assiette de légumes accompagnés de deux œufs brouillés et une corbeille de pain étaient déposées devant Patricia, cette dernière continua :

– Il faudrait que tu te renseignes sur deux choses encore. En premier, sur une société qui appartiendrait aux habitants d'Anarchia. L'activité doit tourner autour du commerce de produits pour les touristes ou un truc du genre.

– C'est noté. Et la seconde ?

– Recherche tous les titres de propriété relatifs au domaine d'Anarchia et aux terrains environnants.

– D'accord. Je m'occupe de tout ça.

– Merci, ma belle.

– De rien. Fais attention à toi. Bonne soirée.

– Bonne soirée à toi aussi.

4

Le lendemain matin, Patricia quitta sa chambre dès cinq heures. Comme convenu avec l'hôtelière, elle avait accès à la salle de restaurant de jour comme de nuit. Elle alluma une lampe à abat-jour posée près du tiroir-caisse puis passa derrière le bar pour se faire couler un expresso.

Quelques minutes plus tard, dans un silence complet, elle s'était installée sur une table recouverte d'une nappe en vichy rouge et commençait la lecture du Livre de Dieu qu'elle avait soustrait dans l'église d'Anarchia.

À huit heures, quand l'hôtelière la rejoignit, le visage encore à moitié endormi et vêtue d'une robe de chambre rose pâle, Patricia terminait juste son étude du livre. Elle ne l'avait pas analysé dans les détails mais une lecture en diagonale lui avait permis de comprendre la religion à laquelle s'adonnaient les Dignitaires et les habitants du petit village d'Anarchia.

Après avoir échangé quelques mots de politesse avec son hôtesse, l'officier de gendarmerie remonta dans sa chambre prendre une douche puis partit se promener dans les rues de Brélac. Sur la place du village, elle s'arrêta sur un banc de pierre pour fumer une cigarette et appeler Éva. Elle savait que cette dernière passait des examens le matin même et devait être particulièrement stressée. Le coup de fil se termina sur un « je t'aime » réciproque avant que Patricia ne décide de se diriger vers la gendarmerie.

Dans le même temps, à quelques centaines de mètres de là, Guillaume pénétrait dans l'une des vieilles maisons du village, cachée dans une ruelle toute proche de la mairie.

– Bonjour, mamie ! s'exclama le jeune homme d'un air joyeux en enlaçant sa grand-mère avec tendresse.

– Bonjour mon grand. Tu veux un café ?

– Non, merci. Il faut que je file travailler.

La vieille dame et son petit-fils se tenaient debout dans la salle de séjour. Malgré des traits marqués par la vie, le visage de la grand-mère avait quelque chose de rassurant et de gentil. Sa personnalité tout entière ne dégageait que douceur et amour. Tous ceux qui la connaissaient disaient d'elle qu'elle faisait partie des gens que l'on pouvait qualifier de solaires.

– Pourquoi voulais-tu me voir, mamie ? continua Guillaume.

– Ton cousin m'a dit qu'il t'avait loué un véhicule pour monter à Anarchia avec ta nouvelle chef ?

– En effet. Pourquoi cette question ?

– Il faut que tu me l'amènes, dit-elle en caressant affectueusement la joue de son petit-fils.

– Qui ça ? La commandante Lagazzi ?

– Oui. Il faut que tu me l'amènes, répéta-t-elle. Je dois lui parler de la forêt. Elle doit entendre ce que j'ai à lui dire.

– Mais mamie, c'est un officier de gendarmerie ! Elle ne croit pas aux mêmes choses que toi. Elle va te prendre pour une vieille folle.

– Tu penses que je suis folle ? rétorqua-t-elle en souriant.

– Bien sûr que non. Mais tu sais, les gens des villes…

– Celle-ci n'est pas une personne ordinaire. Elle n'est pas là par hasard. Si elle n'a pas les mêmes croyances que moi, je sens qu'elle s'en approche. Amène-la-moi, s'il te plaît.

– Je… je vais faire mon possible. Promis.

Quand, dix minutes plus tard, Guillaume pénétra dans les locaux de la gendarmerie, il trouva l'adjudant Perrin attablé à son bureau. Devant lui, la commandante Lagazzi, le Livre de Dieu dérobé la veille à Anarchia entre les mains, était en train de donner son avis sur le recueil religieux.

– J'en ai lu des bouquins relatifs aux religions, à la sorcellerie et aux croyances, mais ça, c'est un truc de dingue. À mon avis, ces Dignitaires ont fait une compilation de tout ce qu'ils ont trouvé. Il y a là-dedans des extraits de l'Ancien comme du Nouveau Testament et de la Torah. Mais j'y ai aussi découvert des passages du Malleus Maleficarum, un livre du XVe siècle qui était utilisé dans le cadre de la chasse aux sorcières. J'y ai même vu des chapitres complets sur les exorcismes. Il y a aussi d'autres références que je ne connais pas…

– Vous pensez à des adeptes de Satan ou un truc du genre ?

– Je ne crois pas, répondit-elle en posant le livre sur le bureau. Tous les extraits des autres livres de religion qui ont été sélectionnés pour élaborer ce fatras d'inepties ne concernent que guerre, chasse aux démons, exorcisme, et j'en passe et des meilleures… Ce n'est pas à une religion que s'adonnent les habitants d'Anarchia.

– Ce serait quoi ? questionna l'adjudant.

– Plutôt un genre d'adoration du Mal. Mais pas le Mal dans le sens démoniaque du terme. Je pense plutôt au Mal tel qu'il est décrit dans de nombreuses pseudo-religions dont les adeptes font la guerre à ceux qui n'ont pas les mêmes croyances qu'eux… Enfin, difficile à dire… Ce qui est sûr, en revanche, c'est que ce Livre de Dieu est un traité d'intolérance absolue qui donne tous les pouvoirs aux Dignitaires d'Anarchia et leur permet de punir quiconque n'obéit pas à leurs ordres.

– Jusqu'à punir de mort ?

– Jusqu'à punir de mort, oui, confirma la commandante.

Pendant que Guillaume, mal à l'aise d'être en retard au briefing du matin, s'asseyait à son bureau sans rien dire, le téléphone de l'adjudant résonna dans la pièce désormais silencieuse.

– Perrin, j'écoute. Oui… oui… OK, nous nous y rendons sur-le-champ.

Alors qu'il raccrochait, Patricia comprit immédiatement.

– Un nouveau meurtre ? demanda-t-elle.

– C'était le maire. Un habitant d'Anarchia est passé à la mairie pour dire qu'ils avaient trouvé deux autres morts dans une maison du village.

– Il est allé informer le maire ? Pourquoi il n'est pas venu à la gendarmerie ?

– Je ne sais pas. La peur de l'uniforme probablement. C'est toujours mieux que la fois précédente où ils avaient envoyé un message anonyme.

Pendant que l'adjudant se chargeait d'informer les services compétents et de mobiliser les hommes, Patricia Lagazzi s'entretenait avec le procureur de la République de Périgueux qui ne put s'empêcher de relever que quatre meurtres en six jours allaient faire saliver les médias. Ces derniers feraient leurs choux gras de toute cette affaire en effrayant la population de la région avec des titres pompeux et des reportages savamment mis en scène.

Trois heures plus tard, le petit village d'Anarchia se retrouvait, comme les jours précédents, assailli de véhicules des forces de l'ordre, de pompiers et d'un hélicoptère de la gendarmerie, venu de Bordeaux, à bord duquel avaient pris place les techniciens en identification criminelle et le médecin légiste.

Patricia et l'adjudant Perrin, accompagnés de Guillaume, firent le déplacement à bord de la Jeep dans un silence de cathédrale. Quand ils arrivèrent sur place, seul un véhicule de pompiers était déjà là. Guidés par l'attroupement, les trois gendarmes se rendirent devant une grande bâtisse qui jouxtait la Maison de Dieu. Dès leur arrivée, Noé, le visage abattu, les prit en charge et les conduisit à l'intérieur sans le moindre mot.

Dans la grande salle de séjour, une dizaine de personnes se tenaient debout dans un silence absolu, appuyées contre les murs, le regard ancré dans le sol. Dans l'escalier, ils trouvèrent de nouveau sur leur chemin plusieurs habitants qui restaient là, figés, comme lors d'une veillée mortuaire.

Parvenue devant la chambre, Patricia demanda à Noé de la laisser avec ses hommes tout en le chargeant de prier les habitants d'Anarchia de quitter les lieux et de rentrer chez eux. Il inclina la tête sans un mot et repartit. Le vieil homme semblait particulièrement anéanti.

Puis, l'adjudant ouvrit la porte. Quand ils pénétrèrent dans la pièce, ils se retrouvèrent devant une vision d'horreur. Les murs et le sol étaient couverts de gerbes rouge foncé. Les tables de nuit étaient renversées et deux corps reposaient sur le lit dans une mare de sang. Alors que Patricia et l'adjudant s'approchaient pour observer de plus près, Guillaume sortit en courant de la pièce, la main sur la bouche, tentant d'éviter de vomir sur la scène de crime.

La commandante analysa patiemment la chambre dans ses moindres détails. Une odeur de chair et de sang saturait l'air ambiant. Son regard étudia méthodiquement les corps qui gisaient l'un à côté de l'autre.

– Les premières victimes avaient eu le cœur arraché avec un certain soin, commenta Patricia. Là, c'est bien plus violent…

L'adjudant acquiesça alors qu'elle continuait à examiner la scène avec beaucoup d'attention. Elle fit le tour du lit pour changer de point de vue. Les corps avaient les jambes et les avant-bras sectionnés et ils étaient reliés l'un à l'autre à l'aide d'un fil barbelé enroulé autour d'eux.

– Je me demande si ce ne sont pas des Dignitaires… commenta l'adjudant en essayant de les identifier avec beaucoup de difficulté en raison du sang séché et des traits déformés par la terreur qui marquaient encore les visages.

– Ce sont bien eux, confirma la commandante. Jacob et Rachel.

Patricia prenait plusieurs photos à l'aide de son *smartphone* quand Guillaume revint mais le jeune homme resta prudemment dans l'encadrement de la porte.

– Je… je suis désolé.

– Ne vous inquiétez pas. Nous y sommes tous passés un jour, le rassura l'adjudant Perrin.

– L'identification criminelle et le légiste arrivent. Et j'ai fait évacuer la maison et les abords. J'ai aussi posé de la rubalise tout autour. Les gens semblent vraiment désemparés. Mais en même temps…

– Oui ? se retourna Patricia, attentive aux remarques du jeune gendarme qu'elle trouvait très perspicace.

– Je ne sais pas. Une drôle d'impression. Ils paraissent tous abattus mais en même temps, ils n'affichent pas le moindre chagrin ni la plus petite larme. Je ne ressens pas toute cette tristesse que l'on peut constater lors du décès d'un proche.

C'est une communauté qui est unie depuis près de cinquante ans et c'est comme s'ils étaient tous paniqués et très embêtés par ces morts mais que, dans le même temps, ils s'en fichaient un peu... L'ambiance qui règne est vraiment très bizarre.

– Peut-être qu'ils sont désemparés parce qu'ils viennent de perdre quatre sur six de leurs Dignitaires en quelques jours. Ce sont leurs Guides si j'ai bien compris. D'un autre côté, peut-être aussi que ces Dignitaires sont tellement autoritaires que leur mort ne leur fait finalement ni chaud ni froid.

– Je suis d'accord avec vous, mon Adjudant, confirma Patricia. Je suis de moins en moins certaine que tout le monde s'aime autant qu'on veut bien le dire ici. S'ils suivent les préceptes du Livre de Dieu, et à mon avis c'est le cas, cela voudrait dire que les Dignitaires pourraient être de véritables dictateurs. Aussi, il est plus que probable que personne ne les regrettera beaucoup.

Au moment où elle terminait sa phrase, la porte s'ouvrit sur Noé, qui céda le passage au docteur Théveny et aux trois techniciens de l'identification criminelle.

– Madame, Messieurs, se contenta de prononcer le légiste du bout des lèvres avant d'être stoppé net par la scène macabre.

Derrière lui, les techniciens marquèrent le même mouvement de recul à l'entrée de la chambre.

– J'en ai vu des trucs... mais ça... continua le docteur Théveny en s'approchant du lit.

Comme Patricia, il observa la scène avec beaucoup d'attention en prenant soin de ne toucher à rien. Après quelques instants, il se tourna vers les trois gendarmes, qui comprirent immédiatement sa demande silencieuse. Le moment était venu pour eux de quitter la pièce et de laisser travailler le médecin et l'identification criminelle.

Dès qu'ils sortirent de la chambre, Patricia alla directement interroger Noé, dans la salle du rez-de-chaussée, désormais déserte.

– Qui a trouvé les corps ?

– C'est moi, répondit le vieil homme. Comme ils n'étaient pas présents à la Maison de Dieu à quatre heures ce matin, je suis immédiatement venu ici. Personne ne doit manquer un office et encore moins les Dignitaires.

– Vous célébrez des messes aussi tôt le matin ? intervint l'adjudant, surpris par un tel horaire.

– Oui. Nos journées débutent de très bonne heure. Je suppose que la commandante Lagazzi a dû lire cela dans le Livre de Dieu qu'elle nous a emprunté, et qu'elle voudra bien nous restituer dès qu'elle en aura fini la lecture, ajouta le vieil homme avec un certain sarcasme dans la voix.

– Je vous le rendrai dès que je l'aurai terminé, sourit Patricia, légèrement mal à l'aise. Quand vous êtes arrivé sur les lieux, vous n'avez vu personne en sortir ?

– Non. Il faisait encore nuit noire. De toute façon, toute la communauté était présente à l'office. Et je me porte garant pour eux. L'auteur de ces meurtres n'est pas quelqu'un de chez nous.

– Vous avez l'air bien sûr de vous !

– Je le suis. Les membres de notre communauté savent très bien à quoi ils s'exposeraient en violant nos lois. Et s'en prendre à un Dignitaire physiquement est la pire des abominations. S'en prendre à nous veut dire s'en prendre à Dieu. Et le châtiment serait bien pire que les faits commis...

– Vous vous prenez pour Dieu et vous vous octroyez le droit de vous faire justice vous-mêmes ? demanda Patricia, abasourdie par ce qu'elle venait d'entendre.

– Ce n'est pas tout à fait ce que j'ai dit, répondit Noé en défiant son interlocutrice du regard.

– Soit. Nous en reparlerons plus tard. Pour l'instant, vous serez aimable de bien vouloir informer l'ensemble des habitants d'Anarchia que personne ne doit quitter le village aujourd'hui. Nous allons faire le tour des maisons et prendre les dépositions de tout le monde.

En terminant sa phrase, la commandante se tourna vers l'adjudant Perrin qui acquiesça. Le moment était venu pour lui d'aller à la rencontre des nombreux gendarmes arrivés en renfort de Sarlat afin de leur donner les consignes.

– Commandante..., intervint le jeune homme, hésitant.

– Vous, vous restez avec moi, Guillaume ! coupa-t-elle sans lui laisser le temps d'achever sa phrase.

Alors que l'ensemble du groupe quittait la demeure, Patricia se tourna vers Noé qui venait d'être rejoint par Cham. Ils étaient désormais les deux derniers Dignitaires encore vivants.

– Messieurs, quand vous aurez fini de prévenir les habitants, je vous saurai gré de bien vouloir rentrer chez vous également et de n'intervenir dans aucun des interrogatoires qui auront lieu. Merci d'avance de votre compréhension.

– Vous avez dit ça par rapport au fait que Noé nous a interrompus hier quand nous interrogions Marie ? s'enquit Guillaume en regardant les deux Dignitaires s'éloigner.

– Vous avez tout compris, répondit-elle avec un petit clin d'œil. Nous allons d'ailleurs retourner immédiatement la voir, celle-là.

Il était désormais plus de midi. Le soleil, à son zénith, inondait de lumière la place d'Anarchia devenue trop petite pour les nombreux véhicules d'intervention et l'hélicoptère de la gendarmerie. Malgré toutes les forces supplémentaires amenées par les évènements, un silence de plomb régnait dans le petit village. Respectant les consignes, tous les habitants étaient demeurés chez eux pendant que plusieurs gendarmes, obéissant aux ordres de la commandante Lagazzi, arpentaient l'endroit et allaient de maison en maison pour interroger les trente-six derniers habitants.

Quand Patricia et Guillaume ressortirent du domicile de Marie, ils restèrent un instant debout en plein milieu de la place.

– C'est bizarre cette impression d'être tout le temps observé, souligna le jeune gendarme.

– Vous pensez vraiment que c'est une impression ? répondit-elle en faisant un signe de tête pour désigner une fenêtre, à une vingtaine de mètres de là, au premier étage de la Maison de Dieu.

– On voit une silhouette, mais c'est difficile de savoir qui c'est…On dirait qu'il porte une robe ou une chemise blanche.

– Même si ce n'est pas trop son genre de s'habiller de blanc, c'est probablement Noé qui nous épie. Qu'avez-vous pensé des propos de Marie ?

– Elle n'est plus la même. Hier, elle semblait avoir quelque chose à nous dire, et aujourd'hui, c'est le mutisme complet.

– C'est vrai. Nos amis les Dignitaires ont dû légèrement la menacer au cas où elle l'ouvrirait un peu trop.

– Tiens, en parlant du loup… soupira Guillaume en voyant Noé sortir d'une habitation voisine.

Quand Patricia l'aperçut, elle se tourna immédiatement vers la fenêtre du premier étage de la Maison de Dieu. Plus personne. Son regard revint sur Guillaume qui avait eu le même réflexe.

– Commandante Lagazzi, une fois interrogés, pouvons-nous quitter nos domiciles et vaquer à nos occupations ?

– Qui est dans la Maison de Dieu ? répondit Patricia sans se soucier de la question.

– Dans la Maison de Dieu ? répéta le vieil homme en se tournant instinctivement vers la bâtisse. Mais… personne. Uniquement les Dignitaires en ont la clé et c'est le seul endroit d'Anarchia qui est fermé quand personne n'est à l'intérieur.

– Nous venons de voir quelqu'un à la fenêtre !

– C'est impossible… Mais nous pouvons aller vérifier si vous le désirez.

– J'aimerais bien, oui, confirma Patricia en se dirigeant vers la petite église.

Arrivés sur place, les deux gendarmes furent saisis par le froid qui régnait à l'intérieur. La grande salle du rez-de-chaussée, plongée dans l'obscurité, était saturée par une odeur de moisi qu'ils n'avaient pas perçue lors de leur première visite. Après en avoir fait le tour, Noé les conduisit dans l'escalier qui desservait le premier étage. Ils pénétrèrent dans une pièce identique à la précédente mais bien plus sombre. Plusieurs lits en métal rouillé étaient disposés de chaque côté et, au centre, une immense table rectangulaire de type monastère, entourée d'une dizaine de chaises, constituait l'unique ameublement du lieu. Des toiles d'araignées et des chauves-souris, qui se manifestèrent par quelques mouvements pour avertir de leur présence, finissaient de donner à l'endroit toutes les caractéristiques d'un grenier oublié. À plusieurs reprises, Noé tenta d'actionner l'interrupteur qui ne fonctionnait probablement plus depuis des années.

– Je suis désolé pour l'absence de lumière et toute cette poussière mais nous ne venons jamais ici.

– Il y avait pourtant quelqu'un ici même il y a quelques minutes, répondit Patricia en s'approchant de la fenêtre derrière laquelle elle avait aperçu une silhouette se dessiner à travers les vitres sales. À quoi servait cette pièce par le passé ?

– Je crois qu'avant notre arrivée, les propriétaires y logeaient des saisonniers.

– Vous n'êtes pas le propriétaire ? intervint Guillaume.

– Non. Ce domaine appartient à un autre membre de notre communauté.

– Qui ça ?

– Sophie. C'est Sophie Raignal qui en est la propriétaire, dit Noé, visiblement mal à l'aise avec cette dernière question.

– Pourrions-nous la rencontrer ?

– Ça va être compliqué, répondit-il d'un air évasif. Nous ne l'avons pas vue nous-mêmes depuis plus de vingt ans. Elle est partie en 1982 pour aller faire des courses à Brélac et elle n'en est jamais revenue.

Patricia, toujours postée près de la fenêtre, jeta un regard à Guillaume qui parut aussi surpris qu'elle par les propos du Dignitaire.

– Plutôt quarante ans alors, non ? Vous avez déclaré sa disparition à l'époque ? questionna la commandante.

– Oui… oui… Enfin, je crois. Cela fait si longtemps…

– Et à quel titre occupez-vous ce domaine maintenant ? L'un de vous est-il l'héritier de madame Raignal ou quelque chose du genre ? poursuivit Guillaume.

– Non. Mais la société d'Anarchia est locataire du domaine et continue de verser un loyer sur un compte des dépôts et consignations depuis la disparition de Sophie.

Le son grave d'une cloche tinta dans le fond de la pièce. Guidés par la lumière de leurs *smartphones*, les gendarmes s'approchèrent d'une horloge de parquet posée contre le mur du fond.

– J'adore ces vieux objets, murmura Guillaume en éclairant le mécanisme caché derrière l'une des portes de la pendule. Mais…

– Oui ? demanda Patricia.

– Quelqu'un vient obligatoirement ici ! Cette horloge est à l'heure et le mécanisme est manuel. Il faut la remonter chaque jour à l'aide d'une clé.

Noé s'approcha à son tour. Il observa l'horloge et se tourna vers Patricia.

– Je ne sais pas… Je suis certain qu'il n'existe qu'une seule clé de la Maison de Dieu et celle-ci est en ma possession. Je vais quand même demander à Cham s'il est au courant de la présence de cette pendule et s'il a des informations à nous donner à ce sujet.

– Cela n'a pas grande importance. En revanche, s'il y a quelqu'un qui loge ici et que les enquêteurs ne l'ont pas interrogé, ça devient très embêtant. Vous comprenez ?

– Oui… oui, bien entendu. Mais je vous assure que personne n'habite ici.

– Ça tombe bien, alors. Je vais pouvoir m'y installer.

– Pardon ? répondit Noé, sous le regard médusé de Guillaume qui ne comprenait pas où voulait en venir l'officier.

– Il est très difficile de se rendre à Anarchia et notre enquête est loin d'être terminée. Par ailleurs, quatre Dignitaires ont été assassinés et il ne reste plus que Cham et vous en vie. Je pense donc qu'il va falloir veiller un peu sur vous. Il semble qu'être Dignitaire aujourd'hui soit devenu une charge dangereuse, non ?

La commandante Lagazzi avait accompagné sa dernière phrase d'un clin d'œil destiné à Guillaume, qui comprit immédiatement. Sous prétexte de protéger Cham et Noé, elle allait rester sur place et enquêter de l'intérieur. Le vieil homme, de son côté, n'avait pas répondu mais semblait très contrarié par la proposition de l'officier de gendarmerie.

– Vous… vous êtes certaine de vouloir dormir ici ? Ce n'est pas chauffé et les offices débutent de très bonne heure. Nous pourrions peut-être vous loger chez l'un des habitants ?

– Non. Ici, ce sera parfait. Je vais redescendre à Brélac ce soir ; je n'ai aucune affaire et j'ai besoin de passer plusieurs coups de fil, mais je reviendrai demain. D'ici là, vous et Cham, restez enfermés chez vous et répétez bien à tous les habitants que personne ne doit quitter Anarchia. À moins que je ne vous dérange ?

– Non… Pas du tout. Vous êtes la bienvenue.

– Alors, c'est parfait. Et pour répondre à votre question de tout à l'heure, une fois les interrogatoires terminés, oui, les habitants peuvent retourner à leurs occupations.

Patricia avait utilisé toute sa force de persuasion sans vraiment laisser le choix à Noé. Sa façon condescendante de s'adresser au vieil homme avait presque fait sourire Guillaume. Néanmoins, les gendarmes avaient bien compris que Noé bouillait au fond de lui et était particulièrement préoccupé par la future présence de la jeune femme.

Alors qu'ils sortaient de la Maison de Dieu, un groupe composé du médecin légiste, des techniciens scientifiques et de plusieurs pompiers qui portaient les corps de Jacob et de Rachel, harnachés sur des brancards et cachés sous des couvertures, émergea du domicile du couple.

Patricia et Guillaume, laissant le Dignitaire planté sur le seuil de la porte de la Maison de Dieu, traversèrent la petite place d'Anarchia d'un pas pressé pour aller à la rencontre du médecin légiste.

– Alors, Docteur ? s'enquit la commandante Lagazzi.

– Alors… répéta-t-il, en s'arrêtant devant les deux gendarmes avec sa mallette à la main. Comment dire… C'est d'une violence que je ne croyais possible que dans des films ou des romans à la Maxime Chattam.

– C'est-à-dire ?

– Les techniciens scientifiques ont fait des relevés, mais à mon avis, il ne va pas falloir s'attendre à des miracles. Je vous en dirai plus quand j'aurai examiné les corps à l'institut médico-légal.

– Mais quelles sont vos premières observations ?

– Nous avons enlevé les fils barbelés qui retenaient les corps l'un à l'autre.

– Je suppose que ces fils représentaient l'union d'un couple qui, aux yeux de l'assassin, revêtait probablement un côté malveillant. Ou peut-être a-t-il mis en exergue toute la haine qu'il portait à ces deux personnes. Quoi d'autre ?

– Contrairement aux premières victimes, les cœurs n'ont pas été arrachés. En revanche, là encore, l'homme a été émasculé.

– Avec toutes ces castrations, notre tueur est en train de se constituer une drôle de collection, souligna Guillaume avec maladresse.

Le médecin et la commandante se regardèrent, et bien que le moment fût totalement inapproprié, ils ne purent s'empêcher de sourire à la réflexion du jeune gendarme. Puis ils reprirent aussitôt leur sérieux et le cours de leur conversation.

– Comme vous l'avez probablement constaté, les bras et les jambes ont été arrachés mais les membres n'ont pas été retrouvés sur place.

– Arrachés ou sectionnés ?

– Vraiment arrachés ! Je vous laisse imaginer la force qu'il faut pour faire une chose pareille.

– Vous pensez que c'est faisable à mains nues ?

– Non. Absolument pas. C'est comme si les corps avaient été attachés sur une table et que les membres, solidement fixés à une corde, avaient été tirés par une machine et arrachés d'un seul coup.

– Un peu à la manière des écartèlements qui avaient lieu au Moyen Âge ? intervint Guillaume.

– C'est ça. Sauf qu'au Moyen Âge, on pratiquait des entailles aux jointures des articulations pour que les membres soient arrachés plus facilement. Là, je ne suis même pas certain que notre couple ait eu droit à ce traitement de faveur.

– En tout cas, ces actes de cruauté n'ont pas dû se dérouler dans cette chambre ! avança Patricia.

– Tout le problème est là à mon avis. Vu la quantité de sang présent dans le lit et les nombreuses éclaboussures sur les murs, je pense au contraire que tout s'est déroulé dans cette pièce. Mais quand on imagine la force qu'il faut pour faire ça, je ne m'explique pas comment les membres ont pu être arrachés sur place… Laissez-moi étudier les corps et je devrais pouvoir vous en dire plus d'ici quarante-huit heures.

– D'accord. Vous me rappelez dès que vous en savez plus, et si vous pouviez aussi m'adresser votre rapport par mail, ce serait parfait.

– On fait comme ça. Au revoir, Commandante Lagazzi.

– Au revoir, Docteur Théveny.

En fin de journée, la plupart des agents de l'État avaient déserté Anarchia. Seuls étaient demeurés sur place les quelques gendarmes qui avaient procédé aux interrogatoires des habitants du village. Ils venaient de terminer un débriefing mené par l'adjudant Perrin et s'apprêtaient à quitter les lieux à leur tour. Alors que leurs véhicules démarraient sous le soleil déclinant, le chef de la brigade de Brélac, la commandante Lagazzi et le jeune gendarme se retrouvèrent seuls à côté de leur Jeep de location.

– Alors, Commandante, que pensez-vous de toute cette histoire ? questionna l'adjudant Perrin.

– Je pense qu'elle est loin d'être terminée. À mon avis, les dénommés Cham et Noé sont les prochains sur la liste. À moins que…

– À moins que ce ne soient eux les coupables ? suggéra Guillaume.

– Absolument. À moins que ce ne soient eux les coupables, répéta-t-elle, songeuse, en observant les maisons alignées sur la place.

La pénombre s'installait doucement sur le village et la température était en train de baisser rapidement. Derrière les rideaux de plusieurs fenêtres, des membres de la communauté épiaient les trois gendarmes sans même se cacher. Une idée étrange traversa Patricia.

– Je me demande s'il est possible que tout un village soit coupable de meurtre…

– Vous pensez qu'ils auraient pu tous participer aux assassinats ? questionna l'adjudant.

– Peut-être. Quand on interroge tout un immeuble suite à un crime, il y en a toujours qui ont vu ou entendu quelque chose. Et il y a souvent l'un des occupants qui en profite pour régler ses comptes en faisant accuser un voisin… Je ne sais pas… Mais il y en a systématiquement un qui a quelque chose à dire. Là, rien…

– Je suis d'accord avec vous. C'est tout à fait ce que je vous ai confié à votre arrivée. Personne n'a rien vu, rien entendu et rien à dire. Peut-être qu'ils se sentent menacés…

– C'est possible. Ou alors ils sont tous coupables de quelque chose. Au fait, dès que nous arriverons, il faudrait chercher, dans les archives de la gendarmerie, la déclaration de disparition d'une certaine Sophie Raignal en 1982.

– Je m'en occuperai, Commandante, répondit Guillaume. D'ailleurs, si je peux me permettre, il vaudrait mieux que nous rentrions à Brélac. Le jour décline très vite et il ne s'agirait pas que nous tombions en panne en pleine forêt pendant la nuit.

– C'est sûr. Je me sentirais obligée de buter votre cousin qui nous a prêté le 4x4, rétorqua Patricia en souriant.

Moins de dix minutes plus tard, le véhicule tout-terrain pénétrait dans la forêt en direction du village de Brélac-sur-Vézère. Patricia conduisait presque au ralenti, en faisant attention à la moindre pierre et en essayant d'éviter les ornières du chemin défoncé. De temps à autre, un renard ou un chevreuil leur coupait la route, surgissant d'un fourré pour disparaître dans la noirceur d'un taillis. Une odeur d'humus, mêlée à diverses essences naturelles, parfumait l'habitacle de la Jeep.

– Vous savez, depuis mon enfance, j'ai toujours entendu dire que même les chasseurs ne venaient pas dans cette forêt. Selon les anciens, elle serait un peu maudite…

Guillaume avait prononcé cette dernière phrase sur un ton presque confidentiel. Comme si le gendarme craignait d'être entendu par les arbres eux-mêmes. Sa façon de tourner la tête de droite et de gauche, depuis qu'ils avaient pris la route, avait alerté Patricia sur les peurs qui semblaient animer le jeune homme.

– C'est curieux, Guillaume, vous paraissez moins calme que lors de la traversée de cette forêt en plein jour.

– Désolé, mais je la trouve flippante, cette forêt, Commandante. On m'a tellement raconté de trucs dessus que m'y retrouver à la tombée de la nuit ne me rassure pas vraiment.

– Je comprends, répondit-elle d'un ton compatissant. Et vous, mon Adjudant, je voudrais vous demander quelque chose, si vous permettez.

– Je vous en prie, Commandante.

– Ce matin, vous n'avez pas eu l'air trop gêné par ce que nous avions sous les yeux. Je suppose que ce n'est pas la première fois que vous voyez ce genre de scène de crime ?

– Non, en effet. À une période, j'ai travaillé comme infirmier militaire au deuxième régiment étranger de parachutistes et j'ai participé à de nombreuses opérations extérieures. J'ai donc vu de sales choses…

– La Légion étrangère ? À Calvi, c'est ça ?

– Tout à fait.

– Je connais ce régiment. Un régiment d'élite, paraît-il.

– Ça y est, nous arrivons à Brélac, fit remarquer Guillaume qui semblait soulagé d'être enfin sorti de la forêt.

– Je vous dépose à la gendarmerie et nous nous retrouvons demain matin ?

– D'accord, répondit l'adjudant Perrin. Avant que vous n'arriviez, nous nous occuperons de chercher dans les archives le dossier sur la disparition de 1982.

Patricia inclina la tête pour remercier ses collègues, les déposa devant leur caserne et repartit aussitôt vers son hôtel pour une nuit de repos.

5

Anarchia, 1979

– Bonjour. Soyez le bienvenu au sein de notre petite communauté. Je suis Sophie.

– Bonjour. Vous pouvez m'appeler Noé. Je vous remercie de m'accueillir pour quelques jours, le temps de me reposer un peu. Je repartirai ensuite pour mon périple qui devrait me conduire à Saint-Jacques-de-Compostelle. Vous vivez ici depuis longtemps ?

– Cela fait une dizaine d'années. Après la révolution, nous avons décidé de quitter Paris pour venir nous installer dans le Périgord. Mes grands-parents m'ont légué cet immense domaine et les ruines de cet ancien corps de ferme ainsi que les maisons attenantes. Nous les retapons petit à petit.

– C'est magnifique. J'ai toujours rêvé de m'installer dans un lieu reculé comme celui-ci, loin de notre société capitaliste et de ses dictats imposés par les bourgeois et les grands patrons.

– Si c'est ce que vous pensez de notre société d'aujourd'hui, sachez que notre porte vous est ouverte et que vous pouvez demeurer parmi nous aussi longtemps que vous le désirez.

Le jeune homme d'une trentaine d'années inclina la tête pour remercier Sophie Raignal. Celle-ci sourit. Il était plutôt à son goût. Grand, élancé, de beaux yeux verts qui soulignaient un visage mat tanné par le soleil, Noé avait un charme fou. Elle ne se doutait pas que la dernière phrase qu'elle venait de prononcer allait signer la fin du bonheur et de la vie insouciante de la petite communauté d'Anarchia.

– Vous vous rendez donc à Saint-Jacques-de-Compostelle. Vous êtes croyant ?

– Disons que j'adhère à certains préceptes de la religion catholique mais qui s'arrêtent à l'amour de son prochain, à l'échange entre les hommes, au don de soi et au respect des autres. À l'occasion, je pourrai peut-être vous montrer le petit livre que je me suis confectionné à ce sujet ?

– Oui. Pourquoi pas ? Vous vous doutez bien que nous ne sommes pas du tout religieux ici, mais si vos convictions s'arrêtent à l'amour des autres et au respect, vous pourrez nous en parler devant un feu lors d'une soirée.

– Ce sera avec plaisir, sourit le jeune homme.

Sophie venait de mener Noé jusqu'à la dernière maison inhabitée d'Anarchia. Elle poussa la porte avec beaucoup de mal tant celle-ci n'avait pas été ouverte depuis bien longtemps.

– Si cela ne vous gêne pas, nous pouvons nous tutoyer.

– Bien sûr. Avec plaisir.

– Tu peux t'installer ici et y rester aussi longtemps que tu veux. Cet après-midi, nous t'aiderons à nettoyer et à remettre cette maison en état.

– Quelle est la fonction de cette grande bâtisse ? demanda Noé en montrant la construction à deux étages située à une dizaine de mètres de là.

– Quand mes grands-parents faisaient les moissons, ils y logeaient les ouvriers agricoles saisonniers. Maintenant, cela nous sert plutôt à stocker nos petites productions.

– Vos productions ?

– Oui. Nous nous sommes spécialisés dans la fabrication du miel d'acacia et nous cultivons aussi quelques fruits et légumes. L'un de nous crée également de petits bijoux artisanaux. Disons que cet endroit est utilisé comme lieu de stockage pour tout ce qui sert à notre subsistance.

– Vous y gardez la nourriture et tout ce que vous revendez, si je comprends bien ?

– C'est ça. Nous faisons tous les marchés du coin pour y vendre nos productions.

– Cette grande maison pourrait vous servir aussi de lieu de réunion ou un truc du genre, non ?

– Elle pourrait si nous en avions la nécessité, effectivement. Allez, je te laisse t'installer et commencer à nettoyer un peu ton nouveau domicile. Et je te le répète : à Anarchia, tu es chez toi et tu peux rester aussi longtemps que tu le désires.

– Merci, Sophie.

La jeune femme laissa Noé déballer ses affaires et se rendit dans une habitation voisine.

– Hello, Marie ! s'exclama-t-elle en poussant la porte sans même frapper avant d'entrer.

– Bonjour ! Un thé ? entendit-elle du fond de la pièce.

– Oui. Volontiers !

Quelques minutes plus tard, les deux jeunes femmes se faisaient face, assises sur une petite banquette de la salle de séjour.

– Comment tu le trouves ? demanda Sophie à sa meilleure amie.

– Je reconnais qu'il est super beau. Il est là pour combien de temps ?

– Quelques jours. Il est en train de faire le pèlerinage de Saint-Jacques-de-Compostelle. Mais je lui ai dit qu'il pouvait rester avec nous le temps qu'il voulait.

– Pèlerinage ? C'est un catho ?

– Non. Il a une vision différente. Il est plutôt dans l'amour et le respect des autres, m'a-t-il dit.

– Je sais que le domaine est à toi, Sophie, mais fais quand même attention aux gens que tu invites. Nous nous connaissons tous depuis plus de dix ans et il ne faudrait pas que quelqu'un vienne briser l'harmonie qui règne ici.

– Ne t'inquiète pas. Si quelque chose ne va pas avec un nouveau membre de la communauté, on le dégage. On l'a déjà fait.

– Je sais bien, mais avec lui, il y a comme un truc qui me gêne…

– Du genre… ?

– Du genre qu'il est trop beau et que tu as intérêt à faire vite si tu ne veux pas que ce soit moi qui me le tape !

Les deux jeunes femmes éclatèrent de rire.

Les jours se transformèrent en semaines puis en mois. Noé ne s'intéressa finalement jamais à Sophie, le jeune homme étant bien plus passionné par la lecture de son Livre de Dieu que par la gent féminine.

Il organisa plusieurs réunions afin de partager sa vision de la religion. Si les premières n'attirèrent personne, progressivement, aidé par un véritable charisme et des paroles convaincantes, il arriva à séduire plus de la moitié des habitants d'Anarchia. Les réunions finirent par se tenir dans la bâtisse auparavant dédiée au stockage, que Noé baptisa Maison de Dieu.

Quelques mois après son arrivée, il était presque devenu le leader de la petite communauté. Seule Sophie semblait être encore un peu écoutée des habitants d'Anarchia qui paraissaient, on ne sait comment, être passés du statut de soixante-huitards à celui de croyants totalement endoctrinés.

Lorsque, un matin, Noé décida de se rendre à Brélac pour deux jours, le temps de faire imprimer une cinquantaine d'exemplaires du Livre de Dieu qu'il avait lui-même élaboré à partir d'autres recueils religieux, Sophie en profita pour réunir l'ensemble du village. À sa question concernant le maintien parmi eux du dernier arrivé, tous souhaitèrent que celui qui était désormais leur Guide demeure à Anarchia. Seule Marie partageait l'opinion de Sophie. Malgré les avertissements des deux jeunes femmes quant à ce qui ressemblait un peu plus chaque jour à une dérive sectaire, tous se rangèrent derrière l'avis de cinq des habitants d'Anarchia dont Noé avait fait sa garde rapprochée. Il les avait affublés de noms d'origine biblique et les surnommait les Dignitaires.

Sophie avait vu son village se transformer progressivement en une secte dirigée par un gourou et, de nombreuses fois, elle avait été tentée de mettre fin à l'aventure Anarchia. À plusieurs reprises, elle avait hésité à tous les mettre dehors. Mais qu'auraient-ils fait ? Ils n'avaient plus ni travail, ni argent, ni biens. Ils se seraient retrouvés à la rue ! Non, elle ne pouvait pas faire ça à des amis de plus de dix ans.

Dès son retour, Noé distribua un exemplaire de son Livre de Dieu à chacun des membres de la communauté et, un an tout juste après l'arrivée du jeune homme à Anarchia, tous ses habitants se levaient à quatre heures du matin pour aller assister à ses messes enflammées. L'abstinence avait remplacé l'amour libre, puis une interdiction totale des rapports charnels avait suivi. Toute femme qui tomberait dorénavant enceinte subirait une punition absolue et définitive.

Ceux qui avaient pris le nom de Dignitaires étaient devenus les garants d'une morale religieuse extrémiste et les vêtements s'étaient progressivement élargis et allongés pour finir par faire des femmes de véritables épouvantails déguisés à la mode des mormons américains du XIXe siècle.

Seules Sophie et Marie continuaient de vivre comme elles l'entendaient. Chaque jour, cependant, le fossé se creusait un peu plus entre les deux amies et le reste de la communauté mais surtout, la pression exercée sur elles pour les forcer à adopter les directives délirantes de la nouvelle religion s'accentuait toujours davantage.

Au début de l'année 1981, alors qu'elles étaient toutes deux couchées sur des serviettes, bronzant nues derrière la petite place d'Anarchia, Noé et les cinq autres Dignitaires surgirent soudain et leur demandèrent de se rhabiller immédiatement. Le ton menaçant à peine voilé effraya les deux jeunes femmes qui se réfugièrent chez Sophie pour se couvrir, escortées par la petite troupe de celui qui commandait et dictait désormais au village toutes ses règles de vie. Une fois qu'elles furent vêtues, Noé leur ordonna de s'asseoir dans le salon :

– Mes chères sœurs, vous allez devoir m'écouter très attentivement. Notre petite communauté vit en respectant les règles et les lois de Dieu et vous ne devez plus vous exhiber comme vous le faites. Vous devrez à présent vous habiller comme les autres femmes du village et …

– Rassure-moi, tu plaisantes ? s'écria Sophie, abasourdie par le fait que le jeune homme voulait lui imposer les règles de sa secte.

– Taisez-vous ! hurla-t-il.

Le cri qu'il venait de pousser avait laissé les jeunes femmes sans voix, terrorisées par l'homme qui, en un peu plus d'un an, avait pris le pouvoir dans le village et le gérait maintenant comme un véritable dictateur empreint de concepts religieux d'une époque révolue depuis plusieurs siècles.

– Vous voyez ce que vous me faites faire, mes sœurs ? Vous me faites m'énerver, et ensuite je crie sur vous ! Je disais donc que vous alliez désormais vous vêtir comme les autres femmes du village. J'aimerais aussi que vous veniez le matin à l'office. Je pense que cela vous fera le plus grand bien.

Les phrases de Noé résonnèrent comme des ordres à l'oreille des deux jeunes femmes. Sophie comprit qu'elle devait contre-attaquer immédiatement, faute de quoi l'avenir de la communauté, déjà fort compromis, deviendrait exclusivement religieux. Religieux dans le sens sectaire et extrémiste du terme. Elle se leva et défia Noé du regard.

– La prochaine fois que vous débarquez chez moi et osez essayer de me donner un ordre, à moi ou à l'une de mes amies, je vous vire du village. Tous ! Est-ce que vous avez bien compris ce que je viens de vous dire ?

Les cinq autres Dignitaires se regardèrent.

– Mais Sophie..., tenta la seule femme du groupe.

– Sortez de chez moi ! Immédiatement ! s'emporta la propriétaire des lieux. Si l'un de vous tente à nouveau ce genre d'ordre ou de consigne à mon égard, la communauté sera dissoute et vous quitterez Anarchia. Est-ce que je me suis bien fait comprendre ? Quant à toi, Noé, toi qui as fait de notre si joli village un antre religieux et sectaire, je te laisse un mois pour t'organiser, faire tes valises et disparaître. Est-ce que tu as bien compris ?

Sophie Raignal s'était énervée comme cela ne lui était pas arrivé depuis son adolescence, de nombreuses années auparavant, quand elle était révoltée contre ses parents autant que contre la société. Elle était sortie de ses gonds et l'air avec lequel elle avait posé sa dernière question était si agressif que Noé n'osa pas répondre, surpris que la douceur de la jeune femme ait pu virer en une colère si noire.

Sans un mot, les Dignitaires quittèrent la maison. Sophie les observa à travers les carreaux de la fenêtre de sa cuisine. Une dizaine de mètres plus loin, ils s'arrêtèrent et se regroupèrent autour de Noé pour écouter les directives de leur chef. De temps à autre, ils acquiesçaient par un petit mouvement de la tête tout en dirigeant leur regard vers la maison de Sophie.

– Qu'est-ce qu'il est en train de préparer ? intervint Marie qui, dans le dos de Sophie, suivait elle aussi la réunion improvisée des Dignitaires.

– C'est la première fois que quelqu'un lui cloue le bec depuis qu'il est arrivé. À mon avis, Noé ne va pas en rester là. Il va devoir trouver une solution. Je crois que j'ai fait une bêtise…

– En le virant d'Anarchia ?

– Non. En lui laissant un délai d'un mois. Je voulais qu'il ait le temps de se retourner et de s'organiser mais j'ai bien peur qu'il ne profite de ce délai pour me faire une saloperie dans le dos.

– C'est bien possible. C'est un sacré tordu et il les a tellement endoctrinés qu'ils sont capables de faire… Dieu sait quoi…

Les jours passèrent, puis les mois. Noé n'était pas parti et Sophie, par pitié, l'avait autorisé à rester quelques semaines supplémentaires à Anarchia, le temps de trouver un nouveau point de chute.

Pendant une période, la jeune femme fréquenta un habitant de la vallée qui vivait à une dizaine de kilomètres de Brélac, mais son statut d'homme marié ne leur permit pas d'aller plus loin dans leur relation.

Quelques semaines après la fin de leur liaison, aux premiers signes que manifesta son corps, Sophie comprit qu'elle était enceinte. Le vieux médecin de Brélac lui confirma le diagnostic tout en lui indiquant qu'il était défavorable à l'avortement et que, si son souhait était d'interrompre cette grossesse, il ne l'accompagnerait pas dans sa démarche.

Quand Marie apprit la nouvelle, elle fut transportée de joie, heureuse qu'un enfant vienne enfin apporter du renouveau dans un village qui sombrait depuis près de deux ans dans l'obscurantisme.

– Comment tu vas l'appeler ? Tu penses que c'est un garçon ou une fille ?

Les questions fusaient de la bouche de son amie mais Sophie resta muette. Marie eut tôt fait de comprendre ce qu'il se passait.

– Tu ne veux pas le garder, c'est ça ? Tu as pris la décision d'avorter ?

– Je me pose la question. Tu sais, nos idéaux de 68 sont un peu révolus. J'ai le domaine à gérer… tout ça… Je ne suis pas certaine d'être capable d'élever un enfant toute seule.

– Mais je suis là, je t'aiderai !

– Je sais bien. Mais je parle surtout du père. Il est marié et il ne sera jamais présent pour cet enfant. Tu sais, les concepts de l'amour libre, de l'absence de contraintes et de toutes ces idées auxquelles on aspirait, il y a plus de dix ans… depuis l'arrivée de Noé, tout ça a bien changé.

– Je comprends. Tu n'y crois plus. Tu préférerais plutôt une véritable vie de famille pour cet enfant.

– C'est ça...

– Tu vas avorter ?

– Je pense, oui. Mais je ne sais pas qui va pouvoir m'aider. La seule qui ait déjà fait ça, c'est Rachel. Et aujourd'hui, vu qu'elle est devenue Dignitaire, je ne suis pas certaine qu'elle sera d'accord pour en pratiquer un de nouveau.

– Et le médecin de Brélac ? Ou l'hôpital de Périgueux ?

– Le toubib ne veut pas entendre parler de ça. Tu te rends compte que, dix ans après leur manifeste, le mec a encore trouvé le moyen de me dire d'aller me faire avorter par les 343 salopes[1] !

– Trop con ! répondit Marie. Et pour l'hôpital ?

– Ça fait trois mois que je suis enceinte. Je ne peux plus avorter légalement.

– Je comprends. Il faut en parler à Rachel, alors. Je suis certaine qu'elle peut entendre les choses et ne pas les répéter. Elle l'a déjà fait à plusieurs reprises.

– Je sais. De toute façon, je n'ai pas vraiment le choix. Il ne me reste plus qu'à espérer qu'elle demeure discrète.

Les deux jeunes femmes réussirent à exposer le problème à la Dignitaire sans mettre au courant la

---

1. *Le manifeste des 343* est une pétition rédigée par Simone de Beauvoir en 1971 et signée par de nombreuses personnalités appelant à légaliser l'avortement. Cette pétition fut surnommée *le manifeste des 343 salopes.*

garde rapprochée de Noé. Contrairement à leurs craintes, elle se montra compréhensive et proposa de pratiquer l'avortement dès le lendemain.

Aidée de Marie, elle opéra dans la chambre de Sophie, et malgré une très forte hémorragie, l'intervention se déroula finalement sans conséquence grave. Pendant trois jours, veillée par son amie, Sophie demeura alitée pour se reposer. Quand elle fut enfin en état de se lever, les deux jeunes femmes s'installèrent au salon devant un feu de cheminée.

– Tu te sens mieux ?

– Oui. Je suis contente d'arriver à me lever. Tu sais, ce n'est pas tant physique…

– Je sais bien. Dans des cas comme ça, c'est beaucoup plus le moral qui souffre que le corps.

– …

– Sophie, ça va ? s'enquit Marie devant le mutisme soudain de son amie, qui semblait plongée dans ses pensées.

– J'ai quelque chose à te dire.

– Oui… je t'écoute. Tu… tu me fais peur. Qu'est-ce qu'il y a ?

– Tu te rappelles quand nous sommes arrivés ici, en 1968 ?

– Bien sûr ! Pourquoi ?

– Dans le groupe, personne ne m'a jamais demandé comment je pouvais être propriétaire d'un domaine aussi grand…

– Ta famille, non ?

– Justement, ma famille… Tôt ou tard, quelqu'un s'en prendra à moi…

Une larme glissa sur la joue de Sophie.

6

Brélac. De nos jours.

Tout comme la veille, juste après sa douche, Patricia se rendit dans le restaurant désert de l'hôtel pour se faire couler un café. Attablée devant son bol, elle tenait entre ses mains Le livre de Dieu qui servait de bible aux habitants d'Anarchia. Remuant la tête de droite à gauche à certains des passages qui lui avaient échappé lors de sa première lecture, elle allait de surprise en surprise. L'auteur de ce livre avait vraiment pris ses aises avec les Évangiles. À plusieurs reprises, elle releva également des mélanges extraits de plusieurs ouvrages religieux. Un chapitre entier consacré au Noé de l'Ancien Testament ressemblait à une ode décrivant le patriarche comme le véritable fils de Dieu. Le chapitre suivant relatait une prophétie révélant le retour sur Terre de Noé, dans un avenir proche, sous la forme du nouveau Guide de l'humanité.

– Putain, c'est pas vrai ! Ce dingue se prend pour le Messie ! soupira-t-elle.

Il était désormais sept heures, et elle se servait son troisième café quand son téléphone vibra.

Elle vissa aussitôt ses AirPods dans ses oreilles et décrocha à l'aide de la commande vocale.

– Bonjour, ma belle. Tu es tombée du lit ?

– Tu es chiante, sourit Véronique. Tu crois qu'il n'y a que les gens de terrain qui se lèvent de bonne heure pour bosser ?

– Je sais bien que non. Je t'embête. Des *news* ?

– Oui. Plein.

– OK. Je t'écoute, répondit Patricia en ouvrant l'application *Notes* sur son iPhone.

– Première chose, les randonneurs disparus en 2000 étaient bien trois et étaient partis pour Saint-Jacques-de-Compostelle. Je pense que les familles avaient raison de ne pas croire à la thèse de la simple disparition.

– Pourquoi ?

– Les mecs étaient tous dans la force de l'âge et hyper expérimentés. Ils faisaient des randonnées tous les week-ends, possédaient tout le matériel qu'il fallait et l'un d'eux était même équipé d'une balise de détresse genre GPS ou Argos. Elle a d'ailleurs émis pendant plusieurs jours, mais quand les recherches ont été vraiment lancées, elle n'était plus localisable. Sa dernière position était à environ deux kilomètres d'Anarchia.

– Elle n'a jamais été retrouvée ? interrogea Patricia, qui faisait des allers-retours d'un bout du restaurant à l'autre. Ces quelques pas pendant les conversations téléphoniques l'aidaient souvent à se concentrer.

– Non. Et puis la forêt de Brélac, ce n'est pas la forêt de Guyane. Ils ne sont pas tombés sur un anaconda ou un puma. Ce que je veux dire, c'est…

– C'est qu'ils ont été tués ?

– Probablement. D'autant qu'ils ne sont pas les seuls…

– Comment ça, « ils ne sont pas les seuls » ?

– Tu sais, il y a cette légende qui dit que, tous les quarante ans, il se passe des trucs terribles. 1902, 1942, etc.

– Oui, et ?

– En fait, je pense que c'est une connerie. Il s'est toujours passé des trucs dans le coin. Aussi loin qu'on peut remonter dans l'histoire de cette forêt, il y a eu des disparitions, des morts suspectes, des viols, et j'en passe et des meilleures… Nos trois randonneurs ont disparu en 2000 mais il y en a eu d'autres. On ne l'a pas repéré tout de suite car les archives n'étaient pas encore informatisées mais je suis remontée au début des années quatre-vingt et là, surprise !

– Vas-y, raconte !

– En fait, la réputation maudite de la forêt se confirme. Nous avons deux couples qui ont disparu à quelques mois d'écart en 1981. Les journaux de l'époque avaient fait paraître plusieurs articles à ce sujet.

– Il n'y a pas eu de battues organisées par la gendarmerie ?

– Si. Sauf qu'en général, quand les forces de l'ordre demandent de l'aide à la population pour des recherches, il y a souvent plein de volontaires. Tu me crois si je te dis qu'à Brélac, ils n'étaient que cinq ou six ? La plupart des personnes qui ont participé à ces battues étaient de Sarlat ou de Périgueux. C'est comme si les habitants du village se fichaient de ce qui pouvait bien advenir des touristes ou des randonneurs disparus. À moins qu'ils ne soient terrorisés à l'idée de rentrer dans cette forêt.

– C'est la peur, confirma Patricia. J'ai un jeune gendarme qui m'accompagne et que j'ai choisi parce qu'il est originaire de Brélac justement. Le gamin flippe carrément à l'idée de traverser la forêt.

– Je comprends pas. C'est une forêt du Périgord, c'est pas Brocéliande[1] quand même ! C'est quoi, leur problème ?

– Tu sais, dans des petits villages retirés comme celui-ci, les légendes sur des lieux maudits se transmettent de génération en génération, souvent pendant des siècles. À part ça, tu as autre chose ?

– Oui. Je continue. Il y a bien une société Anarchia qui loue, pour un euro symbolique par mois, l'ensemble du domaine à une dénommée Sophie Raignal. La société a été créée au début des années soixante-dix et revend des produits artisanaux du genre miel, fruits, légumes et petits bijoux. Apparemment, ils font un miel d'acacia qui s'exporte jusqu'en Asie.

– Tu veux dire que la société marche plutôt bien ?

– Tu rigoles ? Elle détient des actifs pour un montant de plus d'un million d'euros.

– En vendant du miel et quelques pommes ? Tu te fous de moi ou quoi ?

---

1. Forêt mythique et enchantée des légendes arthuriennes qui aurait abrité Merlin et les fées Morgane et Viviane.

La restauratrice venait d'entrer dans la salle et se faisait un café à son tour. Par signes, elle en proposa un à Patricia, que cette dernière déclina d'un bref coup de tête accompagné d'un sourire de politesse.

– Non. C'est toujours l'apport qu'avait déposé l'actionnaire principale de la société.

– Et qui est ?

– Toujours cette Sophie Raignal. C'est elle qui est l'unique propriétaire du domaine, qu'elle a hérité de ses parents en 1967 alors qu'elle avait à peine dix-huit ans. Mais elle a aussi hérité d'énormément de *cash*. L'équivalent de trois millions d'euros d'aujourd'hui. C'est, à mon avis, grâce à cette manne financière que vivent les habitants d'Anarchia depuis cinquante ans. Au tout début des années quatre-vingt, notre héritière a fait le choix de transférer tout son argent personnel sur les comptes bancaires de l'entreprise Anarchia, via un montage financier reposant sur l'achat d'actions de société.

– Tiens, tiens… Mais c'est intéressant tout ça, souligna Patricia. Surtout que cette Sophie Raignal, nul ne l'a revue depuis cette époque.

– C'est ce que j'allais te dire. Plus aucune trace d'elle depuis quarante ans. Tous les mouvements apparaissant sur les comptes bancaires sont réalisés en ligne. Même si je n'ai pas relevé d'activité suspecte. Si tu penses qu'elle a été tuée à cette période, ce n'est pas pour une histoire de fric apparemment, car les fonds dorment toujours et la personne qui gère les comptes n'a jamais cherché à détourner d'argent.

Patricia réfléchit. *La société est probablement gérée par Noé depuis plusieurs décennies mais il n'a jamais tenté de s'enrichir sur le dos de Sophie Raignal. Il ne peut pas avoir tous les défauts du monde. Au moins, il n'est pas voleur. C'est déjà ça*, pensa-t-elle.

– Ah, j'allais oublier. Le domaine d'Anarchia comprend aussi la forêt.

– La forêt ? Toute la forêt ? Tu rigoles ?

– Non, pas du tout. Tout est à Sophie Raignal. Et le pire, c'est que tout ça appartient à sa famille depuis aussi loin que l'on peut remonter. Plusieurs siècles sûrement.

– Et il y a des héritiers derrière ? Des gens susceptibles de tuer pour récupérer tout ça ?

– Même pas. Elle est fille unique. Il n'y a plus personne à part elle.

– Et tu as trouvé trace d'un dépôt de plainte, d'un signalement ou de quoi que ce soit d'autre concernant la disparition de cette Sophie Raignal ?

– Non, rien. Après, on revient toujours au même problème. Rien n'était informatisé. Il faudrait plutôt que tu voies avec les archives locales.

– Et sur le passé de ce Noé, tu as découvert quelque chose ? continua Patricia.

– Non, j'ai rien sur ce mec. Il me faudrait son identité, une empreinte, un test ADN ou un truc du genre… Sans son nom, on ne peut absolument rien faire.

– Il m'a promis de nous établir un fichier avec les véritables noms de tous les habitants du village. En tout cas, pour ceux qui se rappelleront de leur identité, cinquante ans après…

– Tu plaisantes ? s'étonna Véronique. Même après plusieurs décennies, sauf si on est devenu gâteux, qui oublie son nom ?

– On est bien d'accord ! Rien d'autre ?

– Non, désolée, ma belle.

– Je te remercie. J'espère qu'on recevra aujourd'hui les résultats des autopsies de nos deux nouvelles victimes. Peut-être que l'ADN va parler !

– En ce qui concerne les deux premiers, ils étaient inconnus de nos fichiers. Je pense que ça va être pareil.

– Probablement. Je pars en fin de journée pour Anarchia et j'y dormirai ce soir. Si les deux derniers Dignitaires encore vivants ne sont pour rien dans les quatre meurtres, je pense qu'ils ne sont pas en sécurité. Et puis, je vais tenter de m'immerger un peu plus dans cette espèce de secte afin d'enquêter.

– Je te ferai suivre les infos que j'aurai glanées par mail. Comme ça, dès que tu auras du réseau, tu pourras les consulter sur ton portable. Tu m'as bien dit que c'était une zone blanche ?

– En effet. On ne capte rien à des kilomètres à la ronde. Je t'appelle dès que je redescends d'Anarchia. Bisous.

– Fais attention à toi. Bisous.

Patricia regarda le fond de son bol vide. Alors qu'elle était plongée dans ses pensées, l'hôtelière la resservit et mit également devant elle une coupelle blanche sur laquelle reposait un croissant encore chaud.

– Merci pour cette bonne idée. Je vais en profiter pour vous demander un service, si vous permettez.

– Oui ?

– Est-ce que vous pourriez me préparer quelque chose à manger pour deux jours ?

– Genre salades à emporter et sandwichs ?

– Oui. Ce serait parfait.

– Je m'en occupe. Ce sera prêt dans la matinée.

– Merci beaucoup.

– Vous savez, je n'ai pas pu m'empêcher d'entendre votre conversation. Je ne suis pas d'ici et je ne crois pas trop aux superstitions, mais concernant Anarchia et la forêt alentour, on entend des choses bizarres. Vous êtes certaine que c'est une bonne idée de passer deux jours là-haut, toute seule avec cette de secte de dingues ?

– Ne vous inquiétez pas ; je suis encore plus dingue qu'eux ! sourit Patricia en accompagnant ses mots d'un petit clin d'œil complice.

À neuf heures précises, elle pénétrait dans la gendarmerie et s'asseyait devant l'adjudant Perrin.

– Vous êtes bien installée, Commandante ?

– Oui. L'hôtel est plutôt confortable. Vos hommes ne sont pas encore là ?

– Quatre sont en patrouille et Guillaume ne va pas tarder.

– Je peux faire la curieuse ?

– Je vous en prie, répondit le sous-officier.

– Hier, à Anarchia, quand nous avons découvert la scène de crime, et contrairement à la plupart des gendarmes qui occupent des postes dans des endroits reculés et qui… comment dire…

– Ne voient jamais rien ?

– C'est ça : « ne voient jamais rien ». Vous n'avez pas eu l'air horrifié ou paniqué par ce que nous avions sous les yeux. C'est plutôt rare, même pour quelqu'un qui a fait des opérations extérieures avec la Légion étrangère.

– Comme je vous le disais hier : avant la gendarmerie, j'ai fait un passage dans la Légion où j'ai été reclassé en qualité d'infirmier suite à une blessure à la jambe qui me rendait inapte au combat. Mais avant cela encore, j'ai été longtemps sous-officier dans les commandos. J'ai évolué sur de nombreux champs d'opération : le Liban, l'Afghanistan, l'ex-Yougoslavie, et j'en passe et des meilleures… J'ai malheureusement été témoin de ce que l'homme peut faire de plus dégueulasse. Donc, non, je n'ai pas été répugné par la scène… J'ai vu bien pire…

L'adjudant Perrin s'était confié d'un air à mi-chemin entre dégoût et tristesse. Patricia l'observa attentivement et conclut qu'il portait sur lui les stigmates de ce qu'il avait vécu. Des marques sur le visage, des mains calleuses particulièrement désagréables à serrer, une cicatrice, qu'elle supposa partir de sa clavicule droite et monter jusqu'à la moitié de sa gorge, et surtout des cheveux bien trop gris pour son âge.

– Avec toutes les campagnes que vous avez faites, comment cela se fait-il que vous ne portiez pas les décorations sur votre uniforme ? Pardon, se reprit aussitôt Patricia. Je suis curieuse et maladroite.

– Je vous en prie, ce n'est pas grave. Je pourrais, mais je n'y tiens pas. Cela ne prouve pas grand-chose sur la valeur d'un homme et je trouve que les exposer ainsi comporte un côté presque ostentatoire qui me dérange.

Il se leva et alla jusqu'à un genre de secrétaire, en chêne massif, qui détonnait au milieu de tout l'ameublement métallique de la gendarmerie. Il l'ouvrit puis revint muni d'un petit cadre-photo protégé par une vitre. Sur un fond de velours rouge reposaient plusieurs médailles militaires. Patricia observa attentivement les diverses décorations.

– Merci de me les montrer.

– Je vous en prie. Ne pas aimer le côté ostentatoire ne veut pas dire ne pas en être fier.

– Je reconnais la Médaille militaire. C'est…

– La Légion d'honneur, oui.

– Et celles-ci ? Je ne les connais pas.

– La *Legion of Merit* américaine et à côté, une décoration russe réservée aux soldats étrangers méritants.

– Mais comment avez-vous pu obtenir ces décorations ? questionna Patricia d'un air admiratif.

– Quand vous êtes arrivée, nous avons dit en blaguant que si vous nous racontiez pour quel service vous travailliez, vous devriez ensuite nous tuer, c'est ça ? sourit l'adjudant.

– Tout à fait, éclata de rire la commandante. Là, c'est un peu pareil ? Vous seriez obligé de me tuer ?

– C'est un peu ça, oui.

Quand Guillaume pénétra dans la pièce, le geste qu'amorça l'adjudant pour cacher le cadre contenant ses décorations sous son bureau n'échappa pas à Patricia. Il ne souhaitait pas parler de ses faits d'armes à ses hommes et Patricia apprécia son comportement plein d'humilité, notamment dans un milieu militaire où la fierté de porter des décorations paraissait pourtant logique.

– Mes respects, Commandante ! Mon Adjudant !

– Installez-vous avec nous, Guillaume. Nous sommes en train de discuter du déplacement de la commandante Lagazzi à Anarchia.

– Vous allez vraiment passer deux jours là-haut, toute seule avec ces…

– Ces villageois ? suggéra l'adjudant Perrin, un sourire au coin des lèvres.

– C'est ce que je voulais dire, mon Adjudant. Avec ces villageois… répéta le jeune homme, un peu mal à l'aise.

– Oui, répondit Patricia. J'espère que la nuit s'est déroulée sans encombre et que nos deux derniers Dignitaires sont encore entiers. D'ailleurs, je me demande si nous n'aurions pas dû laisser des hommes là-haut, dès hier soir.

– J'avoue ne pas y avoir pensé, reconnut l'adjudant.

– Et puis je veux savoir ce qui se passe dans ce trou. Il y a des choses bizarres.

– Du genre ? questionna le jeune homme.

– Du genre de l'espèce de fantôme que nous avons vu derrière une fenêtre alors qu'il n'était censé y avoir personne dans la Maison de Dieu.

– Commandante, ce n'est pas à vous de sécuriser Anarchia et de protéger les Dignitaires. Vous ne voulez pas qu'on envoie des gendarmes là-bas ?

– Non. Et puis je préfère être seule. Je suis habituée à travailler en solitaire. Par ailleurs, j'ai une requête à vous soumettre.

– Oui ?

– Il faudrait que vous demandiez à vos hommes de fouiller dans les archives. Sophie Raignal, la propriétaire légitime du domaine d'Anarchia, a disparu au début des années quatre-vingt et n'a plus jamais donné signe de vie. Selon Noé, une déclaration de disparition aurait été rédigée à cette période. Pourriez-vous la rechercher ?

– Si cette déclaration existe, nous la retrouverons.

– Merci. Guillaume, vous qui êtes d'ici, saviez-vous que la forêt d'Anarchia appartenait dans sa totalité à cette femme disparue ?

– Non, pas du tout, répondit-il, étonné. Tout le monde suppose que c'est une forêt dépendant du domaine public. C'est curieux qu'elle appartienne à un particulier, elle est immense.

– Selon vous, quelle taille fait-elle ?

– Je ne sais pas. Probablement un carré de huit à neuf kilomètres de côté. Je ne savais pas qu'il pouvait y avoir des particuliers propriétaires de domaines pareils en plein centre du Périgord.

– Ce n'est pas tout, renchérit Patricia. Le pire, c'est que la famille Raignal détient ce domaine depuis plusieurs siècles.

– Plusieurs siècles que tout ça est à eux ? s'étonna l'adjudant. C'est surprenant que ce genre d'héritage se transmette aussi longtemps au sein d'une même famille.

Guillaume se leva et rapporta la verseuse d'une cafetière. Il servit trois tasses fumantes avant de regarder Patricia bien en face.

– N'hésitez pas à intervenir, Guillaume, l'encouragea celle-ci, voyant que le jeune homme semblait avoir quelque chose à dire.

– Disons que j'étais en train de me faire la réflexion que personne dans la région, de toute façon, ne l'achèterait. Il s'y est passé trop de choses…

– Ce sont de vieilles légendes, tout ça, suggéra l'adjudant.

Patricia réfléchit. Peut-être que le jeune gendarme posait le doigt sur le fond du problème. Et si cette forêt n'était dans cette famille depuis si longtemps que parce qu'elle n'était simplement pas vendable ? Un genre de secret familial qui rattacherait les Raignal à ce domaine et qui empêcherait tout propriétaire de s'en débarrasser. Une espèce de malédiction qui se transmettrait de génération en génération depuis des siècles.

– Peut-être pas tant que ça, reprit Patricia, songeuse. D'ici mon retour d'Anarchia, probablement après-demain dans la journée, est-ce que vous pourriez essayer de trouver un spécialiste de la région. Un historien, un passionné de légendes locales ou quelqu'un de ce genre ?

– Nous allons vous trouver ça, Commandante.

– Je vous remercie, dit-elle en se levant. Allez, je vais passer à mon hôtel récupérer mes affaires et je file.

– Faites attention à vous, Commandante.

– Merci, mon Adjudant.

– Guillaume, vous accompagnez la commandante Lagazzi pour l'aider à charger son véhicule ?

Le jeune homme inclina la tête et suivit Patricia dans la rue. Marchant deux pas derrière elle, il observait la tenue vestimentaire de la jeune femme. Il se remémora un instant son arrivée. Alors que l'adjudant Perrin s'était absenté des locaux, les gendarmes en avaient profité pour discuter entre eux du physique agréable de la jeune femme, de son long manteau de cuir et de son maquillage noir qui lui donnait un air légèrement gothique. Et puis il y avait ces deux pistolets automatiques qu'elle portait, harnachés chacun sur une cuisse, un peu à la façon du GIGN. *Cette commandante est vraiment un officier de gendarmerie atypique*, conclut-il en arrivant à la hauteur de Patricia.

– Guillaume, dit-elle en s'arrêtant de marcher pour lui faire face.

– Oui, Commandante ?

– Je vous sens contrarié. Toute cette histoire vous met mal à l'aise.

– C'est vrai. Je suis désolé.

– La forêt ?

– Oui, Commandante. La forêt. Il faut que quelqu'un vous en parle. Quelqu'un d'autre…

– Comment ça ?

– Ma… ma grand-mère voudrait vous voir. Et je pense aussi que ce ne serait pas une mauvaise chose que vous la rencontriez...

Le jeune homme semblait très gêné mais Patricia comprit que cela lui tenait à cœur. Et puis, depuis le premier jour, *elle savait*. Le seul contact physique qu'elle avait eu avec lui avait été une révélation pour elle. Guillaume ne devait probablement pas être au courant mais elle était convaincue qu'il était issu d'une famille de coupeurs de feu[1] ou quelque chose du genre. Peut-être des rebouteux ou des sorciers, comme il en existait tant par le passé dans les campagnes reculées.

– D'accord. Vous voulez qu'on y aille maintenant ?

– Ce serait bien. Vous me suivez ?

– On y va ! Je prendrai la route tout de suite après.

Guillaume guida Patricia dans le dédale des ruelles de Brélac, et quelques minutes plus tard, il sonnait chez sa grand-mère tout en poussant la porte.

– Bonjour, mamie, cria-t-il dans le hall d'entrée.

– Ne hurle pas comme ça ! Je suis vieille mais je ne suis quand même pas sourde comme un pot, asséna la vieille dame en arrivant.

– Je t'ai amené l'officier qui vient de Paris. Commandante Lagazzi, je vous présente ma grand-mère.

– Enchantée, Madame.

L'aïeule ne répondit pas. Elle restait figée, regardant la nouvelle venue dans les yeux. Doucement, son regard glissa sur les épaules de la jeune femme, longea son corps et descendit jusqu'au sol. Puis il remonta pour finir par se plonger de nouveau

---

1. Un coupeur de feu est un magnétiseur capable de soigner de nombreux maux comme les brûlures, les coups de soleil, le zona ou d'autres maladies par contact des mains, souvent accompagné de prières.

dans les yeux de Patricia qui, en retour, l'observait aussi très attentivement.

Le jeune gendarme eut l'impression d'être coincé entre deux femmes qui se jaugeaient avant le début d'un combat.

– Guillaume, dit la vieille dame du bout des lèvres, laisse-nous.

– Pardon ?

– Laisse-nous, mon enfant, répéta-t-elle sans quitter Patricia des yeux. Nous avons des choses à nous dire. Des choses qui ne regardent que nous…

Sans insister, il inclina la tête en guise d'acquiescement et sortit en tirant la porte derrière lui. D'aussi loin qu'il pouvait s'en souvenir, Guillaume avait toujours remarqué les étranges pratiques et les réactions inattendues de sa grand-mère, mais il savait également qu'un jour viendrait où ce serait son tour. Depuis sa plus tendre enfance, elle lui répétait qu'il serait le prochain. Il détenait ce don familial et devrait s'en servir, tôt ou tard, pour aider et pour soigner.

Le jeune gendarme avait vu toutes les femmes de sa famille s'adonner à des rituels plus ou moins magiques. Elles soignaient, elles récitaient des prières dans des langues anciennes et utilisaient des herbes qu'elles allaient cueillir en forêt lors des soirs de pleine lune. Toutes ces choses qu'il n'avait jamais osé raconter à qui que ce soit tant la sorcellerie était moquée et mal connue de notre société actuelle.

Si nombre de pratiques le laissaient songeur, pour ne pas dire sceptique, il savait que le fait d'être le seul enfant de sa génération ferait de lui le prochain guérisseur de la famille.

Patricia suivit la grand-mère de Guillaume dans la salle de séjour. Sans un mot, cette dernière alla préparer du thé, laissant volontairement la jeune femme seule. Au milieu d'une pièce propre mais surchargée de rayonnages de livres et de placards en tout genre, elle le vit immédiatement.

Appuyée contre un mur, une petite table en chêne patinée par le temps était encombrée de divers objets que Patricia reconnut tout de suite tant ils lui étaient tous familiers. Un petit bouquet de fleurs était entouré de deux statuettes en bronze. À gauche, celle d'une déesse d'origine celtique reposait derrière une bougie blanche et du côté droit figurait un dieu arborant des cornes de cerf qui trônait derrière une bougie jaune. Devant les représentations des dieux, étaient posées une coupelle d'eau pour elle et une coupelle de sel pour lui. Enfin, en bord de table, il y avait une petite cloche métallique, un athamé[1] et un encensoir autour d'un pentacle d'une vingtaine de centimètres de large, confectionné à l'aide de petites branches séchées.

– Vous savez ce que c'est, n'est-ce pas ? questionna la vieille dame, qui venait d'arriver en silence dans le dos de Patricia.

– Oui, répondit cette dernière en se retournant. Je sais parfaitement ce que c'est. Vous l'avez mis là en sachant que j'allais venir ?

1. Un athamé est un genre de couteau consacré, utilisé lors de cérémonies liées à la sorcellerie.

– Vous êtes perspicace. Vous pratiquez ?

– Je pratique la Wicca[1], particulièrement.

– Je trouve que c'est un terme à la mode qui est utilisé sans que les gens sachent vraiment ce que cela recouvre, mais vous…

La grand-mère de Guillaume venait d'attraper le poignet de Patricia. La tête relevée, elle regardait de nouveau Patricia dans les yeux. La jeune femme eut le sentiment d'être pénétrée jusqu'au tréfonds de son âme par le regard vert émeraude. Elle la laissa faire.

– Mais vous, continua-t-elle, vous l'avez en vous… Votre maman, déjà, avait ça en elle… Vous… vous n'êtes pas un gendarme ordinaire…

– C'est ce que disent tous mes collègues, Madame, confirma Patricia d'un air malicieux. Qu'entendez-vous par « vous l'avez en vous » ? Vous parlez de prédispositions au magnétisme, je suppose ?

– Faites comme tout le monde ici et appelez-moi mamie. Installons-nous dans le canapé. J'ai des choses à vous dire, intima-t-elle sans répondre à la question.

Tout en s'asseyant, Patricia observa son hôtesse qui ouvrait l'encensoir et brûlait un petit morceau de charbon à l'aide d'un briquet. Quand il fut incandescent, elle déposa dessus quelques grains prélevés dans une boîte en plastique posée sur une étagère à côté de l'autel. Dès que le parfum se diffusa dans la pièce, la commandante reconnut

---

1. La Wicca peut être définie comme une religion et un art de vivre reposant sur d'anciennes croyances païennes.

immédiatement l'odeur si particulière du benjoin noir. Cet encens possédait les vertus de calmer l'esprit et d'aider à la contemplation. Mais surtout, c'était ce qui se faisait de mieux en matière de protection et de purification des lieux contre les mauvais esprits, les possessions ou les murs imprégnés par un passé trop violent.

– Je préfère le benjoin noir à la sauge blanche, précisa la maîtresse de maison en allant à son tour s'installer dans le canapé. Mais cela reste très discutable.

– Au niveau efficacité, je suis de votre avis, même si les deux peuvent être complémentaires dans bien des situations.

– À la fin de votre enquête, vous viendrez peut-être participer à l'un de nos coven[1] ?

– Je vous remercie. Si j'en ai le temps, ce sera avec plaisir.

La vieille dame servit le thé. Elle tendit sa tasse à Patricia, qui se délectait de l'étrange odeur ambiante qui régnait désormais, fruit improbable du darjeeling brûlant et d'un encens qui saturait maintenant la pièce de sa petite fumée grise.

– Nous devons parler, toutes les deux. Lors de votre arrivée, j'étais dans la salle de restaurant de votre hôtel. J'ai tout de suite compris que vous étiez l'une des nôtres. Et puis il faut reconnaître

1. Le terme Coven est utilisé dans la Wicca pour désigner un petit groupe d'initiés qui se réunissent pour s'adonner à leurs pratiques et à leurs croyances sous forme de rassemblements sacrés.

que votre tatouage, à l'intérieur de votre avant-bras droit, annonce la couleur…

Patricia sourit en retournant instinctivement son bras nu. À l'intérieur était dessinée une lune ronde dans laquelle figurait un pentagramme. De chaque côté de l'astre était tatouée une demi-lune tournée vers l'extérieur.

– Je reconnais qu'il n'est pas discret, confirma-t-elle. Mais en même temps, j'assume totalement qui je suis.

– Ne vous méprenez pas, Mademoiselle, ce n'était pas un reproche. Bien au contraire. Dans notre communauté, tellement de personnes ont peur d'être moquées pour leurs pratiques qu'il est agréable de voir des jeunes comme vous assumer totalement leurs croyances.

– Merci beaucoup. Et appelez-moi Patricia. Ce sera plus simple.

– D'accord, Patricia. Alors, vous devez vous demander pourquoi je voulais vous rencontrer, je suppose ?

– Disons que je m'en doute. En tant que wiccane moderne je dois vous intriguer un peu, mais je ne pense pas que ce soit pour ça. Je dirais plutôt que vous voulez me mettre en garde ou m'avertir de quelque chose, non ?

– Les deux. Je voulais vous voir pour ces deux raisons, répondit-elle en prenant les mains de Patricia entre les siennes. Il va falloir que vous m'écoutiez très attentivement, d'accord ?

L'encens venait de s'éteindre et l'odeur se dissipait rapidement. Patricia transpirait légèrement. Depuis qu'elle était enfant, les lieux excessivement chargés en énergie ou possédant un taux vibratoire très élevé la faisaient réagir systématiquement. C'était surtout le cas quand elle pénétrait dans une cathédrale ou tout autre lieu sacré. Et comme à chaque fois que cela lui arrivait, elle revit, l'espace d'une ou deux secondes, cette échoppe ésotérique qu'elle avait visitée à Troyes quelques années auparavant et dans laquelle, en moins de trois minutes, elle avait failli s'évanouir. Elle était ressortie immédiatement en toussant, sous les yeux médusés de la commerçante qui s'était enquise de ce qui lui arrivait. La réponse de la jeune femme s'était limitée à « je ne sais pas ce que vous pratiquez là-dedans, mais vous jouez avec des forces que vous ne maîtrisez absolument pas ».

– Je vous écoute, mamie. Vous allez me parler d'Anarchia, n'est-ce pas ?

– Pas vraiment d'Anarchia. Je ne sais pas trop ce que font ces gens. La seule que je connaissais était Sophie, mais la pauvre petite…

– Vous parlez de Sophie Raignal, je suppose. Pourquoi la pauvre petite ? Que savez-vous d'elle ?

– C'était une enfant du village. Elle descendait de l'une des plus nobles et des plus anciennes familles du Périgord.

– Noble ? Raignal, ça ne fait pas très sang bleu, je trouve…

– Les membres de cette famille ont changé de nom à la fin du XVIIIe siècle, quand ils ont embrassé les idées révolutionnaires. Probablement dans le but de conserver leur tête, et leurs privilèges de grands propriétaires. Ils y sont d'ailleurs parvenus puisque, deux siècles plus tard, tout le haut de la commune leur appartient toujours. Peut-être que leur véritable nom vous rappellera quelqu'un.

– Dites toujours.

– Ils s'appelaient De Rais.

– De Rais ? La seule personne dont j'ai entendu parler qui portait ce nom était Gilles de Rais[1].

– C'est bien ça…

– Vous rigolez ?

– Absolument pas. La famille se nommait ainsi avant que Rais ne se transforme en Raignal. Une légende de la région veut que la fille de Gilles de Rais, Marie de Montmorency-Laval, ait installé ici, loin du fief familial qui était, je crois, en Bretagne, ou peut-être en Vendée, le seul enfant qu'elle aurait eu et qui était probablement illégitime. Unique descendant direct de Gilles de Rais, c'est cet enfant qui aurait bénéficié de tout un héritage que la famille, notamment le frère cadet de Gilles, René de La Suze, croyait avoir été dilapidé.

– J'aime beaucoup l'histoire. Particulièrement cette période. Mais je n'ai jamais entendu parler de ça, répondit Patricia, un peu sceptique.

---

1. Gilles de Montmorency-Laval, plus connu sous le nom de Gilles de Rais, maréchal de France, vécut au XVe siècle. Il fut l'un des plus fidèles compagnons d'armes de Jeanne d'Arc avant qu'on ne découvre qu'il s'adonnait à des pratiques alchimiques et surtout démoniaques qui pourraient avoir fait de lui le plus grand tueur en série de toute l'histoire de France.

– Je veux bien vous croire. C'est une légende locale qui ne repose sur aucun fondement historique. Mais ce en quoi elle prend tout son sens est la raison principale pour laquelle j'ai souhaité vous rencontrer.

Patricia commençait à deviner où voulait en venir la grand-mère de Guillaume. Cette dernière leur resservit du thé et continua :

– Depuis toujours, cette forêt a mauvaise réputation, et à mon avis, elle est loin d'être usurpée.

– J'ai entendu parler d'évènements violents qui avaient lieu tous les quarante ans.

– En effet. Mais ça ne s'arrête pas à ça. À partir du moment où le petit-fils de Gilles de Rais, qui portait d'ailleurs le même prénom que son grand-père, s'est installé ici et a repris les activités démoniaques de son aïeul, c'est comme si le domaine d'Anarchia et la forêt voisine avaient tous deux basculé dans les ténèbres.

– Sous réserve que cette histoire de petit-fils soit vraie.

– Sous réserve que cette histoire de petit-fils soit vraie, répéta la vieille dame. Quoique, en réalité, cela ne change pas grand-chose. Que les descendants de Gilles de Rais se soient installés ici ou pas, de toute façon, il s'y est toujours passé des choses plus ou moins étranges.

– Comment ça ? s'enquit Patricia, captivée par le récit.

– Là, je vais vous parler non pas de légendes mais bien de faits avérés. Il y a, au centre de la forêt, un monastère qui a été construit aux alentours du XIIe siècle. Il n'en reste plus que quelques ruines.

Ce lieu de culte a été érigé à la demande du diocèse de Périgueux et de Sarlat pour lutter contre les forces démoniaques qui, selon eux, régnaient déjà dans la région bien avant la famille de Rais. Vous me croirez si je vous dis que moins de trente ans après la fin de la construction, le monastère s'est entièrement effondré, tuant la totalité des vingt-quatre moines qui l'occupaient ?

– Effectivement, ça prête à interrogation…

– Il paraît que même le village d'Anarchia a été construit au début du XIXe siècle sur un ancien site celte utilisé par des druides pour faire je ne sais quoi… Vous comprenez, maintenant, pourquoi je vous ai demandé de venir ?

– Vous vouliez me mettre en garde contre toutes ces forces, n'est-ce pas ?

– Oui. Il fallait que vous sachiez tout ça. Même si je suppose que tout ce que je vous ai raconté ne vous étonne pas particulièrement…

– Vous ne vous trompez pas. Je lutte contre les forces du Mal depuis que je suis enfant et je sais les reconnaître quand j'y suis confrontée.

– Bien, répondit la grand-mère de Guillaume d'un air rassuré. Et une dernière chose…

– Oui ?

– Pour aucune raison, vous entendez, aucune raison, vous ne devez pénétrer seule dans cette forêt. Vous m'entendez ? Ne pénétrez jamais dans cette forêt toute seule !

– Je la traverse uniquement pour me rendre à Anarchia. Et puis, vous savez, elle ne donne pas vraiment envie de s'y promener, sourit Patricia.

– Elle va tenter de vous attirer, continua la vieille dame d'un air sérieux. Promettez-moi que, quoi qu'il arrive, vous n'irez pas.

– C'est promis.

– Soit. Je vais vous laisser partir maintenant. Et mon invitation tient toujours pour un coven.

– C'est noté.

Les deux femmes s'inclinèrent pour se saluer et Patricia retrouva la ruelle baignée de soleil dans laquelle Guillaume patientait. Elle alluma une cigarette et réfléchit. Quand, quelques jours auparavant, le secrétariat de la section Alésani lui avait proposé cette affaire, elle avait dit oui sans la moindre hésitation. Elle comprenait désormais sa réaction. Cette enquête se situait au centre de son domaine d'activités. La guerre contre le Mal.

7

Une dizaine de minutes plus tard, Guillaume chargeait les affaires de Patricia à bord de la Jeep quand cette dernière sortit de l'hôtel, les bras remplis de victuailles.

– Vous avez de quoi manger pour plusieurs semaines, sourit le jeune gendarme.

– Je reconnais que l'hôtelière a vu un peu large.

Les préparatifs terminés, Patricia remonta dans sa chambre pour enlever sa veste de cuir et ses deux holsters de cuisse. Elle composa ensuite le code de déverrouillage d'une valise en aluminium qu'elle avait entreposée sous le lit à son arrivée et l'ouvrit. Elle en retira un pistolet semi-automatique Sig Sauer SP2022, arme de dotation de la gendarmerie qui lui semblait plus pratique pour la mission qui l'attendait. Après avoir vérifié que le chargeur était approvisionné, elle le mit dans un étui en cordura qu'elle venait d'attacher à la ceinture de son pantalon et se munit de deux chargeurs supplémentaires avant de déposer les Desert Eagle dans la valise et de la refermer à clé.

Elle sortit ensuite, d'une seconde valise, un blouson softshell noir, bien plus adapté au froid que sa veste en cuir, et elle l'observa un instant. Ses yeux se posèrent tout d'abord sur la bande rétro-réfléchissante marquée des mots *Gendarmerie Nationale*. Ils glissèrent ensuite sur les quatre galons blancs indiquant son grade de commandant, placés presque au niveau du cœur. Patricia réalisa que cela faisait des mois, peut-être plus d'un an, qu'elle n'avait pas porté le moindre effet d'uniforme.

Elle sourit fugacement puis s'assit au bord du lit pour enfiler une paire de chaussures hautes de type *magnum*.

Quelques minutes plus tard, elle sortait de son hôtel sous le regard stupéfait du jeune gendarme.

– Fermez la bouche, vous allez gober une mouche, éclata de rire Patricia en voyant l'air ahuri de Guillaume.

– Excusez-moi, Commandante, je ne vous avais pas encore vue…

– Je ressemble à un gendarme, c'est ça ? continua-t-elle, amusée.

– Oui… oui, tout à fait... Pardon, ajouta-t-il, confus.

– Ne vous inquiétez pas, ce n'est pas grave. Toutes mes affaires sont chargées ?

– Oui. J'allais oublier…

Le jeune homme s'accroupit devant un sac de sport posé à ses pieds. Il fouilla à l'intérieur et tendit à Patricia un téléphone plus volumineux que les portables classiques et qui disposait d'une antenne disproportionnée, à peine plus petite que le corps de l'appareil.

– Tenez, Commandante, le téléphone satellite que vous nous aviez demandé. C'est un modèle

Iridium Extreme. Nous vous avons programmé tous les numéros utiles. Avec ça, vous pourrez nous joindre où que vous soyez.

– Merci. Au niveau batterie, combien de temps dure la charge ?

– Je dirais entre vingt-quatre et trente-six heures en veille et entre trois et quatre heures en conversation. Peut-être un peu plus…

– Cela me mène à demain soir. C'est parfait. Si je ne suis pas rentrée demain soir, vous envoyez l'armée ! ajouta-t-elle en ouvrant la portière de la Jeep.

– C'est noté, Commandante.

Patricia s'assit dans le véhicule et démarra aussitôt. Après être sortie de Brélac, elle entama la montée vers la colline qui la surplombait et pénétra dans la forêt menant à Anarchia. Une fois sur la piste caillouteuse, elle éprouva la même sensation que les deux fois précédentes. La nature semblait l'épier. Plus le 4x4 avançait et plus la pénombre s'installait.

Elle réfléchissait. Elle revoyait les corps des quatre victimes et imaginait la violence avec laquelle les auteurs avaient commis ces meurtres. Plus le temps passait et plus Patricia était convaincue qu'il ne s'agissait pas d'homicides gratuits ou de forfaits d'un tueur en série. Non, il y avait autre chose. La secte d'Anarchia, la forêt, Gilles de Rais, les sorcières wiccanes, Sophie Raignal… tout cela faisait beaucoup pour que ces meurtres n'aient pas une raison ou une origine bien précise. Perdue dans ses pensées, elle faillit ne pas voir à temps la personne qui se tenait en plein milieu de la piste forestière et dut freiner violemment pour l'éviter.

La Jeep arrêtée, elle en descendit aussitôt. La femme semblait avoir une quarantaine d'années. Peut-être plus. Elle portait une robe blanche et une capuche couvrait sa chevelure.

– Je ne vous ai pas touchée ?

Quand Patricia tenta de s'approcher, l'inconnue recula immédiatement.

– Je suis gendarme. Vous n'avez rien à craindre. Que faites-vous seule en pleine forêt ?

– Vous devez partir ! répondit l'apparition d'une voix glaciale.

– Pardon ?

– Vous devez partir…

– Pourquoi me dites-vous cela ? Je mène une enquête et je ne partirai que lorsque celle-ci sera terminée.

Patricia tenta de nouveau quelques pas vers la femme, qui recula encore une fois.

– Vous ne devez pas rester ici. Ils vous tueront comme ils ont déjà tué tous les autres.

– Les autres ? Quels autres ? Qui me tuera ?

– Partez ! répéta-t-elle.

– Nous avons vu une femme vêtue d'une robe blanche à la fenêtre de la Maison de Dieu d'Anarchia lors de notre enquête. Quand nous y sommes allés, il n'y avait plus personne. C'était vous, n'est-ce pas ?

Le bruit caractéristique d'un tracteur arrivant juste derrière la Jeep fit tourner la tête à Patricia, qui identifia immédiatement le conducteur comme l'un des membres de la communauté d'Anarchia.

– Je déplace mon véhicule, cria-t-elle pour que l'homme puisse l'entendre.

Il fit signe de la main. Quand le regard de Patricia revint à l'endroit où se tenait l'inconnue moins de cinq secondes auparavant, il n'y avait plus personne. La femme semblait s'être volatilisée. L'officier scruta les fourrés qui bordaient le chemin mais ne repéra pas la moindre trace de son étrange visiteuse. Elle fit signe à son tour au conducteur du tracteur et remonta dans le 4x4 pour redémarrer.

Patricia était convaincue d'avoir rencontré celle que Guillaume et elle avaient aperçue la veille, cachée derrière la fenêtre de la Maison de Dieu. Elle continua à tourner toute l'affaire en boucle dans sa tête jusqu'à son arrivée à Anarchia.

Dès qu'elle gara son véhicule sur la petite place, les deux derniers Dignitaires encore vivants vinrent l'accueillir comme s'ils étaient postés, prêts à lui sauter dessus à son arrivée. Elle fut soulagée de constater que tous deux semblaient se porter à merveille.

– Soyez la bienvenue, Commandante Lagazzi.

– Merci Noé. Tout va bien depuis hier ?

– Oui. Cham et moi sommes encore en vie, répondit ce dernier avec un certain sarcasme. Nous allons commencer par vous installer si vous êtes d'accord. Un couple vous a préparé une chambre et vous accueillera pour la nuit avec grand plaisir.

– Noé, nous avons déjà eu cette conversation. Je remercie ces personnes pour leur hospitalité, mais je préfère être seule et dormir à l'étage de la Maison de Dieu.

– Vous allez être réveillée de très bonne heure par l'office et la salle du haut est très froide…

– Cela semble vous déranger que je m'installe là… coupa Patricia.

– Non… non, je dis ça pour vous.

– Alors soit, si ce n'est que par rapport à moi, ne vous inquiétez pas. Je m'en accommoderai très bien. Et où mieux dormir et être mieux logée que dans la Maison de Dieu ?

– D'accord, nous allons vous accompagner, répondit Noé.

La commandante avait parfaitement compris que les Dignitaires ne souhaitaient pas qu'elle s'installe à l'étage de leur église. Quelque chose semblait les perturber. *Cette nuit sera réservée à la fouille de fond en comble de la Maison de Dieu*, se dit-elle, en attrapant les deux sacs de sport placés dans le coffre par Guillaume.

Le petit groupe se dirigea vers la bâtisse. Arrivé devant l'entrée, Noé sortit deux clés de sa poche. Il fit jouer la serrure avec l'une d'elles et tendit la seconde à Patricia.

– Quand vous sortirez, n'oubliez pas de bien refermer la porte.

– Je croyais avoir compris qu'il n'existait qu'une seule clé pour cette porte.

– J'ai cherché le double quand vous m'avez dit que vous souhaitiez dormir ici.

– D'accord. Néanmoins, je trouve plutôt curieux qu'une communauté religieuse aussi pratiquante que la vôtre soit obligée de tenir ses portes verrouillées. Vous avez peur qu'il y ait des voleurs parmi vous ? questionna la gendarme.

– Non. C'est simplement une habitude.
– Je comprends. J'ai une autre question…
– Oui ?
– Y a-t-il, dans le village, une personne qui s'habille avec une longue robe blanche et qui se couvre le visage d'une capuche ?

Noé jeta un regard furtif vers Cham qui, aussitôt, baissa les yeux. La question de Patricia était tombée sans crier gare et semblait avoir déclenché un moment de malaise chez les deux hommes. Le Guide d'Anarchia, qui s'exprimait d'habitude avec aisance, presque avec mépris vis-à-vis des autres, parut chercher ses mots pour y répondre.

– Non… non, je ne vois pas. Ici, les femmes sont habillées de couleurs sombres, et comme vous avez pu le voir, portent toutes les mêmes vêtements. Se vêtir d'une robe blanche devrait être soumis…
– Soumis à votre autorisation ? C'est ça ? coupa Patricia.
– Non, ce n'est pas ce que veut dire Noé, tenta Cham. Mais disons que si une personne s'habillait ainsi à Anarchia, nous le saurions.
– Soit. Laissez tomber ! trancha Patricia, comprenant qu'elle n'en saurait pas plus même si elle était désormais convaincue que cette femme n'était pas inconnue des Dignitaires.

Le petit groupe pénétra dans la Maison de Dieu, traversa la salle de culte du rez-de-chaussée et s'engagea aussitôt dans l'escalier. Arrivé à l'étage, Noé alluma le plafonnier qui éclaira l'ensemble de l'immense pièce.

– Vous avez fait réparer l'interrupteur, constata Patricia.

– Oui. Je me doutais bien que vous n'accepteriez pas d'aller dormir chez des habitants. J'ai aussi demandé à Marie de faire un brin de ménage. C'était vraiment nécessaire.

– Je vous remercie.

– Bon, nous allons vous laisser vous installer. Si vous avez besoin de quoi que ce soit, Commandante Lagazzi, n'hésitez pas. Cham habite la maison de droite en sortant.

– C'est noté. Merci.

Les deux Dignitaires partis, elle alluma une cigarette et balaya l'endroit du regard. Les poutres apparentes qui supportaient la toiture conféraient une certaine chaleur au lieu. Tranchant avec l'aspect authentique des boiseries, les lits métalliques, placés les uns près des autres de chaque côté de la pièce, rappelaient l'internat d'un lycée des années cinquante.

Patricia se mit à arpenter les lieux d'un pas lent. Frôlant du bout des doigts les montants rouillés des vieux lits, elle se replongea dans son affaire. Elle fit une bonne dizaine de fois le tour de la pièce en réfléchissant, convaincue que les assassins avaient autre chose en tête que le simple plaisir de tuer.

Tournant et retournant les scènes de crime et les paroles de Noé dans son cerveau, elle ouvrit ses sacs et commença à étaler son sac de couchage sur la grande table monastère. Elle préférait dormir dessus plutôt que sur un lit rouillé qui grincerait à chacun de ses mouvements.

Tout en déroulant le couchage sur le bois froid de son sommier de fortune, elle retraça chacun des mots du Dignitaire. Cet homme était le point central de toute l'enquête, mais à quel niveau se situait-il dans l'organigramme de cette étrange affaire ?

Alors que les questions fusaient dans son cerveau, Patricia revint soudain à la réalité, sortie de ses songes par le grondement du tracteur qu'elle avait rencontré un peu plus tôt sur le chemin d'Anarchia. Elle jeta un regard par la fenêtre. Noé et Cham discutaient sur la place, entourés de plusieurs villageois. De temps à autre, l'un d'eux tournait la tête vers la Maison de Dieu.

La commandante comprit qu'elle était au cœur de la conversation. Comme mue par l'instinct, sa main remonta le long de sa cuisse jusqu'à son holster pour chercher le bout de la crosse qui en dépassait. Quand ses doigts entrèrent en contact avec la carcasse de métal, Patricia se sentit rassurée par la présence de l'arme sur sa hanche. Elle éprouva soudainement une étrange impression. Presque une certitude. Elle était en danger. À plusieurs reprises durant le trajet entre Brélac et Anarchia, l'avertissement de la grand-mère de Guillaume avait résonné dans sa tête : « Pour aucune raison, vous entendez, aucune raison, vous ne devez pénétrer seule dans cette forêt. Vous m'entendez ? Ne pénétrez jamais dans cette forêt toute seule ! »

Elle se pencha sur l'un de ses sacs pour en retirer les deux chargeurs supplémentaires ainsi qu'une petite lampe de poche SureFire et rangea l'ensemble dans les poches zippées de son blouson. Le moment était désormais à la visite approfondie de la Maison de Dieu. Elle devait découvrir comment la femme en blanc avait pu se montrer à la fenêtre puis disparaître quelques instants plus tard sans que personne ne la voie.

Patricia commença par refaire un tour de la pièce en s'arrêtant devant la grande horloge de parquet qui trônait contre le mur du fond. Alors qu'elle examinait le balancier qui oscillait dans un cliquetis aigu et régulier, elle se sentit observée ; un regard l'épiait dans son dos.

Sans mouvement brusque, elle refit le même geste que quelques instants plus tôt. Sa main se rapprocha doucement de sa ceinture et détacha le bouton pression de son holster. Elle posa ensuite les doigts sur la crosse de son pistolet et dégaina soudainement, tout en se retournant vers les marches qui montaient du rez-de-chaussée.

Les bras légèrement fléchis, elle avança de quelques pas en tenant son Sig Sauer à deux mains, pointé droit devant elle. Alors qu'elle sentait son cœur accélérer, elle plissa les yeux, comme pour tenter de deviner qui la regardait, caché dans l'obscurité des escaliers.

– Gendarmerie nationale ! cria-t-elle. Montrez-vous en mettant vos mains au-dessus de la tête !

En l'absence de réponse, Patricia s'approcha doucement et éclaira l'escalier à l'aide de sa lampe de poche. Personne.

Elle descendit les marches lentement, le dos plaqué contre le mur, de manière à avoir un angle de vue le plus plongeant possible. Arrivée au rez-de-chaussée, elle dut se faire à l'idée qu'il n'y avait personne. Tout en observant la salle de culte, elle rengaina son arme.

Patricia reprit son souffle et décida de fouiller la pièce. Comme précédemment à l'étage, elle commença par en faire le tour. À part des bancs, aucun autre aménagement ni ameublement n'attira son attention. Elle revint vers le cœur de la Maison de Dieu et monta sur l'estrade de laquelle les Dignitaires servaient la messe.

Sur l'autel, seul était présent un exemplaire du Livre de Dieu, ouvert à une page sur laquelle apparaissait une gravure représentant les membres d'un tribunal de l'Inquisition jugeant une femme nue et enchaînée, à genoux face à eux. Un procès en sorcellerie, comprit Patricia. Au fond de l'estrade se trouvait une porte qu'elle tenta d'ouvrir, sans succès.

– Cette porte est condamnée depuis 1982, Commandante.

Patricia reconnut immédiatement la petite voix de Marie. Quand elle se retourna, la vieille dame se tenait debout au milieu de l'allée centrale.

– Vous m'avez fait peur, sourit-elle. Je ne vous ai pas entendue entrer.

– Désolée. Noé m'a dit de vous apporter de quoi manger. Je vous ai mis du miel, de la confiture, des fruits et de l'eau, énuméra-t-elle, en déposant un panier d'osier sur le sol avant de faire demi-tour pour repartir.

– Attendez ! demanda Patricia en redescendant de l'estrade.

– Oui ?

– Vous permettez que je vous pose une ou deux questions.

– Je vous en prie.

Elle paraissait moins apeurée que lors de leur première rencontre. Noé lui avait probablement soufflé ce qu'elle avait le droit de dire, supposa Patricia.

– Vous êtes ici, à Anarchia, depuis le tout début, n'est-ce pas ?

– Oui, effectivement. Comme nous tous, à part Noé…

– Noé n'est pas arrivé ici en même temps que vous ?

– Non… non, un peu plus tard… Je ne sais plus trop. Je dois me tromper. Cela fait si longtemps…

Marie hésitait. Elle donnait l'impression d'avoir dévoilé un secret et de chercher désormais à faire marche arrière. Toujours cette peur de Noé, se dit Patricia, qui décida de ne pas insister afin d'éviter que la vieille dame ne se referme totalement.

– Ce n'est pas grave. Et Sophie Raignal, depuis combien de temps ne l'avez-vous pas vue ?

– Je ne sais pas. Elle est partie faire des courses et on ne l'a jamais revue. Peut-être en 1981 ou 1982…

– Vous avez une idée de ce qui a pu lui arriver ?

– Non, désolée, je n'en ai aucune idée.

– Vous la connaissiez bien, non ? Vous savez que tout ce domaine était à elle ?

– Bien sûr. Nous le savons tous. C'est elle qui nous a proposé de nous installer ici.

– Et personne ne s'est interrogé lors de sa disparition ? Vous n'avez pas tenté de la rechercher ?

Alors que la vieille dame s'apprêtait à répondre, les Dignitaires firent irruption dans la Maison de Dieu.

– Je vois que Marie vous a apporté de quoi manger, dit Noé en s'accroupissant pour attraper un pot dans le panier. Vous allez voir, notre confiture est délicieuse.

– Je n'en doute pas, répondit Patricia, agacée par l'arrivée intempestive des deux hommes qui semblaient systématiquement calculer le bon moment pour empêcher tout témoignage.

– Est-ce que vous voulez que nous vous emmenions faire le tour du domaine ? proposa Cham pendant que Noé reposait le pot de confiture dans le panier et se relevait.

– Non, je vous remercie. Je vais aller me promener et interroger les habitants d'Anarchia au hasard de mes rencontres.

– Soit. Nous restons à votre disposition en cas de besoin. Marie, laissons la commandante tranquille et rentrons chez nous.

La vieille dame jeta un regard au panier de victuailles avant de plonger ses yeux dans ceux de Patricia l'espace d'un bref instant. Puis, sans un mot, elle suivit les Dignitaires qui sortaient de la Maison de Dieu. La conversation n'avait guère duré plus d'une minute mais Patricia était convaincue que Marie en savait bien plus qu'elle ne le disait.

Ses yeux revinrent vers le panier et elle les plissa légèrement comme pour tenter d'en scruter le contenu. Enfin elle comprit le message que le regard de Marie lui avait envoyé en partant. Elle attrapa les anses du panier, remonta à l'étage et le déposa sur la table, juste à côté de son matelas de camping.

Elle en sortit un pot de miel, deux bouteilles d'eau en verre et un assortiment de fruits composé de poires, de pommes et de quelques baies sauvages. Elle saisit le pot de confiture restant avec soin pour éviter d'y déposer ses empreintes. Elle extirpa enfin le morceau de tissu qui recouvrait le fond du panier. Son impression était juste. Marie y avait caché une feuille de papier pliée en quatre.

Patricia se rapprocha d'une fenêtre afin de le déchiffrer. Bien maladroitement, d'une écriture tremblante, quelques lignes avaient été rédigées à la hâte :

Les Dignitaires ont sali Sophie et elle en est morte. D'après elle, le Mal venait de ses origines familiales. Je ne sais rien d'autre mais je crois que Noé n'a pas débarqué à Anarchia par hasard. Fouillez la Maison de Dieu.

La commandante Lagazzi lut à plusieurs reprises les quelques mots de Marie. « Tout le monde prétend ignorer ce qu'est devenue Sophie Raignal mais apparemment, les Dignitaires ont quelque chose à voir avec sa mort, réfléchit-elle. Je ne peux pas les questionner sur le sujet sans mettre Marie en danger, en revanche, je vais peut-être enfin savoir qui tu es, Noé… »

Elle attrapa un sachet dans l'un de ses sacs et posa le pot de confiture que le vieil homme avait tenu dans ses mains quelques minutes auparavant. « Dès que je redescends à Brélac, le pot part au laboratoire. Je vais attendre les résultats puis je placerai les deux Dignitaires en garde à vue. Si ce n'est pas pour les meurtres des quatre autres, ils vont, cependant, devoir s'expliquer sur l'affaire Sophie Raignal, même si cette disparition date de quarante ans et qu'il y a prescription… »

Patricia reprit le courrier de Marie et en lut de nouveau les derniers mots : *Fouillez la Maison de Dieu.* « S'il y avait quelque chose à trouver, je l'aurais trouvé, supposa-t-elle. Sauf si… »

Elle plia le morceau de papier qu'elle rangea dans l'une de ses poches et retourna au rez-de-chaussée, devant la porte qu'elle n'avait pas réussi à ouvrir avant que Marie ne l'interrompe. Les mots de la vieille dame revinrent aussitôt à l'esprit de Patricia : « Cette porte est condamnée depuis 1982. »

« L'année de la disparition de Sophie Raignal. Elle ne m'a pas donné cette précision par hasard. Il faut que je l'ouvre, dit-elle à voix haute, en observant la porte. »

Elle tenta d'appuyer sur la poignée tout en poussant de l'épaule, mais rien à faire, elle ne cédait pas. Patricia décida d'abandonner pour le moment et de revenir durant la nuit.

Elle sortit aussitôt de la Maison de Dieu pour faire le tour de la bâtisse par l'extérieur. Le soleil du milieu d'après-midi éclairait le village d'une lumière chaude et aveuglante. À chaque pas qu'elle faisait, la gendarme avait l'étrange impression d'être observée. Quand elle arriva derrière la Maison de Dieu, elle ne put que constater qu'il n'y avait aucune issue donnant sur l'extérieur. La porte verrouillée n'ouvrait donc pas dans la rue mais bien sur une autre pièce.

– Vous cherchez quelque chose ? Je peux vous aider ? intervint un homme que la gendarme n'avait pas encore vu.

– Peut-être…

– Je me nomme Laurent.

– Enchantée, Laurent. Je faisais juste le tour de la bâtisse en m'interrogeant sur le fait qu'il n'y avait pas le moindre bruit d'insectes ni de quelque autre animal que ce soit, mentit-elle. Où sont vos ruches ?

– C'est vrai, nous n'arrivons pas à garder des animaux, ici. Même les chiens se mettent à hurler sans que nous sachions pourquoi. Quand nous avons commencé à faire du miel, les abeilles ne produisaient rien et nous avons perdu des ruchers complets sans vraiment en comprendre les raisons. Nous avons donc décidé de louer un emplacement à quelques kilomètres d'ici. Là-bas, les abeilles produisent un très bon miel.

Dès sa première visite à Anarchia, Patricia avait constaté l'absence de tout animal. Elle avait déjà entendu parler, lors d'une formation qu'elle avait suivie dans le Sud-Ouest de la France, d'endroits que les animaux évitaient autant que possible. Le formateur, spécialisé en géobiologie et en harmonisation de l'habitat, avait expliqué aux stagiaires que certains lieux étaient chargés d'énergies négatives, notamment en raison de la mémoire des murs ou d'un passé violent ou particulièrement dramatique. Il était alors fréquent de constater que les animaux, par instinct, s'en éloignaient.

– Merci pour cette information. Cela fait longtemps que vous vivez à Anarchia ?

– Depuis le début.

– Vous avez donc connu Sophie Raignal ? Comment était-elle ?

– C'était une bonne personne, répondit Laurent en regardant vers le ciel comme pour confirmer ce que tout le monde savait.

– Elle est morte ? tenta Patricia.

– Je… je ne sais pas. Cela fait bien longtemps que nous ne l'avons pas vue. Je suis désolé, j'ai du travail. Au revoir, Madame.

Patricia regarda l'homme s'éloigner d'un air songeur. Parler de Sophie Raignal paraissait tabou mais elle était persuadée que tous devaient savoir ce qui lui était réellement arrivé.

La fin de l'après-midi fut consacrée à une nouvelle inspection des domiciles des quatre victimes et à l'interrogatoire de villageois rencontrés plus ou moins au hasard. Sans résultat. La commandante revint vers dix-neuf heures à la Maison de Dieu d'où elle téléphona à l'adjudant Perrin qui lui confirma l'absence de trace dans les archives d'un dépôt de plainte ou d'un procès-verbal relatif à la disparition de Sophie Raignal. Elle en conclut que Noé mentait sur son soi-disant signalement de l'époque. À moins que sa mémoire ne lui jouât des tours…

Elle appela ensuite la section Alésani. Véronique l'informa que le rapport sur les deux dernières victimes n'avait rien révélé de plus que les découvertes faites par le légiste lors des premières constatations, à part la présence dans le cou de chacune des victimes d'une scarification en forme de *XV*. L'ADN de Jacob et Rachel n'avait pas non plus permis de les identifier.

Ce n'est quand même pas possible qu'à notre époque, nous nous retrouvions avec un village de quarante habitants sans pouvoir découvrir l'identité de qui que ce soit, se dit-elle. *Je vais quand même pas foutre toute cette bande de culs-terreux en garde à vue pour qu'ils me révèlent leurs vrais noms.*

Patricia termina enfin par un dernier appel téléphonique à Éva.

– Coucou ! Comment se sont passés tes examens ?

– Bonjour. Ça y est, tout est fini et je suis plutôt contente de moi. Je suis en vacances depuis ce midi.

– Les résultats sont pour quand ?

– La semaine prochaine. Mais je ne m'inquiète pas. Je crois que je peux dire que je suis officiellement lieutenante de gendarmerie.

– *Cool.* Félicitations, ma chérie ! Il ne te manque plus qu'une affectation à la section Alésani et ce sera parfait.

– *Yes* ! Et toi ? Toujours à Brélac ?

– Oui. Enfin, plus exactement à Anarchia. Tu sais, c'est l'espèce de patelin où est installée la secte dont je t'ai parlé.

– Tu restes là-bas jusqu'à quand ?

– Je pense demain soir. Et toi, tu vas faire quoi ?

– Surprise !

– Comment ça, « surprise » ?

– Si je te le disais, ce ne serait plus une surprise, répondit la jeune femme. Bonne soirée, mon amoureuse.

– Bonne soirée.

Patricia raccrocha en souriant. Elle avait compris qu'Éva allait venir la rejoindre à Brélac. Elle reposa le téléphone satellite sur son matelas et s'installa sur une chaise. Après avoir dégusté une salade préparée par l'hôtelière, elle mangea un fruit tout en réfléchissant. Enfin, elle se leva. Il était temps désormais de défoncer cette porte afin de découvrir ce qu'elle cachait. Elle se saisit du pot de miel et redescendit au rez-de-chaussée.

Elle se rendit tout d'abord jusqu'à la porte d'entrée de la Maison de Dieu, et posa le pot de miel en équilibre sur la poignée. Si quelqu'un tentait de pénétrer à l'intérieur pendant qu'elle visitait la pièce fermée ou qu'elle dormait, elle en serait immédiatement avertie par la chute du pot sur le sol.

Cela fait, elle se saisit à pleines mains de l'un des deux immenses chandeliers qui trônaient de chaque côté de l'autel. Quelques instants plus tard, elle s'en servait pour défoncer la porte, qui céda dès le second coup de boutoir.

Patricia posa le chandelier sur le sol et se tourna vers l'entrée. Aucun bruit. Personne ne semblait l'avoir entendue. Elle franchit le seuil de la pièce qui ne faisait guère plus de quelques mètres carrés. Pas le moindre meuble ni objet pour décorer les murs de pierre. Cette salle ne paraissait être là que pour une seule et unique raison : protéger les escaliers de bois qui s'enfonçaient dans le sous-sol.

8

Éva Stal était une brillante jeune femme de vingt-quatre ans. Après cinq années d'études en droit notarial, sa rencontre avec la commandante Lagazzi s'était soldée par une histoire d'amour assortie d'une révélation professionnelle : celle de devenir, elle aussi, officier de gendarmerie. À peine quelques jours après leur rencontre, en 2019, elle avait sauvé la vie de Patricia en tuant celui qui s'apprêtait à la poignarder[1]. Au cours de l'année 2020, elle avait réussi le concours d'officier de gendarmerie et avait suivi deux années de formation dans l'objectif de travailler avec Patricia au sein de la section Alésani.

La cérémonie marquant la fin de sa formation terminée, Éva avait sauté dans sa voiture pour parcourir d'une traite la route entre Melun et le Périgord. Arrivée à dix-huit heures à Brélac, elle avait déposé ses affaires dans l'hôtel de Patricia et s'était rendue à la gendarmerie où elle avait été accueillie par l'adjudant Perrin.

---

1. Voir *La Porte d'Abaddon*, du même auteur, aux Éditions M+

– Bonjour, mon Adjudant. Lieutenante Stal. Je suis une amie de la commandante Lagazzi.

– Bonjour, Lieutenante. Soyez la bienvenue. Que puis-je pour vous ?

– Je l'ai eue tout à l'heure au téléphone. Elle m'a indiqué qu'elle était à Anarchia jusqu'à demain soir. Je ne l'ai pas informée de mon arrivée à Brélac, et comme ce n'est qu'à quelques kilomètres, je voudrais lui faire la surprise et l'y rejoindre demain matin.

– Oui, bien sûr, mais comment comptez-vous y aller ? C'est à plusieurs kilomètres et la piste est impraticable pour un véhicule de tourisme.

– Oui, elle me l'a expliqué, mais je suis une randonneuse plutôt expérimentée et j'ai tout le matériel nécessaire avec moi. Je vais m'y rendre à pied.

– Je… je comprends, mais… disons qu'il y a une forêt à traverser et tout un parcours plus ou moins accueillant, répondit le sous-officier d'un air embarrassé.

– Patricia m'en a parlé, mais je ne suis pas superstitieuse et je ne crois pas vraiment aux forêts hantées, rétorqua Éva en souriant.

L'adjudant Perrin éclata de rire en voyant la jeune femme prendre tout cela avec une certaine dérision.

– Moi non plus, je vous rassure. Néanmoins, il faut faire particulièrement attention. Lors des dernières décennies, il y a eu plusieurs disparitions et je n'ai même pas de téléphone satellite à vous confier. Vous êtes armée ?

– Non. Je ne suis pas en mission et je sors à peine de formation. Il n'y a quand même pas besoin d'avoir un pistolet à la ceinture pour se promener en forêt, si ?

– Non, bien entendu, répondit l'adjudant en se levant.

Il se déplaça jusqu'au mur voisin d'où il décrocha une carte IGN. Il la posa devant Éva en lui indiquant le chemin à suivre pour se rendre à Anarchia.

– Combien de temps pensez-vous qu'il va me falloir pour arriver là-bas ? s'enquit la jeune femme.

– Je ne sais pas. Si vous êtes sportive, je pense que vous atteindrez Anarchia en deux heures trente, peut-être trois, si vous prenez votre temps. Gardez la carte avec vous et faites bien attention.

– Je vous remercie beaucoup, mon Adjudant.

– Je vous en prie, Lieutenante.

Éva Stal quitta la gendarmerie et rejoignit son hôtel afin de se reposer avant son départ, le lendemain matin, pour une randonnée qui la mènerait jusqu'à Anarchia.

***

Patricia attrapa sa lampe de poche et éclaira l'escalier qui semblait ne pas avoir été emprunté depuis de nombreuses années. Elle posa un pied sur la première marche, qui l'accueillit dans un craquement peu rassurant. Après un moment d'hésitation, elle se décida à s'engager. La jeune femme descendit la dizaine de marches dans un bruit d'escalier vermoulu prêt à s'écrouler.

Dès qu'elle arriva en bas, elle fut saisie par le froid et l'humidité qui y régnaient. Elle releva le col de son blouson et éclaira le corridor qui s'étendait devant elle. Il était tellement long que le faisceau de sa lampe semblait se perdre dans le vide. Le sol comme les murs n'étaient constitués que d'un mélange de terre et de roche et paraissaient avoir été creusés par des mineurs. Elle avança avec prudence.

De façon irrégulière, tous les cinq ou six mètres, étaient posées contre les murs et le plafond des poutres destinées à étayer un tunnel qui ne demandait qu'à s'effondrer.

Patricia marcha ainsi pendant une vingtaine de minutes. En se retournant, elle constata que la lumière qui filtrait des escaliers par lesquels elle était descendue n'était plus visible. Elle continua cependant, en essayant d'éviter les toiles d'araignées. Des rats couraient dans tous les sens en effleurant ses pieds, comme pour signifier leur mécontentement à la personne qui brisait leur quiétude souterraine.

Elle s'arrêta pour consulter sa montre. Plus de trente minutes qu'elle cheminait dans ce tunnel creusé de façon horizontale et rectiligne. Elle estima avoir parcouru près de deux kilomètres.

Tout en éclairant le sol pour regarder où elle mettait les pieds, elle releva les yeux, attirée par une lueur qui semblait provenir du fond du tunnel. Elle pressa le pas. Quelques minutes plus tard, elle se retrouvait face à une vieille grille en fer forgé fermée par une chaîne rouillée et cadenassée qui paraissait être là depuis des siècles.

Patricia décida de ne pas perdre de temps et d'utiliser son arme, dont la détonation résonna pendant plusieurs secondes à travers le tunnel. Le cadenas avait explosé entièrement quand la balle de 9 mm l'avait percuté, laissant la chaîne, entraînée par son propre poids, glisser et tomber sur le sol.

La suite fut bien plus compliquée pour l'officier, qui dut lutter pendant plusieurs minutes pour parvenir à désolidariser légèrement les gonds et à entrouvrir la grille d'une vingtaine de centimètres. Avec beaucoup de peine, elle réussit enfin à passer de l'autre côté des barreaux. Elle reprit son chemin, essoufflée mais satisfaite d'avoir franchi un obstacle dressé là depuis probablement plusieurs centaines d'années.

Après avoir dépassé l'unique virage du tunnel qui empêchait toute visibilité plus lointaine, Patricia déboucha sur une pièce circulaire d'une douzaine de mètres de diamètre.

– Une église ! s'exclama-t-elle. Une église troglodytique taillée directement dans la roche.

Sur le sol en terre battue, étaient disposés une douzaine de bancs de bois divisés en deux rangées séparées par une petite allée qui remontait jusqu'à un autel de pierre.

La lueur que Patricia avait aperçue quelques minutes auparavant provenait de plusieurs lampes à pétrole ou à huile disséminées à différents endroits dans des cavités creusées dans les parois.

Elle balaya la pièce du regard en tournant sur elle-même. *Quelqu'un vient ici régulièrement pour remplir ces lampes et nettoyer, se dit-elle. Pas la plus petite toile d'araignée ni la moindre poussière sur les bancs. Cette pièce est entretenue et...*

Les yeux de la jeune femme venaient de se poser sur ce qui lui parut être un poteau de bois supportant une masse difforme, qui trônait dans la pénombre du fond de l'église, plusieurs mètres derrière l'autel.

Comme cela lui arrivait régulièrement, elle plissa les yeux, pour tenter de deviner ce qu'était cette chose qui, instinctivement, ne lui disait rien qui vaille. Elle s'approcha en éclairant l'étrange scène de toute la puissance de sa lampe SurFire.

En identifiant ce qu'elle avait sous les yeux, elle recula de deux pas et posa sa main sur sa bouche pour éviter un cri d'effroi.

Un crucifix de près de trois mètres de haut était planté à l'envers dans le sol. Un homme nu y était attaché, la tête en bas.

Après avoir repris ses esprits, Patricia s'approcha pour tenter d'analyser la scène. L'homme était suspendu par une seule jambe, dont la cheville avait été simplement rivée sur la poutre à l'aide d'un énorme clou qui traversait probablement l'os pour éviter ainsi que les chairs ne se déchirent en raison du poids du corps. La seconde jambe était pliée et maintenue en place par sa cheville qui passait derrière la première jambe, formant ainsi un angle droit.

Les bras n'étaient pas fixés à la poutre transversale de la croix mais paraissaient être attachés dans le dos alors qu'une corde passant autour du cou maintenait le corps bien amarré à la poutre verticale de la croix.

Tout le bas-ventre de l'homme était couvert de sang. Patricia en conclut, qu'à l'instar des précédentes victimes, il avait été émasculé. Sur l'abdomen, le nombre *XII* avait été gravé au couteau.

Elle approcha le faisceau de lumière du visage et ne fut pas surprise de découvrir qu'il s'agissait de Cham, le dernier Dignitaire encore présent aux côtés de Noé.

Je suis venue à Anarchia pour enquêter mais aussi pour les protéger. Qu'est-ce que j'ai foutu ? se dit-elle en regardant le visage du pauvre homme qui, comme les précédents, avait les traits marqués par la terreur et les souffrances qu'il avait endurées. *Je n'ai plus qu'à remonter là-haut pour alerter tout le monde et faire revenir le légiste et la scientifique. Si ça continue comme ça, il n'y aura bientôt plus une seule personne vivante à Anarchia...*

Patricia s'arrêta soudain et recula de plusieurs pas. Elle éclaira de nouveau le corps de Cham. Pour la première fois depuis qu'elle avait débuté son enquête, elle réalisait que toutes ces mises en scène, et particulièrement les stigmates gravés dans les chairs, lui rappelaient quelque chose. Elle poursuivit sa réflexion en tentant de relier les nombres romains aux positions dans lesquelles les corps des quatre victimes précédentes avaient été placés. Elle se remémora les photos des deux premiers morts puis celle du couple, Rachel et Jacob, couchés dans leur lit et baignant dans une mare de sang. *Je connais ça*, pensa-t-elle, en regardant le crucifix retourné…

Putain, c'est pas vrai ! Comment n'y ai-je pas pensé avant ? comprit-elle soudainement. *Le tarot... Ces scènes de crime représentent des cartes du tarot divinatoire... Mais oui ! Cham illustre le pendu. La carte numéro 12 du Rider-Waite*[1], continua-t-elle de réfléchir en éclairant le nombre romain *XII* gravé sur le torse du vieil homme crucifié. *Cela fait longtemps que je n'ai pas manipulé un jeu mais je devrais pouvoir me souvenir au moins des principales lames. Les premières victimes étaient toutes deux scarifiées. L'une avait un IV et l'autre un V gravés dans le cou. Oui, évidemment... C'est pour ça qu'elles ont été retrouvées dans des fauteuils. C'était une mise en scène relative aux arcanes majeurs*[2] *IV et V du tarot. La première représente l'Empereur et la seconde le Pape. Et tous deux sont assis sur des trônes. Voilà pourquoi on les a retrouvés attachés ainsi, siégeant en plein centre du village.*

---

1. Le *Rider Waite* est un jeu de tarot divinatoire publié au début du XXe siècle et illustré par Pamela Colmann-Smith. Malgré quelques variantes, il est assez similaire au tarot de Marseille.

2. Les arcanes majeurs représentent les atouts dans un jeu de tarot et sont perçus, lors d'un tirage de tarot divinatoire, comme des enseignements importants à prendre en compte pour le présent et l'avenir.

Patricia s'éloigna encore un peu de la scène macabre et alluma une cigarette en réfléchissant aux deux autres victimes, Rachel et Jacob. *Ils ont été découverts attachés l'un à l'autre avec chacun un XV gravé dans la chair, au niveau du cou.*

– Bien sûr, se dit-elle, le *XV* est la carte du Diable. Celle où un homme et une femme nus sont enchaînés par le cou à un poteau sur lequel le malin est assis.

Elle termina sa cigarette et se décida à remonter vers la Maison de Dieu. Elle jeta un dernier regard vers le visage du pauvre Cham, puis se retourna pour s'engager dans le tunnel. Au fur et à mesure qu'elle avançait, Patricia tentait de dénouer les fils de cette histoire. Il était désormais certain qu'elle n'avait pas affaire à un tueur en série mais plus clairement à des meurtres cérémoniaux. Plus elle réfléchissait et plus son instinct lui disait que si Noé n'avait pas tout révélé, en revanche, il n'était pas l'auteur de ces homicides. Il était d'ailleurs plus que probable qu'il serait la prochaine cible des tueurs.

Patricia arriva enfin au pied des escaliers dont elle escalada les marches branlantes jusqu'à la salle de culte. Elle braqua immédiatement sa lampe vers la poignée de la porte d'entrée sur laquelle le pot de miel était toujours en équilibre.

La commandante repoussa la porte qui donnait dans le souterrain et remonta à l'étage.

Elle décida de ne pas contacter immédiatement la gendarmerie de Brélac car même si l'adjudant Perrin se chargeait de relayer l'information relative à l'assassinat de Cham dès maintenant aux services compétents, elle savait que personne ne serait en mesure de se déplacer jusqu'à Anarchia en pleine nuit. Patricia avait fini par s'assoupir sur son matelas de camping. Elle ne dormait pas depuis plus d'une heure quand elle fut réveillée en sursaut par un bruit sourd qui fit trembler les murs de la Maison de Dieu.

Elle se rhabilla à la hâte et s'engagea dans les escaliers, sa lampe de poche dans une main et son Sig Sauer dans l'autre. Quand elle arriva au rez-de-chaussée, ce dernier était envahi par une poussière qui empêchait toute visibilité au-delà d'un mètre. Le silence à peine revenu, Patricia entendit un bruit de verre brisé et en déduisit que quelqu'un venait d'appuyer sur la poignée de la porte d'entrée, entraînant ainsi la chute du pot de miel sur le sol.

Elle reconnut aussitôt la silhouette de Noé en train de fendre le mur de poussière qui commençait à se dissiper. Sans un mot, il passa devant la jeune femme et alla jusqu'à la porte qui donnait sur les escaliers d'accès au tunnel. Celle-ci était entrouverte, certainement mal fermée par Patricia. Il la tira, descendit quelques marches et se pencha afin de braquer le faisceau lumineux de sa lampe dans ce qui restait du corridor.

– Il est définitivement fermé, se contenta-t-il de remarquer en remontant.

– Que se passe-t-il ? questionna la jeune femme quand Noé revint à sa hauteur.

– Vous avez franchi la grille entre Anarchia et la forêt, n'est-ce pas ?

– J'ai effectivement ouvert une grille dans le tunnel mais elle donnait sur une pièce qui ressemblait à une église souterraine, pas sur la forêt.

– Cette grille n'avait pas été ouverte depuis des siècles. En la franchissant, vous avez pénétré dans la forêt des Rais. Dès qu'ils l'ont compris, ils ont provoqué l'éboulement du tunnel pour être certains que vous n'y retourniez jamais.

– Les Rais ? Mais de qui parlez-vous ? Des descendants de Gilles de Rais ?

– Je ne sais pas qui sont ces gens mais je préfère rester loin d'eux. Cette porte qui donne accès aux escaliers était close pour une bonne raison. Maintenant, Dieu seul sait ce qui va se passer.

– J'ai vu Cham…

– Vous avez vu Cham ? répéta le vieil homme d'un air surpris. Comment ça ?

– Venez, l'invita Patricia, en désignant la sortie de la Maison de Dieu. Avec toute cette poussière, nous serons bien mieux à l'extérieur.

Noé hocha la tête et suivit la jeune femme. Ils sortirent sous les yeux interrogateurs des villageois qui, alertés par le tremblement dû à l'effondrement du tunnel, s'étaient réunis devant la porte d'entrée de la Maison de Dieu sans toutefois oser la franchir. Une fois à l'extérieur, Patricia alluma une cigarette et se retourna vers Noé.

– Cham est mort, dit-elle sans ménagement. J'ai découvert son corps dans l'espèce d'église qui se trouve au fond du tunnel.

Noé ne réagit pas immédiatement. Malgré la pénombre, elle crut deviner une larme qui glissait sur la joue du vieil homme. Il laissa tomber son regard sur le sol tout en portant une main à sa bouche. Après quelques secondes, ses yeux revinrent sur le visage de Patricia.

– Ils sont en train de nous éradiquer. Je suis désormais seul…

– Vous parlez des Dignitaires ?

– Oui. Vous pensez tous que notre mission était de faire d'Anarchia une secte mais vous vous trompez.

– Expliquez-moi. Je ne demande qu'à comprendre.

– Seul Dieu peut nous aider. Vous ne pouvez absolument rien, ni pour nous ni pour cette région. Partez d'ici ! Vous n'avez désormais plus rien à faire là.

– Je ne partirai que lorsque les assassins seront en prison.

– Lorsque les assassins seront en prison ? répéta-t-il d'un air songeur. Il faudrait pour ça que vous puissiez enfermer la moitié de toutes les ombres de cette maudite forêt…

Sans ajouter un mot, il tourna les talons et s'éloigna. Patricia comprit que le vieil homme était très abattu par ce qui venait de se passer.

– Qui sont les Rais ? cria-t-elle. Et où donne ce tunnel ? Va-t-il plus loin que l'église souterraine ?

À une vingtaine de mètres, Noé s'arrêta, comme s'il allait se retourner pour lui répondre. Il resta suspendu ainsi plusieurs secondes avant de reprendre sa marche sans un mot.

« Ils commencent à me gonfler tous, avec leurs petits secrets… » s'énerva Patricia à haute voix.

D'un pas décidé, elle traversa la place d'Anarchia jusqu'à la maison de Marie, dont la porte s'ouvrit avant même qu'elle n'ait eu le temps de frapper.

– Entrez, souffla celle-ci en scrutant l'extérieur d'un air inquiet. Personne ne vous a vue venir ici ?

– Je ne sais pas, et honnêtement, je m'en fiche.

La vieille dame se posta près d'une petite fenêtre et souleva un vieux morceau de tissu gris qui faisait office de rideau. Après s'être assurée que Noé n'était pas en vue, elle invita Patricia à s'asseoir sur l'une des deux seules chaises de la salle de séjour. Cette dernière déclina la proposition et se mit à la questionner sans attendre.

– Sur le petit mot que vous m'avez laissé dans le panier, vous me disiez que Sophie Raignal avait été salie par les Dignitaires et qu'elle en était morte. Que vouliez-vous dire exactement ?

– Que l'on soit bien d'accord, Madame Lagazzi, je vais vous dire ce que je sais pour que vous puissiez arrêter les assassins qui sont dans la forêt mais je ne témoignerai pas et je ne le répéterai jamais. Sommes-nous d'accord ?

– Je vous écoute, répondit la jeune femme avec impatience.

– Comme je vous l'ai précisé sur le mot, je n'en sais pas plus que les bruits qui ont couru à Anarchia à cette époque. En 1981, Sophie avait rencontré un homme qui habitait dans la plaine, à côté de Brélac. Début 1982, elle est tombée enceinte de lui mais comme il était marié, leur histoire n'a jamais pu aller plus loin.

– Vous connaissez son nom ?

– Non, désolée. Elle l'a toujours protégé pour éviter que les Dignitaires ne s'en prennent à lui aussi.

– Que s'est-il passé ensuite ?

– J'ai aidé Rachel à faire avorter Sophie.

– Rachel ? La Dignitaire ?

– Oui. Mais cela s'est finalement su. Je pense que Rachel a dû le dire à son mari. Quand Noé en a été averti, il est devenu comme fou. Les Dignitaires se sont rendus chez Sophie. Le reste, ce ne sont que des bruits de village…

– Dites toujours.

– Il paraît qu'ils l'ont punie de la même manière qu'elle avait péché…

– Elle était enceinte et s'était fait avorter. Vous insinuez donc qu'ils l'ont violée ? C'est ça ?

– Je n'en suis pas sûre. Peut-être. Mais, lors de la punition, elle serait parvenue à s'emparer d'un couteau et se serait suicidée. Je ne sais pas ce qui est vrai et ce qui ne l'est pas et aujourd'hui, plus personne ne pourra vous le confirmer vu que…

– Vu que tous les Dignitaires sont morts, à part Noé, qu'il n'y a eu aucun témoin de tout cela et que le corps de Sophie Raignal n'a jamais été retrouvé.

– C'est exact.

Pendant que Marie se servait un verre d'eau et le buvait d'un trait, Patricia réfléchissait intensément : *il sera difficile de prouver quoi que ce soit quant à un éventuel viol de Sophie Raignal qui, de surcroît, n'est même pas avéré et pour lequel il y a prescription depuis bien longtemps... Mais cette vieille histoire a sûrement un lien avec ce qui est en train de se passer. Une vengeance aussi longtemps après, cela paraît plutôt improbable. Sauf si...*

– Vous avez entendu parler d'une malédiction qui aurait lieu tous les quarante ans ? demanda-t-elle.

– Oui, comme tout le monde ici, répondit Marie. Quand le premier Dignitaire a été retrouvé mort, juste quarante ans après la disparition de Sophie, c'est la première chose à laquelle nous avons tous pensé. Mais tout ça relève de superstitions locales…

– Peut-être, mais mes croyances dans le hasard sont très limitées… Sur le mot que j'ai trouvé dans le panier, vous m'avez écrit que Sophie Raignal pensait que tout le mal présent ici prenait ses racines dans ses origines familiales. Est-ce que vous savez de quoi elle parlait ?

– Non, je suis désolée. Elle n'a jamais voulu être plus précise car elle pensait que cela nous mettrait tous en danger.

– Je comprends. J'ai une dernière question si vous permettez.

– Oui ?

– Avez-vous entendu parler des Rais ? Tout à l'heure, Noé les a appelés « les ombres de la forêt ».

– Les Rais ? Non, je ne sais pas…

Patricia inclina la tête pour remercier la vieille dame et prit congé sans insister. Marie semblait avoir été franche en lui confiant tout ce qu'elle savait. Seule la dernière question paraissait l'avoir mise singulièrement mal à l'aise.

Les habitants d'Anarchia avaient fini par se disperser et le parvis de la Maison de Dieu était désormais désert. Quand la commandante pénétra à l'intérieur, elle trouva deux habitantes qui, malgré l'heure avancée, avaient décidé de dépoussiérer et de nettoyer la salle de culte, particulièrement sale après l'effondrement du corridor. Dans un coin reculé de la pièce, elle repéra Noé, à genoux sur un prie-Dieu[1], le front appuyé sur le repose-livre et les mains jointes contre sa poitrine.

Sans un mot, Patricia vint s'asseoir sur la chaise voisine. Il ne la regarda pas, mais reprit sans attendre la conversation qui avait eu lieu près d'une heure auparavant en répondant aux questions que Patricia lui avait adressées sur la place d'Anarchia.

– Nous ne savons pas où menait ce tunnel. Certainement bien plus loin que là où vous avez découvert le corps de Cham. Au milieu de la forêt… Peut-être vers les ruines de l'ancien château des Rais… Nous ne retrouverons plus jamais le corps de Cham, maintenant…

– Je suis désolée… À moins que je ne découvre l'entrée du tunnel de l'autre côté. Qui sont ces Rais ? Sont-ils de véritables descendants de Gilles de Rais ?

– Je ne sais pas. Des ombres… Personne ne sait qui ils sont vraiment. Nous ne les avons jamais

1. Meuble liturgique permettant de s'agenouiller pour prier, le prie-Dieu ressemble à une sorte de chaise basse constituée d'une partie pour s'agenouiller et d'une partie haute qui fait office de repose-livre.

vus, mais ils sont ici, ils hantent la forêt depuis des siècles…

Patricia tourna la tête vers le vieil homme. Toujours en position de prière, Noé parlait tout en gardant les yeux fermés et faisait preuve d'une passivité étonnante par rapport au caractère affirmé qu'il avait montré les jours précédents. *Il est vraiment abattu et aura du mal à remonter la pente*, pensa-t-elle.

Les deux femmes qui nettoyaient la Maison de Dieu s'étaient retirées et la pièce baignait dans une pénombre presque inquiétante. Patricia tenta une dernière question avant que le vieil homme ne se lève pour partir :

– Qui êtes-vous, Noé ? Je veux dire réellement ! J'ai comme l'impression que vous n'avez pas débarqué à Anarchia totalement par hasard.

– Cela a désormais bien peu d'importance, se contenta-t-il de répondre.

Sans un mot de plus il quitta la pièce, sous le regard de Patricia qui demeura assise encore quelques minutes pour réfléchir. *La forêt… Tout ramène à cette forêt, se dit-elle. Et aux Rais… Sophie Raignal était-elle vraiment une descendante de ce fou sanguinaire de Gilles de Rais ?* Les questions fusaient dans la tête de la commandante.

Elle repensa à sa conversation avec la grand-mère de Guillaume et aux paroles de cette dernière : « Il y a, au centre de la forêt, un monastère qui a été construit aux alentours du XIIe siècle. Il n'en reste plus que quelques ruines. Ce lieu de culte a été érigé à la demande du diocèse de Périgueux et de Sarlat pour lutter contre les forces démoniaques qui, selon eux, régnaient déjà dans la région bien avant la famille de Rais. Vous me croirez si je vous dis que moins de trente ans après la fin de la construction, le monastère s'est entièrement effondré, tuant la totalité des vingt-quatre moines qui l'occupaient ? »

Il y aurait donc deux édifices en ruine, continua-t-elle. Un reste du château des Rais et sûrement quelques pierres encore debout de l'ancien monastère. Le tunnel qui s'est écroulé débouchait probablement dans l'un de ces deux bâtiments… Je crois qu'une petite randonnée en forêt s'impose. Comme elle se levait pour regagner l'étage, la phrase de mise en garde de la grand-mère de Guillaume retentit de nouveau dans ses pensées : « Pour aucune raison, vous entendez, aucune raison, vous ne devez pénétrer seule dans cette forêt. Vous m'entendez ? Ne pénétrez jamais dans cette forêt toute seule ! »

9

Anarchia, 1982

– Vous ne saurez jamais. En revanche, vous paierez pour ce que vous venez de faire. S'attaquer à une Raignal, c'est s'attaquer à la mort elle-même… souffla-t-elle dans un ultime soupir.

Les derniers mots qu'avait prononcés Sophie avant de fermer les yeux avaient glacé d'effroi les cinq Dignitaires encore présents dans la pièce. Alors que Noé regardait le corps nu et sans vie de la jeune femme, meurtri par les viols qu'elle venait de subir, ses yeux glissèrent sur la peau blanche de sa poitrine pour remonter le long de sa gorge et atteindre son visage. Sophie avait expiré depuis plusieurs minutes mais une larme continuait à rouler sur sa tempe droite pour aller se perdre dans ses cheveux.

– Mon Dieu, qu'ai-je fait ? Qu'avons-nous fait ? dit-il à voix basse.

Rachel pénétra dans la petite maison en poussant la porte qui alla claquer de toutes ses forces contre le mur. La lumière du soleil inonda la pièce qui, jusque-là, était restée dans une pénombre presque propice au viol collectif qui venait de s'y dérouler.

Dès qu'elle aperçut le corps sans vie couché sur le sol, elle s'arrêta net. La bouche entrouverte et les yeux effarés, elle demeura comme statufiée devant la scène. Après quelques secondes, elle chercha son mari du regard.

– Jacob… Qu'avez-vous fait ?

L'homme ne répondit pas, la tête inclinée vers le sol, honteux d'avoir participé à ces représailles impies, cet acte de folie qui les avait fait s'acharner pendant plus d'une heure sur Sophie. Le regard de Rachel revint sur le corps de la jeune femme. Comme si elle avait soudain envie de vomir, elle déglutit et tenta de ravaler les hurlements qu'elle sentait monter du fond de sa gorge. Ses yeux accusateurs se tournèrent ensuite vers Noé. Pour la première fois depuis près de trois ans qu'il était à Anarchia, son regard était fuyant. Lui aussi semblait couvert de honte. Le pire était qu'il devrait vivre désormais, et pendant toute sa vie, avec sur la conscience, ce qu'il venait de perpétrer. Cette double culpabilité, d'auteur mais bien plus encore de commanditaire, le hanterait jusqu'à la fin de ses jours.

Rachel se rendit dans la chambre de Sophie et revint quelques instants plus tard avec une couverture qu'elle utilisa pour recouvrir le corps souillé de son amie. À genoux à côté d'elle, elle caressa le visage de la jeune femme avec beaucoup de tendresse.

– Pardonne-moi… En te trahissant, je t'ai envoyé la mort…

– Non, ma sœur. Tu n'y es pour rien, intervint Noé d'une voix aussi douce que possible. Tu as fait ton devoir en nous informant au sujet de cet avortement. Dieu saura te remercier.

– Dieu ? répéta-t-elle, en levant les yeux vers le Dignitaire. Je vois tout ici, sauf Dieu. Vous venez de bafouer tous les commandements et vous osez parler de Dieu !

– Ne blasphème pas ! Ce n'est pas ce que nous voulions. C'est elle qui s'est suicidée.

– Vous l'avez violée ! Vous êtes tous devenus fous ! Je vous ai parlé de l'avortement pour que nous l'aidions ! Pour que nous l'accompagnions ! Pas pour en faire la martyre d'une bande de dingues complètement endoctrinés qui pensent être les porte-parole de Dieu et s'adonnent à un viol collectif soi-disant en son nom. Ouvrez les yeux ! Tous ! Regardez ce que vous venez de faire !

Rachel s'était adressée aux autres Dignitaires en hurlant. Nul n'avait jamais osé parler ainsi à Noé mais ce dernier ne pouvait que concevoir la colère ressentie par l'unique femme parmi les Dignitaires. Comment ne pas la comprendre ?

– Rachel, écoute-moi. Je ne souhaitais pas la mort de Sophie. Je voulais simplement la châtier pour ce qu'elle avait fait. Le péché de chair doit être puni, tu le sais.

– Pas ainsi ! Pas comme ça ! répondit-elle, alors que des larmes commençaient à couler doucement le long de ses joues.

– Je sais bien, mais je ne visais pas qu'elle, en salissant son corps par la semence d'hommes de Dieu… Il fallait aussi exorciser la dernière héritière de la filiation des Rais. Jusqu'au fond de ses entrailles, nous devions déposer la semence d'hommes de bien…

Rachel caressa une dernière fois la joue de Sophie et se releva. Elle s'approcha de Noé et le défia du regard.

– Vous vouliez exorciser la filiation des Rais par la semence d'hommes de Dieu… ? Mais vous êtes tous devenus complètement fous… Vous ne faites même plus la différence entre le bien et le mal. Vous vous prenez pour des élus ? Pour des envoyés de Dieu qui doivent déposer leur sperme dans le corps de femmes possédées ? Vous ne ressemblez à rien d'autre qu'aux cinglés de l'Inquisition du Moyen Âge. Sauf qu'au lieu de brûler des supposées sorcières, vous, vous violez des innocentes… Elle n'avait jamais fait le moindre mal à personne… Sans compter que…

Rachel s'était interrompue, comme suspendue à des pensées qui avaient fait irruption dans sa tête. Les Dignitaires se regardèrent. Ils avaient tous compris où elle allait en venir.

– Sans compter, reprit-elle d'un ton qui venait soudainement de baisser comme si elle avait peur d'être entendue, que les Rais vont venir… Ils vont nous demander des comptes… Ils vont vouloir se venger…

Rachel avait les yeux perdus dans le vide et ses mots étaient sortis de sa bouche presque au ralenti. Un vague sourire semblait s'être dessiné sur son visage.

– Ils ne sortent de la forêt que tous les quarante ans, intervint Cham à voix basse, entre les deux premières pleines lunes de l'année. Le cycle se terminera demain soir. Si les ombres ne débarquent pas d'ici là, nous devrions être tranquilles.

– Nous devrions être tranquilles... ? répéta Rachel sur un ton légèrement ironique. Mais nous ne serons jamais tranquilles. Si la famille de Sophie ne débarque pas d'ici demain, ils reviendront dans quarante ans. Ceux d'entre nous qui seront encore vivants seront poursuivis... Où que nous nous cachions, ils nous trouveront...

Noé avança de quelques pas et s'agenouilla auprès de Sophie. Dans un geste qui semblait rempli de compassion, il traça un signe de croix sur son front avec le pouce de sa main droite et tira la couverture pour masquer son visage. Il se releva enfin, devant les regards figés des cinq autres Dignitaires qui attendaient désormais ses consignes.

– Rachel a raison. Tous les quarante ans, les ombres des Rais, de leurs propres mains ou à travers celles d'hommes qu'elles manipulent, sortent de la forêt et viennent réclamer leur dû. Si d'ici demain soir, rien ne s'est passé, la région devrait être tranquille pour quarante ans.

– Ce ne sont que des légendes, tenta Jacob. Personne ne les a jamais vus, ces fameux Rais. La dernière fois qu'il s'est passé quelque chose, c'était en 1942 et c'est un officier nazi qui a donné l'ordre de tuer plusieurs innocents. Mais cela est arrivé dans plein d'autres régions, pendant la guerre. Est-ce qu'il ne faudrait pas arrêter de croire en tout ce folklore ?

Noé le regarda sans répondre. Jacob lui-même ne semblait pas croire à ce qu'il venait de dire.

Il avait prononcé la dernière phrase en tentant de se convaincre que tout cela ne pouvait être vrai, comme pour essayer de cacher la véritable terreur qui l'habitait. Qui les habitait tous…

– Que faisons-nous, maintenant ? s'enquit Rachel. Que va-t-on dire aux autres habitants d'Anarchia ? Que Sophie a disparu du jour au lendemain en nous abandonnant toute sa fortune et tout son domaine ?

– Et pourquoi pas ? répondit l'un des deux Dignitaires qui, depuis le viol, étaient restés silencieux. Après tout, elle peut avoir fait le choix de quitter Anarchia sans dire au revoir et de nous laisser bénéficier du domaine aussi longtemps que nous le voulons. Vu la générosité dont elle a toujours fait preuve, personne ne s'en étonnera…

Le silence s'installa dans la pièce. Chacun semblait réfléchir aux suites à donner au drame qui venait de se dérouler. Les Dignitaires étaient coincés entre les comptes qu'ils allaient devoir rendre aux habitants d'Anarchia, la mauvaise conscience qui allait les hanter jusqu'à la fin de leurs jours et la réaction qu'allaient avoir les Rais quand ils apprendraient le décès de l'une des leurs.

– Si les légendes sur les ombres qui descendent de la forêt possèdent un fond de vérité, dit Noé, il faut réfléchir à ce que nous devons faire, notamment pour anticiper une quelconque réaction de vengeance de leur part.

– Vous savez tous que ce n'est pas une légende, reprit Rachel. Toutes ces personnes qui disparaissent régulièrement dans la forêt, tous ces hurlements que l'on y entend pendant la nuit…

Après un moment de réflexion, Noé décida de la suite.

– Fouillez la maison, au cas où il resterait des pièces d'identité quelque part. Ne serait-ce que pour la banque, elle était obligée d'avoir encore au moins une carte d'identité ou un permis de conduire. Je vais en avoir besoin pour la gestion du domaine.

– Vous comptez dépouiller une morte ? intervint Rachel, estomaquée par ce qu'elle venait d'entendre.

– Non, Rachel, je n'ai pas prévu de voler quoi que ce soit. Néanmoins, les habitants d'Anarchia n'ont rien d'autre que les fruits du domaine pour vivre et la fortune de Sophie nous a toujours aidés lors des saisons difficiles. Nous devons penser à nourrir tout le monde. Même si j'espère que Dieu me pardonnera ce que je vais faire pour ça…

– Et ensuite ? questionna Jacob.

– Dès que la nuit tombera et que le village sera endormi, nous irons enterrer le corps de Sophie aux abords de la forêt. Sur les terres de ses ancêtres…

– Cela risque d'être dangereux, si les Rais nous surprennent…

– Nous ne pénétrerons pas dans la forêt et nous éviterons de faire du bruit. Pendant qu'il fait encore jour et que Rachel et moi fouillons la maison, occupez-vous tous les trois d'aller creuser une fosse qui servira de tombeau.

Les trois hommes inclinèrent la tête et sortirent aussitôt. Une fois à l'extérieur, ils traversèrent la cour et se rendirent dans un hangar situé derrière la Maison de Dieu. À une cinquantaine de mètres de là, cachée derrière les rideaux de sa salle de séjour, Marie observait leur manège. Ils ressortirent de la bâtisse en bois en tenant entre leurs mains deux pelles et une pioche puis se dirigèrent sans un mot vers le chemin qui, à travers la forêt, menait à Brélac. Elle décida de les suivre discrètement.

Pendant ce temps, Rachel et Noé s'adonnaient à une fouille en règle de la maison de Sophie Raignal. Ils trouvèrent ses pièces d'identité dans le tiroir d'un bureau. En continuant d'explorer placards et armoires, ils découvrirent, caché sous une pile de vêtements, un morceau d'étoffe particulièrement épais. Quand Rachel le déplia et le tint à bout de bras pour le montrer à Noé, ce dernier identifia immédiatement l'ornement, aux couleurs légèrement fanées, qui y était brodé. Il observa l'écu doré divisé en quatre parties par une large croix noire.

– Mon Dieu… soupira-t-il.

– Qu'est-ce que c'est ?

– Ce sont les armoiries de Gilles de Rais…

– Rais ? Comme le nom des assassins qui hantent la forêt.

– Tout juste, Rachel. Comme le nom des assassins de la forêt… Range ce morceau de tissu dans un sac. Nous devons l'enterrer avec Sophie. Il n'a plus rien à faire ici. Cette chose représente le Mal à l'état pur.

Elle étala l'étoffe sur le lit puis la lissa du plat de la main avec soin pour en enlever tous les plis. Avant de la ranger, elle s'arrêta un instant et se tourna vers Noé.

– Le liseré bleu, avec les fleurs de lys qui entourent l’écu, représente bien la royauté française ?

– Oui. Le roi de France avait permis à Gilles de Rais de porter cet emblème, extrêmement prestigieux à l’époque, pour les services qu’il avait rendus à son pays lors de la guerre de Cent Ans.

– Comment sais-tu tout ça ? Gilles de Rais, ses armoiries… Et pourquoi dis-tu que c’est le Mal à l’état pur ?

– Comment ça ?

– Avant que tu n’arrives parmi nous, nous savions qu’il se passait des choses bizarres dans cette forêt, mais tu as été le premier à discourir sur les Rais, toujours en nous faisant promettre de ne jamais en parler devant Sophie. En France, les personnes en mesure d’identifier des armoiries de familles nobles disparues depuis plusieurs siècles se comptent probablement sur les doigts des deux mains, je répète donc ma question : comment sais-tu tout ça ?

Noé semblait gêné par l’insistance de Rachel et décontenancé par des questions auxquelles il ne savait pas comment répondre. La porte s’ouvrit alors à ce moment-là sur les trois Dignitaires de retour de la mission qui leur avait été confiée.

– Nous avons préparé la sépulture de Sophie, se contenta de dire l’un des hommes.

Rachel fixait toujours Noé. Elle savait désormais qu’il cachait un secret. Mais surtout, elle avait la certitude qu’il n’avait pas débarqué totalement par hasard à Anarchia, quelques années plus tôt. *Non, il est venu ici pour quelque chose de précis*, se dit-elle. *Qui est vraiment cet homme ?*

Avec toutes ces questions qui se bousculaient dans sa tête, elle entendit à peine celle de son mari, qui désignait d'un geste du menton le vieux morceau d'étoffe encore étalé sur le lit.

– Qu'est-ce que c'est que ce truc ?

– Un objet auquel Sophie tenait, intervint le Guide d'Anarchia avant que Rachel n'ait le temps de répondre. Nous l'enterrerons avec elle.

À quelques centaines de mètres de là, Marie se tenait debout devant la tombe fraîchement creusée. Elle regardait le fond de la fosse et pleurait en silence. Dès qu'elle avait vu, dissimulée derrière un arbre, les trois hommes creuser un trou de forme rectangulaire, elle avait immédiatement compris. Un drame s'était déroulé dans la maison de son amie Sophie et les auteurs avaient décidé de cacher leur méfait aux autres habitants d'Anarchia.

Au bout de quelques instants, elle rentra chez elle en prenant bien soin de ne pas être vue. Quelques heures plus tard, la nuit tombée, elle éteignit toutes les lumières de sa maison et entrouvrit le rideau de la salle de séjour. Debout dans le noir, observant fixement la maison de Sophie, elle patienta ainsi une partie de la nuit.

À deux heures du matin, pendant que les habitants d'Anarchia dormaient à poings fermés, elle assista au passage d'un étrange cortège.

Jacob et Rachel, l'un à côté de l'autre, marchaient au ralenti. Chacun tenait un flambeau allumé dans la main. Quelques mètres derrière eux, portant maladroitement ce qui semblait être un corps humain enroulé dans un drap blanc, deux Dignitaires avançaient eux aussi au pas, accompagnés de Cham, les bras encombrés de deux pelles. Noé fermait le convoi funèbre, et malgré l'obscurité, psalmodiait des prières, son Livre de Dieu ouvert entre les mains.

La procession traversa ainsi la place d'Anarchia et se dirigea vers l'orée de la forêt. Une fois qu'elle eut dépassé sa maison, Marie sortit et lui emboîta le pas discrètement.

Arrivés devant la tombe creusée quelques heures plus tôt, les six Dignitaires s'arrêtèrent et ne bougèrent plus pendant plusieurs minutes. Noé avait tenu à ce que l'enterrement de Sophie se déroule avec le plus de respect et de considération possible et avait insisté, avant le départ, sur tout le caractère cérémonieux qu'il souhaitait lui donner.

Cachée à une vingtaine de mètres des dignitaires, Marie regarda Cham et Jacob déposer le corps de Sophie Raignal dans la fosse avec beaucoup de délicatesse. Malgré la distance, elle entendait les sanglots de Rachel et les prières de Noé.

Que s'est-il passé ? Comment est-elle morte ? S'ils n'avaient rien fait de répréhensible, les Dignitaires auraient averti les autres habitants d'Anarchia de la mort de Sophie et on l'aurait enterrée tous ensemble. Qu'est-ce qu'ils ont bien pu lui faire ? Marie était plongée dans une incompréhension totale et les questions se bousculaient dans sa tête.

Alors qu'ils recouvraient la dépouille, un hurlement transperça soudain le rideau d'arbres. Marie, terrorisée, retourna vers le village en courant pendant que les Dignitaires relevaient la tête pour observer la forêt.

– Mon Dieu, qu'est-ce que c'était ? s'enquit Cham, la voix tremblante.

– Tu voulais savoir, tout à l'heure, pourquoi je parlais de Mal absolu au sujet des armoiries des Rais. Maintenant, tu sais, ma sœur.

– Ce… ce sont eux, les hurlements ? Les Rais sont ici ? demanda Rachel à voix basse sans quitter la forêt des yeux.

– Oui. Ce sont eux. Ils savent ! Nous devons nous préparer…

– Que savent-ils ?

– Ce que nous avons fait à Sophie. Elle était l'une des leurs…

– Mais Sophie n'était pas mauvaise. Comment aurait-elle pu être une Rais ?

– Leur sang coulait dans ses veines. Tôt ou tard, elle serait devenue comme eux…

Les Dignitaires quittèrent les lieux en silence. Ils marchaient en tentant de faire le moins de bruit possible tout en observant les arbres, comme si à chaque instant, quelque chose pouvait en surgir.

Alors que le petit groupe arrivait au centre du village, Cham se rapprocha de Noé.

– Tout à l'heure, tu as dit que nous allions devoir nous préparer. De quoi parlais-tu ?

– Je parlais de la guerre. De la guerre contre le Mal…

Cham resta interloqué devant l'étrange réponse du Guide mais il n'osa pas en demander plus. Les trois autres Dignitaires rentrés chez eux, Rachel et

Jacob demeurèrent avec Noé, qui comprit que la jeune femme avait encore des questions.

– Qu'y a-t-il, ma sœur ?

– Je ne crois pas aux fantômes, ni aux spectres, ni à que sais-je encore… À quoi avons-nous affaire ? Qui enlève les touristes ou hurle dans la forêt en plein milieu de la nuit ? Qui sont ces Rais qui habitent la forêt ?

– Je sais que tu as besoin de réponses mais je ne peux t'en apporter. La seule chose dont je suis certain, c'est que moi non plus, je ne crois pas aux fantômes. Les Rais sont des assassins qui habitent la région depuis des siècles et dont Sophie faisait partie. Ce sont des ombres et nul ne sait réellement qui ils sont…

– Tu penses que ce sont des descendants de Gilles de Rais qui vivent toujours dans cette forêt ?

– Probablement…

Rachel regarda Noé en le dévisageant avec insistance.

– Mais qui es-tu vraiment ?

10

Patricia fut réveillée aux alentours de six heures trente par les premiers rayons de soleil qui perçaient à travers les rideaux de la grande pièce située au premier étage de la Maison de Dieu.

Aussitôt, elle saisit le téléphone satellite. Elle avait décidé, à la suite des évènements de la veille, de ne pas donner l'alerte immédiatement, bien consciente que les secours ne pourraient pas se rendre à Anarchia ni retrouver le corps de Cham en pleine nuit. Il faudrait certainement des jours ou des semaines, peut-être même des mois de travaux pour remettre en état le tunnel écroulé qui menait à l'église souterraine. La seule chance de retrouver le vieil homme crucifié était de découvrir l'accès par la forêt.

Quand elle appuya sur le bouton de mise en marche du téléphone, il ne s'alluma pas.

« Merde, j'ai oublié de l'éteindre hier. Guillaume m'avait dit que je bénéficierais de vingt-quatre à trente-six heures de batterie. Il aura tout juste duré vingt-quatre heures », dit-elle en jetant l'appareil dans son sac avec dédain.

Elle décida de s'habiller et de sortir fureter entre les maisons d'Anarchia. Une fois dehors, malgré le soleil levant, elle fut saisie par la fraîcheur qui régnait et remonta le col de son blouson. Son regard passa sur la statue d'Abraham qui trônait à quelques mètres d'elle puis balaya la petite place. Personne. Personne à part…

L'orée de la forêt devait être à plus de deux cents mètres de la commandante mais elle fut certaine d'avoir entrevu quelqu'un. Elle plissa les yeux afin de tenter de le reconnaître. Comme aimantée par sa vision, Patricia se mit à marcher rapidement vers la silhouette sans la perdre du regard. Elle accéléra le pas. Après quelques instants, elle put enfin l'identifier.

« Eh, vous ! » cria-t-elle à la femme en robe blanche qu'elle avait déjà aperçue la veille quand elle se rendait à Anarchia.

L'inconnue tourna la tête vers Patricia, s'agenouilla un bref instant puis se releva. Alors que la commandante était encore à une trentaine de mètres, elle s'éloigna de quelques pas pour finalement pénétrer dans la forêt.

De loin, cachée derrière le rideau de la fenêtre de sa salle de séjour, Marie regarda Patricia arriver à l'endroit où les Dignitaires avaient enterré Sophie Raignal. L'espace d'un moment, elle eut l'impression d'avoir fait un bond de quarante ans en arrière quand elle avait assisté, cachée derrière un arbre, à l'enterrement de son amie.

Quand Patricia parvint à l'endroit où se tenait, quelques instants plus tôt, l'inconnue en robe blanche, cette dernière avait disparu au milieu des arbres.

Tout en reprenant son souffle, elle laissa ses yeux balayer le sol à ses pieds et se rendit compte que la femme y avait déposé quelque chose, vraisemblablement quand elle s'était agenouillée.

Elle se pencha pour le ramasser. C'était un petit pot d'une dizaine de centimètres de haut, confectionné à l'aide de branches torsadées. Dans un mélange de terre et de petits cailloux, étaient plantées des fleurs sauvages et des herbes fraîches. Le côté champêtre et presque romantique de l'objet la toucha.

Curieux, se dit-elle, *de venir poser ça ici, en bordure de forêt. Et qui peut bien être cette femme ? C'est la troisième fois que je la vois et à chaque fois, elle disparaît encore plus rapidement qu'un fantôme...*

Elle se releva et jeta un regard vers les arbres entre lesquels l'inconnue avait disparu quelques secondes plus tôt. Ses yeux revinrent ensuite vers le petit pot de fleurs improvisé.

La première fois que nous l'avons aperçue, j'étais avec Guillaume et elle était derrière une fenêtre de la Maison de Dieu, se dit-elle. La porte était verrouillée et Noé semblait convaincu que personne d'autre que lui ne pouvait en avoir les clés. Elle a sûrement accédé au bâtiment par le tunnel. Pourtant, la grille paraissait complètement rouillée... Peut-être qu'il y avait un autre accès dans le tunnel, auquel je n'ai pas prêté attention...

– Vous cherchez quelque chose ? questionna une voix d'homme dans son dos.

Patricia se retourna d'un coup.

– Noé, vous m'avez fait peur ! Je ne vous ai pas entendu arriver. Non, je ne cherche rien de particulier. Enfin, si… Vous vous rappelez la silhouette habillée de blanc que j'avais aperçue derrière la fenêtre de la Maison de Dieu ?

– Quand vous étiez avec votre jeune collègue ?

– Oui, tout à fait. Eh bien, je viens de la voir de nouveau.

– Vous devez vous tromper… Il n'y a personne ici…

– Et ça ? répondit la commandante en montrant, du bout du pied, le petit pot de fleurs posé sur le sol.

Noé s'approcha et se pencha à son tour sur l'objet. Il le prit entre ses mains et le leva au niveau de ses yeux pour l'observer avec beaucoup d'attention. Il le reposa ensuite sur le sol.

– C'est peut-être un randonneur qui a posé ça là…

– Ne vous foutez pas de moi, Noé ! Qui est cette femme en robe blanche ?

– Je ne me moque pas de vous. Honnêtement, je n'ai aucune idée de qui cela peut bien être…

Patricia regarda fixement le vieil homme. Elle était convaincue qu'il mentait. De surcroît, il ne semblait pas très à l'aise. Ses yeux balayaient l'endroit sans oser se poser sur quoi que ce soit. L'impression que Noé se concentrait pour éviter de regarder un endroit précis traversa la commandante de gendarmerie. Il tournait la tête nerveusement, comme si quelque chose le gênait.

– Vous ne semblez pas très bien. Que se passe-t-il ? lui demanda-t-elle.

– Non, rien. Nous redescendons à Anarchia ? proposa-t-il.

Elle inclina la tête pour acquiescer en se demandant si le vieil homme n'était pas venu la rejoindre pour vérifier ou peut-être même pour l'empêcher de découvrir quelque chose.

Avant de repartir, Patricia jeta un dernier regard vers la forêt puis elle emboîta le pas de Noé qui paraissait un peu plus nerveux à chaque instant. Alors qu'ils étaient à mi-chemin du village, elle se retourna brièvement. Elle venait de comprendre : *Elle ne me veut aucun mal, se dit-elle en reprenant sa marche derrière Noé. Hier, quand je l'ai trouvée sur la route, elle m'a avertie d'un danger. Elle m'a priée de partir car, selon elle, ils allaient me tuer comme ils avaient déjà tué tous les autres ! Mais de qui parlait-elle ? Et aujourd'hui, ce pot de fleurs ? Voulait-elle me montrer cet endroit ? Mais pourquoi ? Il n'y a rien. Seulement de l'herbe...*

La commandante regarda Noé qui marchait quelques pas devant elle. Même si elle était convaincue qu'il n'était pas l'assassin, elle savait qu'il cachait des choses. Probablement des choses terribles…

Laissant le Dignitaire continuer son chemin seul, elle s'arrêta à la hauteur de son 4x4, garé depuis la veille sur la petite place d'Anarchia. Elle alluma une cigarette et se mit à réfléchir. Ses yeux, comme par instinct, revinrent se poser sur la lisière de la forêt. *Pourquoi cette femme m'a-t-elle montré cet endroit ? Il doit avoir...* Sa réflexion s'interrompit net. En l'espace d'une seconde, elle venait de comprendre.

Putain, c'est pas vrai ! Sous terre ! Il doit y avoir un truc enterré... Non, pas un truc... Plutôt quelqu'un ! Elle a déposé des fleurs sur... une sépulture.

Patricia tira une dernière fois sur sa cigarette, la jeta sur le sol et monta dans la Jeep. Elle fit aussitôt marche arrière puis partit directement vers la forêt. Derrière les rideaux de sa salle de séjour, Marie avait observé toute la scène. Pour la première fois depuis de nombreuses années, un sourire se dessina sur son visage : « Elle a compris ! Le dernier de tes assassins encore vivant va payer, Sophie » dit-elle avec satisfaction, comme si son ancienne amie pouvait l'entendre.

Moins d'une minute plus tard, Patricia arrêtait son véhicule devant le petit pot de fleurs. Elle en sortit aussitôt et alla directement ouvrir le coffre. À quelques centaines de mètres de là, Noé s'était retourné et, en voyant le véhicule de Patricia se garer près de la tombe de Sophie, il décida de rentrer chez lui. Le destin ferait désormais son œuvre, se dit-il.

L'avantage, avec ces voitures préparées pour le rallye-raid, c'est qu'ils ont tout l'équipement nécessaire, pensa Patricia en se dirigeant vers le pot de fleurs avec, à la main, une pelle pliable multifonction identique à celles qui équipaient les véhicules militaires.

Elle s'agenouilla sur l'herbe et se mit à creuser aussitôt. Après une trentaine de minutes de labeur, elle découvrit enfin ce qui se cachait à guère plus de cinquante centimètres de profondeur.

Détonnant avec la couleur brune de la terre, l'éclat blanc de la boîte crânienne ne surprit pourtant pas Patricia. Elle creusa encore pendant un moment afin de découvrir tout le haut du corps qui semblait avoir été enterré là de très nombreuses années auparavant. Un morceau de tissu déchiré par le temps et pourri par l'humidité recouvrait une partie des ossements.

La commandante supposa que le corps avait été revêtu d'un linceul avant d'être mis en terre.

Elle se releva pour tenter d'avoir une vision d'ensemble de la tombe sauvage qu'elle venait de découvrir et observa les orbites vides de l'inconnu, probablement mort depuis bien longtemps. Elle se pinça les lèvres et se retourna pour scruter Anarchia. Un tracteur traversait la petite place et les habitants vaquaient à leurs occupations.

Patricia réalisa soudainement l'étrangeté de son enquête. La section Alésani était spécialisée dans les affaires peu classiques mais enquêter dans un village tel que celui-ci, coupé de toute civilisation et qui, apparemment, faisait sa propre loi depuis bien longtemps avait quelque chose d'irréel. Presque de chimérique.

« J'ai l'impression d'être dans une autre dimension, soupira-t-elle. »

Elle alluma une Marlboro puis monta sur le pare-buffle de la jeep afin de s'installer sur le capot. Elle resta ainsi près d'une heure, une tombe ouverte à quelques mètres d'elle et enchaînant cigarette sur cigarette pendant qu'elle retraçait à haute voix toutes les étapes de son enquête.

« Bon, reprenons : j'ai quatre personnes assassinées les unes après les autres. Derrière ça, une cinquième que j'ai retrouvée dans une grotte la nuit dernière. Ces cinq-là sont des Dignitaires qui assistaient Noé dans sa mission autoproclamée de guider sur le chemin de Dieu une quarantaine d'anciens soixante-huitards désormais complètement endoctrinés. Ce village appartenait à une dénommée Sophie Raignal dont le corps est probablement celui qui se trouve derrière moi dans cette tombe improvisée, depuis 1982, année durant laquelle elle aurait soi-disant *disparu*. Si Marie a raison et qu'elle a été punie par les Dignitaires pour être tombée enceinte, et que depuis, plus personne ne l'a revue, je peux parier sans risque de me tromper que ce sont eux qui l'ont assassinée. Peut-être volontairement, peut-être de manière accidentelle. À côté de ça, le village et la forêt voisine font tous deux partie d'un immense domaine qui aurait été la propriété de la fille de Gilles de Rais. Depuis toujours, les morts et les disparus s'y accumuleraient et seraient liés à un genre de malédiction qui se manifesterait dans la région tous les quarante ans. La dernière connue aurait eu lieu en 1942 quand un officier nazi a pété les plombs et s'est rendu coupable d'une véritable boucherie. Si je pars du postulat que les Rais sont, ou tout du moins ont été, particulièrement importants dans la région, je ne m'avance pas trop en imaginant que la malédiction de 1982 est directement liée à la mort de Sophie Raignal. Et si, maintenant que nous sommes en 2022, soit quarante ans après sa mort, la malédiction revenait pour la venger en tuant les auteurs de son viol et probablement de son assassinat. Mouais… ça se tient plus ou moins… Et c'est là, continua-t-elle, qu'interviennent les assassins de la forêt. J'ai vu des trucs bizarres dans ma vie mais le côté « fantômes qui reviennent pour se venger » me laisse un peu dubitative. Les questions sont donc « qui sont ceux que Noé appelle les Rais ? Et qui est cette femme en blanc qui a l'air de vouloir m'aider ?» »

Patricia regarda sa montre. Quatorze heures. Il était temps de récupérer ses affaires et de reprendre la route, mais auparavant, elle voulait revoir Noé. Elle descendit du capot de la voiture et décida de recouvrir de terre les ossements qu'elle avait trouvés. Cela les protégerait jusqu'à ce que la scientifique s'en occupe, probablement le lendemain ou le surlendemain.

Une fois la dépouille ensevelie de nouveau, elle remonta dans la Jeep et retourna sur la place d'Anarchia. Marie lui ouvrit la porte avant même qu'elle n'ait eu le temps de frapper.

– Vous saviez ? demanda Patricia sans ambages.

– Oui, je le savais, reconnut-elle. Je les ai vus cette nuit-là, quand ils l'ont enterrée.

– C'est bien Sophie Raignal ? Que lui est-il arrivé, exactement ?

– Oui, c'est bien elle. Enfin, je crois. Quand les Dignitaires ont traversé le village, son corps était voilé. Mais je suis quasiment certaine que c'était elle.

– Il y a d'autres secrets que vous me cachez ? s'enquit Patricia passablement énervée.

– Non, je vous assure… Je ne sais rien d'autre…

La vieille dame avait prononcé la dernière phrase avec un léger tremblement dans la voix. Patricia s'en voulut d'avoir monté le ton devant celle qui, finalement, était la seule à tenter de l'aider.

– Pardonnez-moi, je ne voulais pas vous faire peur.

– Ce n'est pas grave, répondit Marie d'un air rassuré. J'ai bien conscience que votre enquête est difficile.

– Merci de votre compréhension. Sur un autre sujet, et je vous promets que ce sera ma dernière question, que savez-vous des Rais ou d'une jeune femme habillée de blanc qui erre dans le coin ? Cela fait trois fois que je la rencontre mais il ne me semble pas qu'elle soit une habitante d'Anarchia.

– Les Rais… répéta-t-elle d'un air évasif.

Elle tourna les talons et alla jusqu'à un ancien pétrin de bois probablement âgé d'au moins un siècle, qui servait désormais de meuble de rangement. Elle ouvrit l'une des portes et saisit une bouteille qu'elle posa sur la table avec deux verres.

– C'est sûrement l'une des dernières bouteilles d'Anarchia, dit-elle d'un air malicieux. Je vous offre un verre ?

– Pourquoi pas ? répondit Patricia avec un sourire amusé. Un petit break de quelques minutes dans mon enquête me fera le plus grand bien.

– Alors, asseyez-vous !

D'une main peu assurée, Marie remplit totalement les deux verres.

Un bon gros rouge qui tache servi bien chaud ! Miam miam ! Je vais être bourrée ou je vais choper la migraine du siècle ! Ou les deux... se dit Patricia en portant son verre à ses lèvres.

– Les Rais…, répéta Marie, qui reprit la conversation là où elle l'avait laissée un peu plus tôt.

– Oui, vous savez quelque chose d'eux ?

– Pas grand-chose. Comme je vous l'ai déjà dit, Sophie pensait que tout le mal qui pouvait avoir lieu dans le coin trouvait ses origines dans la lignée familiale des Raignal.

– Qui serait une branche descendant directement des Rais ?

– C'est ce qui se dit… Mais vous savez, Sophie n'avait rien d'un démon. C'était une bonne personne. Du moins…

Marie s'arrêta subitement de parler. Comme suspendu aux lèvres de la vieille dame, la commandante insista :

– Du moins ?

– Du moins tant qu'elle était vivante…

– Comment ça ? Vous pensez qu'elle est revenue ?

– Je ne sais pas pourquoi j'ai dit ça…, répondit Marie, soudainement mal à l'aise. Toutes les histoires qu'on entend sur la région sont tellement bizarres.

– Des histoires de quel genre ? s'enquit Patricia.

– On dit que les Rais, quand ils meurent…

La vieille dame suspendit de nouveau ses paroles et saisit son verre de vin qu'elle termina d'un seul trait sous le regard de la commandante qui commençait à comprendre où elle voulait en venir.

– Oui ? Vous disiez que quand les Rais meurent… ?

– Il paraît que depuis bien longtemps, dans la région, il y a des gens qui meurent mais… comment dire… qu'ils ne seraient pas tout à fait morts…

– Comment ça « pas tout à fait morts » ? Vous savez, je ne crois pas aux fantômes.

La vieille dame s'arrêta encore une fois de parler et se resservit un verre de vin. Elle reposa la bouteille sur la table, la reboucha puis elle leva les yeux vers son invitée :

– Peut-être que vous devriez commencer à y croire, Commandante Lagazzi.

Patricia fut légèrement décontenancée par le sérieux avec lequel Marie avait prononcé ces derniers mots.

– Vous savez, Marie, j'ai déjà vu beaucoup de choses, dont certaines feraient mourir de peur le commun des mortels, mais les revenants, ça…

– Les Rais ne sont pas des revenants. Du moins, je ne crois pas.

– Alors qu'est-ce qu'ils sont ?

– Des gens qui, paraît-il, seraient bloqués entre la vie et la mort. Ils auraient quitté la vie mais ne seraient pas encore passés dans l'au-delà. En tout cas, c'est ce que nous entendons depuis que nous sommes arrivés ici. Sophie nous avait déjà avertis quand nous étions encore en fac. Lorsqu'elle nous a proposé de venir nous installer ici, elle voulait être certaine que nous comprenions les risques que cela impliquait.

– Et à l'époque, vous n'avez pas pris tout ça au sérieux ?

– Bien sûr que non. Qui aurait cru à des conneries pareilles…

– Pourquoi en parler maintenant alors ? s'enquit Patricia.

– Disons qu'avec ce qu'il se passe en ce moment, je me dis que toutes ces légendes ont peut-être un fond de vérité.

– Je peux fumer ?

Quand Marie inclina la tête, Patricia ouvrit son paquet de Marlboro et alluma une cigarette. Elle regarda sa montre. Elle n'allait pas tarder à devoir quitter Anarchia.

– Est-ce qu'à l'époque, Sophie vous a dit quel était le rôle des Rais ? reprit-elle.

– Selon elle, ils n'étaient rien d'autre que des assassins qui se terraient au fond d'une forêt qu'il fallait impérativement éviter. C'était d'ailleurs un engagement que nous devions prendre si nous voulions venir vivre ici.

– Quel engagement ?

– Ne jamais mettre les pieds dans la forêt, sauf par obligation, pour descendre à Brélac.

– Je comprends… Une dame de Brélac m'a aussi mise en garde et conseillé de ne pas me rendre dans cette forêt. Depuis le temps que vous êtes ici, vous avez certainement eu de nombreuses occasions de voir et d'entendre des choses. Après avoir vécu une soixantaine d'années à Anarchia, vous pensez donc que toutes ces vieilles légendes concernant les Rais sont vraies ?

– Avec le nombre de personnes qui ont disparu depuis que nous sommes installés ici, il faut bien se rendre à l'évidence… Il y a des assassins dans cette forêt. Ou tout du moins…

– Ou tout du moins… ?

– Ou tout du moins une espèce de prédateur… ou je ne sais quoi d'autre…

– Quand vous parlez de personnes disparues, vous parlez des trois randonneurs de l'année 2000 ?

– Oui, mais pas seulement… On compte aussi des gardes-chasse, des campeurs, des couples de jeunes des villages alentour qui venaient flirter… Depuis que nous sommes ici, je suis sûre qu'il y a eu au moins une vingtaine de personnes qui ont disparu.

– Je… je ne comprends pas… Pourquoi les gendarmes n'ont-ils jamais entendu parler de ça ? Ce n'est pas possible qu'autant de gens se soient volatilisés sans que personne ne s'en soit inquiété.

– Je ne sais pas… désolée.

La vieille dame, épuisée par sa conversation avec Patricia, éprouvait cependant un certain soulagement à l'issue des confidences qu'elle venait de lui faire. Elle avait l'impression que cela lui permettait de retrouver un peu de sa bonne conscience, perdue depuis si longtemps.

Patricia se leva, et tout en tirant sur sa cigarette, s'approcha de vieilles photographies Polaroid écornées fixées au mur par des punaises rouillées.

– Ce sont des photos que nous avons faites lors de notre arrivée à Anarchia. Elles ont perdu leurs couleurs mais je les garde. Cela me rappelle la seule belle période de ma vie.

– Là, demanda Patricia en pointant son index sur l'une des photos, qui est-ce ?

Marie se leva et s'approcha à son tour du mur. Elle posa ses lunettes sur le bout de son nez et regarda attentivement.

– Alors là, c'est Rachel. À côté d'elle, avec le pantalon bleu, c'est moi…

– Non, la troisième ! Complètement à droite ! Celle avec la robe fleurie !

– Mais c'est Sophie, voyons ! Sophie Raignal. Vous n'aviez pas encore vu son visage ?

Patricia demeura silencieuse devant la vieille photographie. Elle s'approcha un peu plus près pour tenter de distinguer les traits juvéniles de la jeune fille de vingt ans qui semblait alors sourire à la vie.

– Ce n'est pas possible… Qu'est-ce que c'est que ce délire ? marmonna-t-elle.

– Que se passe-t-il, Commandante Lagazzi ? questionna Marie.

– En arrivant, tout à l'heure, je vous ai demandé ce que vous saviez des Rais et d'une jeune femme habillée de blanc qui erre dans le coin.

– Oui. Pour les Rais, je vous ai répondu, mais pour la jeune fille en blanc, je ne vois pas de qui vous parlez…

– Putain, c'est elle…

– Pardon ?

– Non, rien. Il faut que j'aille voir Noé. Je dois vous laisser. Merci pour toutes les informations que vous venez de me donner.

– Juste une dernière chose... dit Marie d'un air préoccupé en retenant la commandante par la manche de son blouson.

– Ne vous en faites pas, je ne répéterai à personne ce que vous m'avez confié, la coupa celle-ci en accompagnant sa phrase d'un clin d'œil complice.

– Merci, sourit la vieille dame, tout en regardant sa visiteuse sortir d'un pas précipité.

Patricia traversa la petite place d'Anarchia à grandes enjambées. Elle avait passé plusieurs heures chez Marie et si elle voulait éviter de redescendre à Brélac avec la nuit tombante, elle allait devoir quitter les lieux dans moins d'une heure. Arrivée devant la maison de Noé, elle tapa aussitôt à la porte à plusieurs reprises.

– Entrez, l'invita le Guide, en ouvrant la porte de bois qui accompagna son mouvement d'un grincement de gonds rouillés.

– Merci.

Quelques secondes plus tard, Patricia se trouvait dans une salle de séjour aussi mal meublée que celle de Marie. Le vieil homme lui fit signe de s'installer sur une petite banquette qui ressemblait vaguement à un ancien Clic-Clac et s'assit sur une chaise paillée juste devant d'elle.

– Le moment est venu, n'est-ce pas ?

– De quoi parlez-vous ?

– J’ai vu que vous étiez remontée avec votre voiture jusqu’à la lisière de la forêt. Vous l’avez trouvée, n’est-ce pas ?

– Oui, confirma-t-elle, je l’ai trouvée.

– Je n’ai jamais voulu ça, vous savez…

– Noé, on va commencer par parler des règles qui régissent les poursuites en droit pénal, si vous voulez bien, histoire que vous compreniez les enjeux qui sont désormais les nôtres dans cette enquête.

– Je vous écoute, répondit simplement le vieil homme.

– D’accord. Le délai de prescription pour les crimes est de vingt ans en France et un procureur de la République ne peut engager aucune poursuite, quel que soit le cas, après trente ans. Sophie Raignal étant morte en 1982, il y a plus de quarante ans, vous ne risquez donc plus rien.

– Où voulez-vous en venir ?

– Je veux en venir au fait que je suis convaincue que les meurtres des Dignitaires sont liés, d’une manière ou d’une autre, au décès de Sophie Raignal et probablement aussi à ses origines familiales.

– Et vous me parlez des délais de prescription pour que je vous dise tout ce que je sais qui pourrait être susceptible de vous aider dans votre enquête actuelle, n’est-ce pas ?

– Vous avez tout compris. Vous n’êtes plus poursuivable par la justice. Donc, aidez-moi à mettre sous les verrous les auteurs des meurtres de vos amis en témoignant.

Une larme glissa sur sa joue ridée. L'homme qui, il y a encore quelques jours, semblait si vaillant, si fort de caractère, paraissait maintenant s'écrouler un peu plus à chaque instant.

– Je suis fatigué, Commandante Lagazzi. Tellement fatigué de tout ça... J'ai essayé... autant qu'il m'était possible... Que... que voulez-vous savoir ?

– Ma première question va vous paraître peut-être un peu naïve mais j'ai besoin de certitudes. Est-ce que vous me garantissez que le corps enterré en lisière de forêt est bien celui de Sophie Raignal ?

– Oui, Commandante. Je vous assure que c'est bien elle.

Patricia réfléchit pendant quelques secondes : *Je suis certaine que la personne sur la photo est la même que la femme habillée de blanc que j'ai déjà croisée à trois reprises et qui m'a indiqué l'endroit où était enterrée Sophie Raignal. Donc, soit j'ai vu un fantôme, et ça, ce n'est pas possible, soit... soit quoi ? Soit rien d'autre ! Soit j'ai vu un fantôme, soit j'ai vu un fantôme...*

– Que pouvez-vous me dire sur les circonstances de sa mort ?

– Elle était enceinte. Quand les femmes du village l'ont aidée à avorter, nous avons dû... Comment dire...

– La punir ?

– C'est plus compliqué que cela...

– Je suis tout ouïe !

– Disons que pour n'importe quelle autre femme du village, je n'aurais rien dit ni rien fait. Mais elle, on ne pouvait pas la laisser avoir un enfant. Je n'étais pas au courant pour l'avortement. C'est après, seulement, que Rachel m'a raconté. J'ai donc pris la décision de remplir son corps de la semence de Dieu…

– Putain, vous plaisantez ! s'écria Patricia en sentant une nausée lui remonter dans la gorge. Vous l'avez tous violée, c'est bien ça ?

– Je ne savais pas quoi faire. Nous ne pouvions pas laisser la moindre trace d'une descendance des Rais. Même si elle avait avorté, elle avait porté cet enfant du démon dans ses entrailles et elle devait être purifiée. J'ai supposé que ce serait possible grâce au sperme d'hommes purs. Mais elle a réussi à s'emparer d'un couteau…

– Ce n'est pas possible. Vous étiez en plein délire… Et elle s'est suicidée ?

Noé, affalé sur sa chaise et le visage caché entre ses mains, s'effondra de chagrin.

– Pitié, ne me faites pas le coup du mélodrame ! Ça devient pathétique ! ne put s'empêcher de faire remarquer Patricia, d'une voix sarcastique. Sophie Raignal vous a tous accueillis sur son domaine et en réponse, vous l'avez violée et poussée au suicide. C'est un peu tard pour pleurer, vous ne trouvez pas ?

En crachant toute son incompréhension face au calvaire qu'avait enduré Sophie Raignal, la commandante réalisa qu'elle était en train de perdre sa réserve et son professionnalisme. Elle était là pour enquêter et non pour prendre parti pour une victime dans une histoire dont elle ne connaissait pas encore tous les tenants et les aboutissants. Elle décida de se maîtriser ; l'unique chose importante, désormais, était de faire dire à Noé tout ce qu'il savait.

– Que pouvez-vous me dire d'autre ?

– À quel propos ? répondit le Dignitaire en s'essuyant le visage et en tentant de reprendre le contrôle de ses émotions.

– On pourrait commencer par les Rais, par exemple !

– On les appelle *les Rais* car ils sont les descendants de Gilles de Rais. On les surnomme *les ombres* parce que personne ne les a jamais vus. La seule chose que je sais à leur propos, c'est qu'ils existent réellement et qu'ils vivent dans la forêt.

– D'accord. Tout ça, je l'ai déjà compris. Mais que font-ils exactement ?

– Ils tuent, Commandante Lagazzi. Ils ne savent faire que ça et ne vivent que pour ça. Enfin… vivent…

– Que voulez-vous dire ? demanda Patricia, surprise par les derniers mots du vieil homme.

– Je ne suis pas sûr… Je ne sais pas s'ils sont vraiment vivants.

– Ça aussi, je l'ai déjà entendu. Des espèces d'entités coincées entre la vie et la mort… Plus tout à fait vivants mais pas encore totalement morts ! Désolée Noé, mais je ne crois pas à tout ça. Que savez-vous d'autre ? Pourquoi dites-vous que ce sont des assassins ?

Le vieil homme se pinça les lèvres. Il semblait chercher ses mots.

– Ce que je vais vous révéler n'engage que moi.

– Je vous écoute.

– La fille et le petit-fils de Gilles de Rais ont fait de cette forêt l'antre du *Mal*. Et quand je dis *Mal*, j'en parle dans le sens démoniaque du terme. Il y a vraiment le Diable dans cet endroit…

– Je vois... Continuez…

– Les descendants de Gilles de Rais ont tellement tué et donné de sang à boire à cette forêt qu'elle en redemande sans cesse.

– Vous pensez que les assassins qui y vivent ne tuent que pour donner du sang à boire à cette forêt ?

– Oui, c'est ce que je pense.

– Vous comprendrez que tout cela me laisse… Comment dire… ?

– Sceptique ?

– Oui, c'est tout à fait ça. Sceptique ! Je veux bien croire à beaucoup de choses, mais là, on va un peu loin. Et selon vous, qui seraient ces assassins ? Des descendants de Gilles de Rais ?

– Non, continua le vieil homme en baissant la voix. Les descendants sont ceux qui ordonnent. Les assassins sont leurs serviteurs.

– Leurs serviteurs ? Comment ça ? demanda Patricia qui avait désormais la certitude que le vieil homme était en plein délire.

– Au XVe siècle, c'étaient les villageois vivant sur les divers domaines de Gilles de Rais qui lui livraient toutes les femmes vierges et les jeunes enfants pour ses sacrifices. Rien n'a changé…

– Vous pensez que les assassins de la forêt sont les habitants des villages alentour et que ces derniers ne font qu'exécuter les ordres des descendants des Rais ?

– Absolument !

– Mais alors, qui sont ces descendants ?

– Je ne sais pas. À ma connaissance, la dernière descendante était Sophie Raignal. Là, je reconnais que je n'ai aucune idée de qui a bien pu prendre la relève…

– Vous êtes certain qu'elle était une descendante des Rais ?

– Oui, bien entendu. Vous n'avez pas trouvé le morceau d'étoffe que nous avons déposé dans sa tombe ?

– Non. Quelle étoffe ?

– Celle avec les armoiries de sa famille. Les armoiries des Rais ! Nous l'avons découverte dans ses affaires quand elle est décédée.

– Si vous l'aviez mis dans sa sépulture, c'est que quelqu'un l'a pris, car l'étoffe n'y est plus.

– Sûrement les assassins de la forêt… dit le vieil homme, songeur.

– Bon, coupa Patricia, je vais vous laisser. Je retourne à Brélac. Nous reviendrons demain pour tenter de découvrir un autre accès à l'église souterraine et récupérer le corps de ce pauvre Cham. Nous déterrerons aussi les restes du corps de Sophie Raignal. Le procureur va probablement demander une autopsie des ossements. De votre côté, je vous enjoins de rester enfermé chez vous. Vous êtes toujours en danger.

– Je sais bien. Je ne bougerai pas d'ici.

Patricia se leva et quitta la pièce en laissant le vieil homme à ses regrets et à son chagrin. Une fois à l'extérieur, elle ne put s'empêcher de prononcer à haute voix : « Il est complètement allumé… les fantômes, les Rais, les assassins de la forêt… Il est bon à enfermer, le Noé… ». Elle retourna jusqu'à la Maison de Dieu récupérer ses affaires et revint à son véhicule. Au moment de monter, elle aperçut une enveloppe en papier kraft coincée sous un essuie-glace. À l'intérieur, elle découvrit un cliché de Sophie Raignal, au verso duquel était inscrit : *Je vous confie une photo d'elle au cas où vous en auriez besoin pour votre enquête. Elle a été prise quelques semaines avant sa disparition.*

Patricia leva les yeux vers la maison de Marie. Derrière un carreau de sa fenêtre, la vieille dame lui fit un petit signe de la main auquel elle répondit d'une légère inclinaison de la tête.

Elle monta à bord de son 4x4 puis démarra. Le moment était venu de retourner à Brélac.

11

L'adjudant Perrin était en train d'étudier les derniers rapports tombés dans sa boîte mail quand Guillaume pénétra dans la pièce. Deux autres de ses collègues travaillaient depuis la veille à fouiller les archives du poste de gendarmerie. Ils avaient retourné, en vain, tous les dossiers datant des années quatre-vingt qu'ils avaient pu découvrir. Ils n'avaient pas trouvé la moindre trace d'un quelconque dépôt de plainte concernant l'enlèvement ou la disparition d'une dénommée Sophie Raignal. Au moment où le jeune gendarme s'asseyait sur sa chaise à roulettes, son voisin de droite, presque totalement caché derrière une pile de vieux documents qui semblait ériger un véritable mur de protection sur son bureau, s'écria : « Je crois que j'ai trouvé un truc. »

En même temps, il se leva et porta jusqu'au bureau de l'adjudant l'un de ces registres qui avaient été fabriqués dans les années soixante-dix par l'Imprimerie nationale et dont le curieux format ressemblait à du A3 en hauteur mais dont la largeur était moindre.

Il le déposa sous les yeux de son supérieur qui lut aussitôt à haute voix les quelques lignes manuscrites qui avaient été apposées là, quarante ans auparavant :

– *Ce jour, il a été reçu un appel téléphonique à la brigade de gendarmerie de Brélac-sur-Vézère, qui nous informait de la disparition, depuis plus de quarante-huit heures, au lieu-dit Anarchia, d'une dénommée Sophie Raignal. Le correspondant n'a pas souhaité décliner son identité et une enquête de voisinage a été effectuée, sur place, dès le lendemain. En l'absence de résultat et devant la volonté manifeste des habitants d'Anarchia de ne pas témoigner, l'enquête est pour l'instant en attente de nouveaux éléments.* Bon, s'ils n'ont pas déposé une plainte concernant la disparition de Sophie Raignal, ils ont au moins effectué un signalement téléphonique. Même si c'était de façon anonyme et que par la suite, aucun des habitants d'Anarchia n'a semblé manifester la moindre envie de témoigner…

– Ils n'ont pas totalement menti sur cette histoire de main courante. C'est déjà ça ! intervint Patricia qui venait d'apparaître dans l'encadrement de la porte.

– Bonjour, Commandante, répondit l'adjudant en se levant pour saluer l'officier. Vous venez d'arriver ?

– Non, je suis rentrée hier soir, mais j'ai filé directement à l'hôtel.

Patricia décrivit son séjour aux gendarmes de la brigade de Brélac : l'ensemble de l'enquête, l'église souterraine, le corps de Cham crucifié, puis le viol, le suicide et la découverte des ossements de Sophie Raignal. Elle termina enfin par les témoignages de Noé et Marie.

– C'est quand même bizarre la peur qu'ils ont de ces Rais. Pourtant, ils ne les ont jamais vus. Comment peuvent-ils croire à ces espèces de fantômes ? questionna l'adjudant Perrin. Je pense qu'ils se nourrissent de leurs peurs depuis bien longtemps et qu'ils se sont, au fil du temps, enfermés dans leurs récits. Ils ont fini par croire réellement à l'existence de ces assassins de la forêt qui seraient les propres descendants de Gilles de Rais. Ou tout du moins des villageois au service de ces descendants. Vous qui êtes d'ici, Guillaume, que pensez-vous de tout cela ?

– Le problème, Commandante, c'est que ces légendes se racontent de génération en génération depuis plusieurs siècles. Il est devenu impossible de différencier ce qui est vrai et possède un véritable fondement historique de ce qui relève du folklore. Néanmoins…

Le jeune gendarme suspendit ses propos l'espace de quelques secondes. Alors qu'il semblait chercher ses mots, Patricia comprit le cas de conscience auquel il était confronté, coincé entre sa position et ses origines mais aussi entre sa neutralité de gendarme et les croyances locales qui le berçaient depuis sa naissance, notamment à travers les pratiques ésotériques de sa grand-mère.

– Néanmoins, reprit-il, je pense qu'il ne faut pas tout nier en bloc. Il se passe réellement quelque chose dans cette forêt. Tous les quarante ans, il arrive des choses terribles qui ne relèvent pas de fables mais de faits bien réels…

– J'entends bien, intervint Perrin, mais vous savez, où que vous alliez, je vous garantis que vous pourrez faire coller des coïncidences à un calendrier. Je suis certain qu'on peut trouver, dans n'importe quelle région, des évènements qui ont eu lieu de façon régulière tous les dix ans ou tous les vingt ans, et ce, sur plusieurs siècles… Vous voyez ce que je veux dire ?

– Bien entendu, mon Adjudant…

– Après, reprit Patricia, il faut reconnaître qu'il se passe des choses peu communes dans cette forêt, notamment des disparitions un peu trop fréquentes à mon goût. D'après ce que l'on m'a raconté à Anarchia, il semblerait que les randonneurs évaporés en 2000 ne soient pas les seuls à avoir disparu récemment.

– Effectivement, Commandante, intervint le gendarme qui se tenait à côté de l'adjudant. Depuis deux jours que je fouille dans les archives, j'ai découvert plusieurs mains courantes et plaintes relatives à des disparitions intervenues lors des cinquante dernières années. Pour certaines, des enquêtes de proximité ont eu lieu, mais sans succès.

– C'est toujours pareil, dit l'adjudant. En France, un adulte a tout à fait le droit de ne plus donner de nouvelles sans que l'on puisse faire grand-chose…

– Au fait… coupa Patricia.

Elle s'approcha du bureau du sous-officier, déjà bien encombré de documents et d'objets divers, et y déposa un sac en toile duquel elle sortit, avec beaucoup de soin pour ne pas y laisser de traces papillaires, un pot de confiture et une enveloppe en papier kraft.

– Mon Adjudant, il faudrait envoyer ce pot à l'identification criminelle. Ils y trouveront les empreintes de Noé. Nous n'avons toujours pas le fameux tableau avec l'identité des habitants d'Anarchia qu'il nous avait promis, mais qu'importe… En ce qui le concerne, il faut que nous découvrions qui il est et ce qu'il faisait avant de débarquer à Anarchia.

– Vous le soupçonnez ?

– Par les meurtres des Dignitaires, non. Mais il y a quelque chose de pas net dans l'histoire de cet homme. On dirait que sa vie a débuté en 1979, quand il est arrivé à Anarchia. Je veux savoir ce qu'il faisait avant et surtout, il faut découvrir ce qu'il est venu faire dans ce trou. Je suis de plus en plus convaincue qu'il n'est pas arrivé là par hasard…

– Guillaume, vous prenez un véhicule et vous me portez ça à Périgueux immédiatement.

– À vos ordres, mon Adjudant.

– Ensuite, reprit Patricia en ouvrant l'enveloppe, cette photo est celle de Sophie Raignal. Vous allez la scanner et me l'envoyer par mail car j'ai besoin d'une version numérique, puis vous ferez des recherches auprès de la population locale. Si quelqu'un a connu cette femme, il nous faut son témoignage. Je pense notamment à un homme, qui était marié à l'époque, et qui aurait mis Sophie Raignal enceinte. Il faudrait le retrouver pour qu'il nous dise tout ce qu'il sait…

– Cela remonte à si longtemps… Cet homme doit avoir aux alentours de quatre-vingts ans aujourd'hui. Sous réserve qu'il soit encore vivant…

– Je sais bien mais je ne veux rien laisser au hasard.

– Commandante, si je peux me permettre…

– Oui ?

– Je ne suis pas sûr de vous suivre. Vous nous avez bien dit qu'elle avait été violée par les Dignitaires puis qu'elle s'était suicidée en 1982. Nous sommes donc devant une affaire réglée pour laquelle il y a prescription. Vous ne préférez pas qu'on se concentre sur les meurtres des Dignitaires ?

– Bien entendu. Et c'est ce que nous allons faire, sourit Patricia.

– Vous pensez que les meurtres des Dignitaires ont un rapport avec ce qu'il s'est passé en 1982 ?

– Absolument !

– D'accord, Commandante. Et pour les corps de Cham et Sophie Raignal ?

– Pour les ossements de cette dernière, ce n'est pas un problème. Ils pourront les récupérer. Informez le procureur de Périgueux qui dépêchera les services compétents. En revanche, pour Cham, c'est clairement impossible. Un tunnel s'est effondré et il faudrait faire bosser des engins de chantier pendant plusieurs semaines pour pouvoir retrouver cette église souterraine. De toute façon, je suis convaincue qu'il y a une autre entrée du côté de la forêt. Probablement à partir des vestiges de l'ancien château des Rais ou du monastère voisin.

Il va falloir qu'on prépare une expédition pour aller voir tout ça de plus près.

Alors que Guillaume avait déjà revêtu sa veste et s'apprêtait à porter le pot de confiture à Périgueux pour l'identification des empreintes, il s'approcha du bureau et se pencha sur la photographie que Patricia venait d'y déposer. Dès qu'elle vit le regard du jeune homme loucher sur les traits de Sophie Raignal, elle comprit qu'il semblait surpris par ce qu'il découvrait.

– Quelque chose ne va pas ? questionna-t-elle.

– Ben… Commandante… répondit-il maladroitement.

– Exprimez-vous, Guillaume ! On vous écoute ! intervint l'adjudant. On dirait que vous êtes bloqué. Qu'est-ce qui se passe ?

– Pardon, mon Adjudant. Vous permettez ?

L'adjudant acquiesça. Le jeune homme saisit alors la photo, l'approcha de ses yeux et observa intensément les traits de la femme. Sur le cliché pris en 1982, quelques mois avant son décès, elle paraissait avoir une quarantaine d'années.

– Ce visage vous dit quelque chose, n'est-ce pas ? demanda Patricia.

– Oui, Commandante. Je connais cette personne. Du moins, je l'ai connue…

– Guillaume, elle est morte en 1982, dit l'adjudant. Vous n'étiez même pas encore né.

– Je sais bien, mon Adjudant. Mais je vous assure que je connais cette femme. Cela fait plusieurs années que je ne l'ai pas vue mais je suis certain de la reconnaître.

– Expliquez-vous !

– En fait, je ne remets pas de nom sur son visage… mais, même si cela fait bien longtemps, je suis convaincu qu'elle a vécu à Brélac.

– Elle avait votre âge quand vous l'avez connue ?

– Non, mon Adjudant. Elle était plus âgée que moi. Quand j'ai quitté l'école, elle avait déjà une vingtaine d'années. Je pense qu'elle a au moins dix ans de plus que moi. Elle doit avoir maintenant une quarantaine d'années. L'âge qu'elle semble avoir sur cette photo…

– Il manquait plus que ça… coupa Patricia. J'ai rencontré une femme dans la forêt, la même personne que nous avions aperçue cachée derrière une fenêtre de la Maison de Dieu, vous vous souvenez ? Eh bien, j'ai moi aussi été frappée par sa ressemblance avec Sophie Raignal quand j'ai vu la photo.

– À quoi pensez-vous, Commandante ? Quelqu'un de la même famille ?

– Oui, probablement. Peut-être une nièce…

– Si je peux me permettre, intervint le gendarme qui tenait toujours le registre sur lequel étaient consignées les mains courantes des années quatre-vingt.

– Oui ?

– Et si c'était la fille de Sophie Raignal ? Tout à l'heure, Commandante, vous nous avez bien expliqué que cette dernière avait avorté puis avait été violée avant de se suicider ?

– C'est juste, confirma Patricia.

– Et si cet avortement n'avait jamais eu lieu ? Et si elle avait accouché en secret ?

– J'ai déjà entendu des théories plus bêtes que ça…, répondit la commandante, songeuse. Si elle avait accouché et que Rachel avait rapporté ça aux dignitaires plusieurs mois après, elle serait morte sans que personne n'en ait jamais rien su… Rachel et Marie ont peut-être couvert la naissance en parlant d'avortement, pour la sécurité du bébé.

– Je pensais que Marie vous avait tout dit… intervint l'adjudant.

– Moi aussi, reconnut Patricia. Après, vu l'ambiance qui règne à Anarchia, on ne peut pas la blâmer d'avoir conservé un secret aussi lourd. À moins que…

– Oui ?

– Peut-être que Marie m'a tout dit et que cet avortement a bien eu lieu mais que…

– Mais que, coupa l'adjudant, Sophie Raignal avait auparavant, en secret, mis au monde une petite fille sans que ni Marie ni personne d'autre à Anarchia ne soit au courant.

– Tout à fait, confirma-t-elle. Cela expliquerait que Guillaume ait rencontré par le passé une femme ressemblant à Sophie Raignal, qui aurait aujourd'hui une quarantaine d'années et dont personne à Anarchia n'aurait jamais entendu parler.

La commandante et l'adjudant se turent, chacun tentant d'analyser les théories qu'ils venaient d'échanger jusqu'à ce que Guillaume finisse par briser le silence timidement.

– Ce qui voudrait dire que nous tenons notre suspect. Mais pourquoi ? Pour quel mobile ?

– C'est plutôt évident, non ? répondit l'adjudant. La vengeance, Guillaume. Elle a décidé de tuer toutes les personnes qui étaient à l'origine du suicide de sa mère.

– Tout cela se tient mais alors pourquoi s'être montrée ? Pourquoi avoir tenté de me mettre en garde contre la forêt ? questionna Patricia.

– Peut-être qu'elle ne veut simplement aucun mal à qui que ce soit. À part aux Dignitaires…

– Possible. En tout cas, tout le monde se met sur cette femme, ordonna la commandante. Trouvez-la-moi ! Commencez peut-être par mettre la main sur l'homme marié avec qui Sophie Raignal aurait eu une relation, probablement en 1981 ou au début de l'année 1982.

– À vos ordres ! répondirent en cœur l'adjudant et les quatre gendarmes présents dans la pièce.

Pendant que Guillaume partait pour Périgueux confier le pot de confiture à l'identification criminelle et que l'un de ses collègues se chargeait de scanner la photo de la mystérieuse inconnue qui ressemblait à Sophie Raignal, l'adjudant Perrin resta planté à regarder Patricia d'une façon presque gênée. Comme s'il avait quelque chose à dire sans vraiment oser le faire.

– Quelque chose ne va pas, mon Adjudant ?

– Si je peux me permettre, comme elle est présente depuis avant-hier et qu'il n'y a pas grand-chose d'autre à faire dans le patelin, je pensais que la lieutenante Stal se joindrait à nous pour l'enquête.

– La lieutenante Stal ? Éva est déjà là ? questionna Patricia d'un air surpris.

– Oui, Commandante. Vous êtes bien redescendue avec elle d'Anarchia ?

– Qu'est-ce que vous racontez ? J'ai deviné, lors de notre dernière conversation, qu'elle comptait me rejoindre à Brélac mais elle n'est pas encore arrivée…

L'adjudant Perrin réalisa instantanément qu'il s'était fourré dans un beau guêpier. Il regarda les trois gendarmes accoudés à leur bureau comme si l'un d'eux pouvait lui venir en aide. Aux regards fuyants de ses hommes, il comprit qu'il allait être seul à affronter l'incompréhension et probablement la colère de la commandante Lagazzi.

– Qu'est-ce que vous racontez ? répéta-t-elle en montant le ton.

– Elle est venue ici avant-hier soir pour nous demander où vous étiez…

– Et que lui avez-vous dit ?

– On lui a expliqué comment accéder à Anarchia. Elle voulait vous faire une surprise et vous rejoindre là-haut. Elle a dit être une bonne randonneuse et que quelques heures de marche ne seraient pas un problème pour elle.

– Vous vous foutez de moi ? Avec ce qu'il se passe en ce moment, vous avez laissé partir une personne sans arme et qui ne connaît absolument pas la région à travers cette putain de forêt… ?

Soudainement, Patricia eut la sensation que les murs se mettaient à tourner autour d'elle. Une migraine enserra instantanément son crâne comme si une immense tenaille tentait de rapprocher ses tempes l'une de l'autre. Elle connaissait ses signes. Ils ne se manifestaient qu'à de rares occasions mais elle savait qu'ils signifiaient l'arrivée de moments de stress intenses. Elle n'entendit que lointainement la réponse de l'adjudant :

– Je suis désolé, Commandante, mais vous savez bien que je ne crois pas aux forêts hantées ni aux fantômes. Elle était censée vous rejoindre et redescendre avec vous…

– Je ne l'ai pas vue, répondit-elle en tentant de reprendre le contrôle. Je suppose qu'elle a dû louer une seconde chambre à l'hôtel étant donné que ses affaires n'étaient pas dans la mienne. Et comme par hasard, je n'ai pas vu non plus l'hôtelière ! Sinon, elle m'en aurait probablement parlé…

– Que voulez-vous qu'on fasse ? On peut organiser une battue et fouiller la forêt, proposa Perrin.

– Non. Si elle est en danger et que les Rais ont mis la main sur elle, je n'ai pas envie qu'ils paniquent en entendant des chiens aboyer ou des gendarmes gueuler dans tous les sens. Je vais à l'hôtel m'équiper et je pars immédiatement à sa recherche.

Patricia quitta la gendarmerie au pas de charge et rejoignit l'hôtel en courant. Elle ressentait au fond d'elle un sentiment de panique comme elle n'en avait connu que rarement dans sa vie alors que sa migraine lancinante continuait de lui donner des coups de boutoirs en continu dans la tête. En passant devant le 4x4, elle en ouvrit le coffre, à la recherche de tout ce qui pouvait lui être utile pour une randonnée. Elle y trouva une trousse de premiers secours.

La jeune femme monta ensuite dans sa chambre et vida sur son lit le sac à dos qu'elle avait utilisé pour son déplacement à Anarchia. Elle le remplit de nouveau avec la trousse de secours et le téléphone satellite qu'elle avait mis en charge la veille. Plutôt que le Sig Sauer, elle opta pour ses deux Desert Eagles. Comme à son habitude, elle les déposa dans des holsters en cordura harnachés au niveau des cuisses. La migraine semblait doucement s'évaporer pour laisser place à des questions ou des réflexions remplies d'inquiétude : « Où peut-elle être ? Et s'ils lui ont fait du mal… Putain, Patricia, reprends-toi et essaie de te calmer ! Il faut garder la tête froide… Il n'y a que comme ça que tu seras efficace… Tu sais que si tu t'énerves, tu perds le contrôle… »

Alors que les pensées se bousculaient dans sa tête, elle passa son blouson softshell noir, et moins de cinq minutes plus tard, elle quittait sa chambre. Croisant la propriétaire dans le hall de l'hôtel et espérant naïvement que tout cela ne soit finalement qu'une erreur, elle lui demanda :

– Avez-vous reçu avant-hier soir une nouvelle cliente du nom d'Éva Stal ?

– Oui, répondit celle-ci d'une voix enjouée. Une gentille jeune fille. C'est une amie à vous, n'est-ce pas ?

– Oui, tout à fait, confirma Patricia. Je pars la rejoindre. Auriez-vous trois bouteilles d'eau fraîche à me donner ?

– Oui, bien entendu.

Quelques instants plus tard, la commandante démarrait sa Jeep, traversait le village de Brélac à tombeau ouvert et s'engageait sur la piste menant à Anarchia.

En arrivant à la lisière de la forêt, elle aperçut un véhicule utilitaire aux couleurs de la gendarmerie nationale et comprit que l'un de ses collègues avait décidé de ne pas la laisser seule dans cette aventure.

L'adjudant Perrin en sortit quand elle se gara juste à côté et il alla directement jusqu'à son coffre duquel il extirpa un sac à dos. Il s'approcha ensuite de Patricia qui était en train de faire la même chose.

– Je pense que le mieux est de laisser nos voitures ici, puis de suivre à pied la piste qui traverse la forêt. Quand vous êtes redescendue d'Anarchia, hier soir, si vous n'avez pas aperçu le moindre signe de la lieutenante Stal, c'est qu'il est fort probable qu'elle se soit enfoncée au milieu des arbres à un moment ou à un autre. Si nous y allons en voiture, nous ne pourrons pas découvrir ses traces.

– C'est bien ce que j'avais prévu de faire.

– Vous savez, Commandante, j'ai tenté de la mettre en garde contre les dangers de cette forêt.

– Vous n'y êtes pour rien, mon Adjudant. Maintenant, il faut qu'on la retrouve.

– Nous ne quitterons pas cette forêt sans elle, Commandante.

– À ce sujet…

– Oui, Commandante ?

– Merci de m'accompagner.

– Je vous en prie.

Patricia et l'adjudant Perrin s'enfoncèrent aussitôt dans la forêt. Ils marchèrent en silence pendant plus d'une heure, lentement, chacun d'un côté du sentier, scrutant les abords à la recherche de traces qu'aurait pu laisser Éva Stal.

À midi, ils avaient fait un tiers du trajet qui menait à Anarchia sans avoir trouvé le moindre signe du passage de la jeune femme. Après avoir franchi la première partie de la forêt, ils avaient suivi un chemin de quelques centaines de mètres qui traversait une clairière inondée de soleil puis s'étaient engagés dans la section la plus densément boisée de leur itinéraire. La plus boisée mais aussi la plus opaque, et probablement la plus dangereuse…

– Nous entrons dans le domaine des assassins, fit remarquer Patricia d'un ton sarcastique.

– Vous croyez vraiment qu'ils existent et que les Rais vivent par ici ?

– C'est en tout cas dans cette partie de la forêt que se situent les ruines de leur château et celles du monastère qui s'est écroulé à peine une trentaine d'années après sa construction.

– Et vous pensez qu'à partir de l'un de ses endroits, on peut rejoindre l'espèce d'église souterraine dans laquelle vous avez trouvé le corps de Cham ?

– En effet. Je suis certaine que la grille que j'ai ouverte dans le tunnel n'avait pas été manipulée depuis très longtemps. Il y a donc un autre passage qui permet aux Rais ou aux assassins qui travaillent pour eux d'y accéder.

– Commandante ?

– Oui ? répondit Patricia tout en devinant la question que s'apprêtait à poser l'adjudant.

– Vous croyez vraiment à toutes ces légendes ?

– Non, sourit-elle. Enfin, oui et non. Les fantômes ou les revenants, je n'y crois pas. Par contre, qu'Anarchia et toute la forêt qui l'entoure soient le théâtre d'enlèvements et d'assassinats, ça, j'en ai la certitude. Il se passe des choses bizarres par ici et nous allons devoir stopper tout ça. Mais avant tout, nous allons commencer par retrouver la lieutenante Stal, si vous voulez bien.

L'adjudant hocha la tête et ils reprirent leur marche. Plus ils avançaient et plus le chemin et les alentours s'obscurcissaient. L'humidité, la fraîcheur et l'absence du moindre bruit rendaient l'atmosphère particulièrement pesante. De temps à autre, Patricia jetait un regard vers l'adjudant, intriguée. Celui-ci reproduisait les gestes d'un éclaireur patrouillant en territoire hostile. Tout dans sa façon d'évoluer faisait penser à un membre d'un régiment d'élite. *Probablement un ancien commando des forces spéciales ou un truc du genre*, se dit-elle…

Alors qu'elle continuait à observer cet adjudant de province au mystérieux passé militaire, ce dernier leva soudain le bras, point fermé, signe qu'il fallait stopper toute progression. Il se tourna vers la jeune femme et lui fit signe de la tête de traverser le chemin pour le rejoindre. Pendant qu'elle avançait en silence, elle vit l'adjudant poser la main sur la crosse de son Sig Sauer et le sortir tout doucement.

Sans savoir ce qu'il avait décelé, comme mue par l'instinct, Patricia dégaina elle aussi l'un de ses pistolets. Quand elle le rejoignit, son collègue lui fit signe de regarder vers la forêt et d'écouter. Elle acquiesça et tendit l'oreille. Entre les arbres, à près d'une centaine de mètres de là, enfoncé dans la noirceur de la forêt, un homme vêtu d'une robe de bure marron longeait de vieux murs de pierres à demi éboulés. Les deux gendarmes ne purent le suivre des yeux que pendant deux ou trois secondes avant que, tel un fantôme, il ne disparaisse soudain.

– On y va, prononça Patricia à voix basse.

L'adjudant fit un signe de tête et lui emboîta le pas. Ils n'avaient progressé que d'une vingtaine de mètres quand une cloche se mit à sonner à la volée, cherchant manifestement à alerter des renforts invisibles ou à réveiller une forêt aussi endormie qu'inhospitalière.

Les gendarmes profitèrent du bruit pour avancer à grands pas jusqu'au premier mur de pierres qu'ils avaient aperçu auparavant. Ils s'accroupirent tout d'abord puis se relevèrent discrètement pour tenter d'entrevoir l'homme habillé en moine.

– Il n'y a plus personne, fit remarquer Patricia en balayant l'endroit d'un regard semi-circulaire.

– J'avais cru rêver, répondit l'adjudant. Je suis rassuré de savoir que vous aussi, vous avez vu un homme tout droit sorti du *Nom de la Rose*[1].

---

1 *Le Nom de la Rose* est un roman d'Umberto Eco qui a pour toile de fond une abbaye bénédictine au XIVe siècle. Un film, réalisé par Jean-Jacques Annaud, en a été adapté en 1986.

– Oui, il y avait bien quelqu'un. D'ailleurs, dit-elle en regardant vers le ciel, la cloche oscille encore…

À son tour, l'adjudant leva les yeux vers le mur. De moins de deux mètres de large sur une dizaine de mètres de haut, cela paraissait être les restes de ce qui, jadis, avait dû être un clocher. Il n'en demeurait plus aujourd'hui qu'un amoncellement de pierres, en haut duquel trônait encore une cloche suspendue sous une petite voûte de type gothique. Plus aucun son ne résonnait dans la forêt mais la corde, entraînée par les mouvements du mouton auquel était suspendue la cloche, bougeait encore en faisant penser à un serpent rampant dans le vide. Les tintements s'étaient tus aussi brutalement qu'ils s'étaient mis à résonner et l'homme qui les avait provoqués paraissait s'être évaporé.

La commandante et l'adjudant sortirent de leur cachette et avancèrent vers les bâtisses en ruine qui étaient invisibles de la route.

– Vous croyez qu'on a trouvé l'ancien monastère ? demanda le sous-officier.

– C'est fort possible. Enfin, *trouvé* est un bien grand mot. J'ai plutôt l'impression qu'on nous a attirés ici. Si l'homme ne s'était pas montré, de la route, nous n'aurions jamais vu ces ruines.

– C'est juste. Restons sur nos gardes…

La commandante Lagazzi et l'adjudant Perrin commencèrent à faire le tour de ce qu'il restait de l'édifice religieux bâti plusieurs siècles auparavant avant qu'il ne s'effondre en tuant les vingt-quatre moines qui l'occupaient. Rien ne demeurait de l'ancien monastère, hormis le clocher et quelques pans de murs encore debout, disséminés de-ci de-là. Les gendarmes, arme au poing, explorèrent les vestiges sans parvenir à retrouver l'homme qui les avait attirés à cet endroit.

– Vous pensez que c'est un piège ? demanda Patricia.

– Je ne sais pas. Je n'ai pas l'impression qu'il y ait encore quelqu'un ici…

Tout à coup, l'adjudant cessa de parler et tendit l'oreille. Sa main droite se crispa sur son arme et ses yeux interrogèrent les ruines qui les encerclaient. Patricia se concentra elle aussi sur un bruit lointain qui commençait à lui parvenir. Elle leva le bras et pointa son Desert Eagle devant elle en pivotant jusqu'à faire un tour complet sur elle-même. Il y avait quelque chose. Ou quelqu'un.

– On est à découvert, commenta l'adjudant à voix basse. On va se faire tirer dessus comme des ballons à la fête foraine. Suivez-moi.

Tous deux s'accroupirent au pied du clocher et attendirent. Le bruit devenait progressivement plus fort, plus insistant…

– On dirait des plaintes étouffées, comme des lamentations…

– Ou des pleurs… Ce sont des pleurs.

Les gendarmes se relevèrent pour tenter de localiser l'origine des sons.

– Éva ! cria Patricia. C'est toi, Éva ?

Ils se séparèrent et partirent chacun de leur côté pour explorer tous les recoins de l'ancien monastère. Après quelques minutes de recherche, Patricia entendit l'écho d'un appel au milieu des ruines.

– Commandante ! Elle est ici !

À ces quelques mots de l'adjudant Perrin, le cœur de Patricia faillit exploser. Guidée par la voix de son subordonné, elle dut enjamber un muret pour le rejoindre, une cinquantaine de mètres plus loin. Il était accroupi au-dessus du corps de la lieutenante, couché au milieu des herbes hautes.

– Éva, comment vas-tu ?

– Il faut qu'elle boive un petit peu. Elle semble complètement déshydratée, dit l'adjudant en posant le goulot d'une gourde isotherme au bord des lèvres de la jeune femme.

Éva, les yeux fermés, but presque un demi-litre d'eau sans reprendre son souffle. Quand l'adjudant se releva et recula d'un pas pour laisser la place à sa supérieure, Patricia s'agenouilla à son tour près d'elle et entrouvrit son blouson. Après avoir vérifié qu'elle n'était pas blessée, elle lui caressa tendrement la joue.

– Ça va mieux, ma belle ?

Éva déglutit légèrement puis passa la langue sur ses lèvres complètement desséchées. Enfin, doucement, elle ouvrit les yeux.

– Que t'est-il arrivé ? demanda Patricia.

– Je… Je ne sais pas. J'ai perdu connaissance. Ensuite, une femme… C'était bizarre…

– Bizarre ?

– Oui. Elle était habillée comme une sauvage. Et elle était maquillée…

– Maquillée ? questionna l'adjudant Perrin d'un air surpris.

– Oui… Comme les peintures de guerre que portaient les Indiens… Je ne sais plus…

Éva semblait épuisée et les mots devenaient pour elle de plus en plus difficiles à prononcer. Elle paraissait au bord de l'évanouissement.

– Nous l'interrogerons plus tard, décida Patricia. Nous devons la redescendre à Brélac. Il faut qu'elle se repose.

– Nous ne pourrons pas la porter jusque là-bas. Je vais retourner aux voitures et revenir avec votre Jeep.

– Non. Vous en auriez pour plusieurs heures. Prenez le téléphone satellite qui est dans mon sac et appelez vos hommes.

– OK, acquiesça aussitôt l'adjudant. Je demande à Guillaume de rejoindre nos véhicules et de récupérer le 4x4 pour venir nous chercher. D'ici une heure, il devrait être là. Vous avez laissé les clés à l'intérieur ?

– Oui, elles sont dans le pare-soleil du conducteur.

– D'accord. Et puis ça nous permettra de rester tous les trois ensemble. Je pense qu'au vu des évènements et tant que nous n'aurons pas arrêté ceux qui hantent cette forêt, il n'est pas vraiment opportun de se séparer.

Patricia hocha la tête en guise de confirmation pendant que l'adjudant allumait le téléphone pour contacter ses hommes.

12

Aux alentours de seize heures, Patricia installait enfin Éva dans sa chambre d'hôtel. Le médecin du village passa aussitôt pour vérifier que la jeune femme n'était pas blessée et il confirma qu'une bonne nuit de repos devrait la remettre sur pieds.

Une fois qu'elle fut certaine de pouvoir la laisser seule et après avoir demandé à l'hôtelière de passer de temps à autre vérifier que tout allait bien, Patricia se rendit à la gendarmerie.

À peine arrivée, elle fut immédiatement apostrophée par Guillaume.

– Commandante, nous venons de recevoir les résultats concernant les empreintes qui figuraient sur le pot de confiture.

– Déjà ?

– Oui, on leur avait dit que c'était extrêmement urgent.

– D'accord. Et ?

– Et l'identité de Noé va plutôt vous surprendre, répondit le jeune homme en lui tendant une chemise cartonnée.

Patricia s'installa face au bureau de l'adjudant Perrin qui attendait patiemment sa réaction. En feuilletant les trois pages constituant le document adressé par l'identification criminelle de Périgueux, elle ne put réprimer son étonnement.

– Putain, c'est pas possible… Noé, de son vrai nom Jean-Noël Achilli, est un ancien braqueur de banque… Il est recherché ?

– Non, répondit l'adjudant. Il a effectué sa peine et n'a plus aucune dette envers la société. Si c'était votre question, il ne se terre pas à Anarchia depuis les années quatre-vingt afin d'échapper à la justice. En tout cas, pas qu'on sache. Mais je vous laisse lire la suite, qui est tout aussi surprenante.

La commandante Lagazzi mit de côté la photo présente dans le dossier, sur laquelle Noé devait avoir aux alentours de quarante ans. Elle datait probablement de l'époque à laquelle il était arrivé dans la région, se dit-elle, avant de commencer la lecture de la dernière page.

– Le rapport d'un ancien CPAL[1] ? constata-t-elle d'un air surpris.

– Lisez-le ! se contenta de répondre l'adjudant Perrin.

Quand elle termina la lecture du rapport, elle le remit dans le dossier qu'elle referma immédiatement, puis leva les yeux vers les gendarmes qui guettaient sa réaction.

– En prison il a trouvé la foi et, aussitôt libéré, il est entré dans les ordres. À partir de 1980, il a intégré une branche dissidente de l'Église

1. Les comités de probation et d'assistance aux libérés (CPAL) ont disparu au profit des SPIP (services pénitentiaires d'insertion et de probation) en 1999.

catholique romaine dénommée les *Ghjuvannali* et n'a plus jamais donné signe de vie.

– Vous savez ce que c'est ? s'enquit Guillaume. J'ai fait des recherches mais je n'ai absolument rien trouvé.

– La secte des *Ghjuvannali* a été créée en Corse par des franciscains au cours du XIVe siècle. En raison de leurs pratiques et du fait qu'ils refusaient l'autorité du Pape, ils ont été excommuniés avant d'être massacrés avec femmes et enfants en 1363.

– Et ils existent encore ?

– Plus ou moins, se contenta-t-elle de répondre.

Patricia alla se servir une tasse de café tout en réfléchissant. L'affaire était en train de prendre une tout autre tournure. Les *Ghjuvannali* étaient à l'origine de la création de la section Alésani, plusieurs siècles auparavant, et aujourd'hui encore, ils détenaient une autorité fonctionnelle sur le service. Si Noé faisait partie de ce groupe religieux, il était clair que le service n'avait pas été destinataire par hasard du mail d'information relatif au meurtre du premier Dignitaire.

Elle sortit son téléphone et parcourut sa liste de contacts. Dès qu'elle trouva celui qu'elle recherchait, elle l'appela immédiatement.

– Allo, répondit la voix d'un vieil homme.

– Père Pasquale ? C'est la commandante Patricia Lagazzi.

– Bonjour, Patricia. Comment allez-vous ?

– Bien, merci. Ce sont les *Ghjuvannali* qui ont envoyé la section Alésani sur l'enquête dans le Périgord, n'est-ce pas ? demanda-t-elle sans détour.

– Oui, répondit-il avec franchise. Bien entendu.

– Pourquoi ne pas m'en avoir parlé ? Cela aurait été plus simple, non ?

– Je voulais que vous vous fassiez votre propre avis au fur et à mesure de vos découvertes. Et quoi de mieux pour ça que vous laisser enquêter sans la moindre information préalable ? Et puis, il y a autre chose…

– Oui ?

– Nous avions perdu le contact avec le Père Jean-Noël Achilli depuis bien longtemps. Nous n'étions plus destinataires du moindre rapport de sa part depuis près d'une vingtaine d'années.

– Comment ça ? C'est vous qui l'aviez envoyé à Anarchia ?

– Oui. Quand nous l'avons recueilli parmi nous, c'était une brebis égarée qui ne demandait qu'à racheter ses fautes auprès de Dieu et des hommes.

– Les Livres de Dieu qu'il utilise, ce sont les livres des *Ghjuvannali*, n'est-ce pas ?

– Absolument, Patricia. C'est, entre autres, pour ce type d'ouvrages que nous avons été excommuniés puis massacrés par le passé… Après, je suppose que le Père Jean-Noël Achilli a modifié un peu comme il l'entendait le contenu de ces livres pour les adapter à ses pratiques qui sont devenues, apparemment, très douteuses.

– Qu'est-ce qu'il est venu faire à Anarchia, exactement ?

Le vieil homme ne répondit pas immédiatement. Sa respiration, irrégulière et légèrement essoufflée, résonnait dans le haut-parleur du téléphone.

– Ça va, Père Pasquale ?

– Oui, oui… Je suis un vieil homme, Patricia. Les conversations me fatiguent de plus en plus. Que disait-on ?

– Je vous demandais la raison pour laquelle il avait été missionné à Anarchia en 1979.

– Cela fait bien longtemps que des prêtres et frères de tous ordres se succèdent à cet endroit. Près de trois siècles avant l'arrivée de la fille de Gilles de Rais, un monastère avait déjà été construit par des moines pour lutter contre la présence du mal dans la région.

– Je suis au courant. J'en ai même visité les ruines. Vous pensez donc que la fille de Gilles de Rais avait, à l'époque, choisi ce lieu en raison de ce qu'il s'y passait.

– Bien entendu. Pas une région ne se prêtait mieux à ses activités que celle-ci. D'ailleurs, lors d'une enquête au tout début du XVIe siècle, les inquisiteurs, lors de l'*inquisitio infamiae*[1], se sont déplacés en Périgord pour étudier cette forêt et interroger ceux qui vivaient aux alentours. Sans grand succès d'ailleurs.

– Et que font tous ces prêtres qui se succèdent ici, comme vous dites, depuis des siècles ?

– Ils essaient de protéger la population des meurtriers de la forêt…

– Vous pensez réellement que cette forêt est habitée par des êtres ou des descendants des Rais ?

---

1. L'*inquisitio infamiae* était une enquête ouverte par la justice ecclésiastique (Inquisition). Elle débutait par une instruction qui consistait à recueillir des témoignages sur la réputation du mis en cause.

– Je ne sais pas. Noé lutte autant qu'il le peut depuis près de quarante ans pour protéger les habitants d'Anarchia mais nul ne sait vraiment contre qui… ou contre quoi…

– Vous l'avez envoyé pour qu'il éduque religieusement les personnes qui vivaient là-bas ? Son but n'était pas de les endoctriner mais de les protéger, conclut la jeune femme.

– Absolument ! Aussi, quand le premier des Dignitaires a été assassiné, nous avons immédiatement compris que la forêt envoyait ses assassins pour chasser les hommes d'Église présents à Anarchia.

– D'où l'enquête lancée par la section Alésani ?

– C'est juste.

– Je suis désolée, Père Pasquale, mais vous me connaissez et vous savez bien que j'ai certaines prédispositions pour l'ésotérisme de façon générale, voire, selon les cas, pour des sujets particulièrement occultes, mais tout ça me laisse songeuse.

– Je sais, Patricia. Je ne crois pas non plus aux fantômes. Néanmoins, il se passe quelque chose dans cette forêt et des assassins l'habitent depuis de nombreux siècles.

– Vous pensez que ce sont des descendants des Rais ? s'enquit-elle.

Dans les locaux de la gendarmerie de Brélac régnait un silence absolu. Les militaires avaient cessé toute activité et écoutaient avec beaucoup d'intérêt la conversation de Patricia. Même s'ils n'entendaient que les paroles de la jeune femme, cela leur suffisait amplement à reconstituer les propos de son étrange correspondant.

– Je ne pense pas que les assassins qui ont tué les Dignitaires et qui tuent ou enlèvent les visiteurs qui ont le malheur de passer par cette forêt depuis des siècles soient les Rais. Cependant, cette lignée est toujours présente et je pense que leurs héritiers ont autorité sur les assassins. Sophie Raignal, en tant que dernière descendante, avait d'ailleurs probablement vocation à devenir leur chef.

– Apparemment, c'était une bonne personne. Ne me dites pas, mon Père, que vous cautionnez ce qu'ont fait les Dignitaires à cette pauvre femme ?

– Les dernières nouvelles que nous avons eues de Noé, datant de 1982, nous rapportaient ce qui s'était déroulé lors de cette funeste journée. Il est bien sûr évident que nous ne cautionnons pas le viol. Noé a complètement perdu les pédales ce jour-là. En revanche, si je n'ai aucun doute sur le fait que Sophie Raignal était quelqu'un de bien, je suis convaincu que, tôt ou tard, elle serait partie rejoindre et probablement diriger les assassins de la forêt.

– Cela ne nous dit toujours pas qui sont ces tueurs ! Car même si elle est morte, ils continuent de sévir.

– C'est bien ce que je ne comprends pas. Avec Noé, nous étions persuadés, ou tout du moins nous espérions que si la dernière descendante des Rais, Sophie Raignal, disparaissait, les tueurs mettraient fin à leur folie meurtrière…

Patricia réfléchit un instant. Cette histoire n'avait aucun sens. Des tueurs qui assassinaient depuis des siècles et sans aucun mobile des gens qui passaient par leur forêt. La fille de Gilles de Rais, qui était venu vivre dans cette région propice à ses expériences en sorcellerie et meurtres en tout genre. Et maintenant ses descendants qui, volontairement ou pas, semblaient assumer leur héritage démoniaque en continuant de tuer des innocents de leurs mains ou par l'intermédiaire de ces assassins.

– Justement, reprit Patricia, il se pourrait que Sophie Raignal ait eu une fille quelque temps avant de mourir.

Le Père Pasquale ne répondit pas immédiatement. La discussion semblait l'avoir épuisé et il était de nouveau en train de tenter de reprendre son souffle. Enfin, après quelques instants, il enchaîna :

– Si Sophie Raignal a eu une fille, cette dernière a probablement une quarantaine d'années désormais, non ?

– Ça doit être ça. Pourquoi ?

– Jusqu'à plus de trente ans, Sophie Raignal n'a pas montré le moindre signe de folie ou d'attirance pour la sorcellerie ou je ne sais quoi d'autre. Et c'était déjà le cas pour ses parents et grands-parents. Il semble que la folie démoniaque des Rais n'apparaisse chez leurs descendants que bien plus tard…

– Vous supposez qu'il est donc logique que nous n'ayons jamais eu la moindre nouvelle d'elle auparavant parce qu'elle n'avait pas encore été rattrapée par…comment dire… son patrimoine génétique ?

– Oui, c'est ce que je pense. Vous êtes certaine que c'est bien une fille Raignal ?

Patricia reprit la photo que Marie lui avait donnée et observa le visage de Sophie.

– En tout cas, un gendarme qui est originaire du pays est certain de reconnaître dans les traits de Sophie Raignal une femme qui vit, ou tout du moins, qui aurait vécu aux alentours de Brélac il y a quelques années. De mon côté, je dois avouer que la ressemblance entre ces deux femmes est frappante.

– Vous avez rencontré cette personne ? demanda le prêtre, surpris.

– Disons que je l'ai croisée en me rendant à Anarchia. Mais, à ce moment-là, je n'avais pas encore vu la photo de Sophie Raignal pour pouvoir faire un quelconque rapprochement.

– D'accord. Alors retrouvez-la, Patricia. C'est probablement votre meurtrière.

– Nous allons la retrouver, mon Père. Je vous rappellerai dès que nous aurons des nouvelles.

– D'accord. Bon courage.

– Merci, Père Pasquale.

– Une dernière chose…

– Oui ?

– Faites attention, Patricia. Faites très attention à vous et ne sous-estimez pas les Rais. Si c'est bien ce que je pense, ces gens sont particulièrement dangereux.

– Je ferai attention à moi. Promis.

– Au revoir, Patricia.

– Au revoir, mon Père.

La commandante raccrocha puis retourna s'asseoir en face de l'adjudant Perrin, toujours attablé à son bureau. Elle rouvrit la chemise sur laquelle était inscrit le nom *Jean-Noël Achilli* et parcourut de nouveau le dossier de Noé. Les gendarmes l'observaient sans oser intervenir. Elle reposa enfin les documents sur le bureau, gardant uniquement entre les mains la photo prise par le greffe d'une prison, plus de quarante ans auparavant.

Gangster, prêtre, violeur... Il aura tout fait celui-là ! pensa-t-elle en reposant la photographie sur le dossier.

Enfin, elle se leva pour dicter ses consignes aux gendarmes présents.

– Je pense que nous avons notre suspecte, Messieurs. Il ne nous reste plus qu'à mettre la main sur cette femme qui est peut-être une fille cachée de Sophie Raignal…

– Ou, pour lui ressembler autant, tout du moins une parente proche, suggéra l'adjudant.

– Absolument ! confirma-t-elle.

– Toute la question est de savoir comment la trouver. À notre connaissance, il n'y a plus personne de la famille Raignal qui soit encore vivant. Dans la mesure où vous l'avez vue dans la forêt ainsi que dans la Maison de Dieu d'Anarchia, on peut en conclure qu'elle vit probablement dans les environs.

– C'est possible. Pour pouvoir se montrer à une fenêtre de la Maison de Dieu sans que personne l'ait croisée ou vue passer, elle devait être au courant de l'existence du tunnel qui s'est effondré.

Même si j'ai du mal à expliquer comment elle a pu franchir la grille rouillée… Mais qu'importe… Il est probable qu'elle connaisse très bien tout le coin d'Anarchia et la forêt environnante mais rien ne prouve qu'elle vive là-bas. Quand je l'ai vue, elle avait plutôt l'air propre sur elle et il me semble qu'aux pieds, elle portait une paire de baskets blanches du genre *Adidas ou Nike* très récentes… Ce qui aurait finalement tendance à me faire dire qu'elle n'habite pas là-bas. J'opterais plutôt pour quelqu'un qui vit plus près de la civilisation.

– On pourrait peut-être tenter de retrouver l'homme marié avec qui Sophie Raignal avait une relation au début des années quatre-vingt, proposa Guillaume. S'il n'est pas mort, il a probablement plus de quatre-vingts ans maintenant. Même si ça paraît compliqué, puisque nul ne sait qui il était, ça vaudrait le coup d'essayer…

– Oui, on en a effectivement déjà parlé, répondit Patricia. Commencez par là ! C'est pour l'instant la seule piste que nous ayons.

– Guillaume, reprit l'adjudant, vous partez avec l'un de vos collègues, chacun muni d'une copie de la photo de Sophie Raignal, et vous interrogez tous les anciens de Brélac. Allez aussi faire un tour à la maison de retraite qui est dans la plaine, sur la route de Sarlat-la-Canéda. Il me semble que de nombreuses personnes âgées du village y vivent.

– À vos ordres, mon Adjudant.

– Et une dernière chose, intervint Patricia au moment où les deux jeunes gendarmes s'apprêtaient à sortir : je pense que le temps nous est compté. Il est très probable que les Rais et leurs assassins ne s'arrêtent pas là. Il reste encore un Dignitaire vivant…

L'adjudant nota intérieurement que la commandante Lagazzi avait, pour la première fois, identifié les meurtriers des Dignitaires comme étant les Rais et les assassins de la forêt. Il se dit qu'elle devait commencer à croire sérieusement à cette légende qui, au fur et à mesure que les heures passaient et que l'enquête avançait, semblait de plus en plus authentique. Ou tout du moins, trouvait-elle un fondement historique dans l'existence des ascendants de la famille Raignal…

Guillaume et son collègue à peine sortis, la porte du bureau se rouvrit sur une jeune femme qui pénétra dans la pièce en arborant un petit sourire forcé.

– Mes respects, Lieutenante Stal, dit l'adjudant en se levant, accompagné dans un même mouvement par les autres gendarmes qui se mirent aussitôt au garde-à-vous.

– Bonjour, répondit simplement Éva.

– Qu'est-ce que tu fous là ? s'enquit Patricia, visiblement furieuse. Tu devrais être en train de te reposer au lieu de traîner par ici. Tu te rends compte de ce que tu viens de vivre ?

– Oui, mais ça va. Je te jure que je me sens bien, se justifia la jeune femme, en s'asseyant à son tour devant le bureau de l'adjudant Perrin. Un peu mal aux jambes et au crâne, mais rien de plus…

– Retourne te reposer !

– OK, je vais repartir. Je voulais juste venir remercier tout le monde. Si avec l'adjudant, vous n'étiez pas partis à ma recherche, je serais peut-être en très mauvaise posture. Encore que…

– Encore que quoi ? questionna la commandante, qui semblait toujours fâchée que sa compagne ne soit pas restée à l'hôtel se reposer.

– Encore que je pense que j'ai été sauvée grâce au mec habillé en moine. Il est venu me délivrer de la folle qui m'avait agressée dans la forêt juste au moment où elle tentait de m'attacher à une croix.

– Comment ça ? Ce n'est pas cet homme qu'on a vu traîner dans le monastère en ruines qui t'a enlevée ?

– Non. Pas du tout. Bien au contraire ! Lui, il m'a libérée.

La commandante Lagazzi et l'adjudant Perrin échangèrent un regard avant que ce dernier ne questionne à son tour la jeune femme.

– Lieutenante, si vous vous sentez suffisamment reposée, vous voulez bien nous raconter ce qui vous est arrivé exactement ?

– En fait, je n'en sais pas plus que ce que je viens de vous dire. Je marchais sur le chemin de terre qui traverse la forêt quand j'ai perdu connaissance. C'est en me réveillant avec une migraine hyper violente que j'ai compris que j'avais pris un coup par-derrière avant de m'évanouir.

– D'accord. Et ensuite, de quoi vous rappelez-vous ?

– Quand j'ai repris conscience, j'étais allongée sur une croix de bois posée sur le sol. Une femme était en train de m'y ligoter, comme si elle envisageait de me crucifier… Nous étions dans une espèce de grotte souterraine décorée à la manière d'une église et dans le fond, il y avait un second crucifix. J'ai tout d'abord cru que c'était le Christ mais quand le moine est venu me libérer, nous avons constaté que ce n'était pas Jésus qui était crucifié, mais un homme. Un vrai…

– Alors, quand le tunnel s'est effondré, il n'a pas enseveli l'église souterraine que j'avais découverte, en déduisit Patricia à l'adresse de l'adjudant. Le corps de Cham est donc toujours là-bas.

À la voix et à l'intonation de la jeune femme, Patricia comprit qu'elle était encore sous le choc dû à la violence des évènements qu'elle avait vécus. Les tremblements de sa voix, son regard fuyant, ses mains qui n'avaient de cesse de se frotter l'une contre l'autre : tous ces signes montraient qu'Éva était dans un état de stress avancé.

– Est-ce que tu as pris les médicaments que le médecin t'a laissés sur la table de nuit ? Il a dit que physiquement tu n'avais rien de grave, mais il t'a prescrit de quoi te détendre.

– Non, je ne les ai pas vus. J'en prendrai en rentrant…

La lieutenante s'arrêta soudainement de parler. Ses yeux venaient de tomber sur la photo que Patricia avait posée sur la chemise cartonnée du dossier de Jean-Noël Achilli. Elle saisit la photographie entre ses mains et observa le visage crispé du condamné, immortalisé sur le papier argentique. La commandante et l'adjudant Perrin se consultèrent du regard avant que celle-ci n'interroge sa compagne :

– Cette photo te dit quelque chose ou tu joues juste la curieuse ?

– Je ne sais pas. C'est bizarre, c'est comme si…

Éva réfléchissait en se concentrant sur les traits de l'homme. Quelque chose la dérangeait mais sans qu'elle arrive vraiment à identifier ce que c'était.

– C'est comme si je connaissais ce visage…

– Quelqu'un que tu as croisé, peut-être ? questionna Patricia en continuant à regarder l'adjudant Perrin. Lui aussi avait compris.

– C'est comme s'il ressemblait au vieux moine qui m'a sauvée dans la forêt. Mais je n'en suis pas certaine. Ce dernier était beaucoup plus âgé. Peut-être dans les quatre-vingts ans… Et comme en plus, il portait la barbe, je ne suis vraiment pas sûre…

– Tu penses qu'avec quarante ans de plus, l'homme sur cette photo ressemblerait à celui qui t'a sauvée dans la forêt ?

– Oui. Pourtant, il y a beaucoup de différences entre eux. Mais je ne sais pas… le regard, le front, la forme du visage… Je suis quasiment certaine que ce mec pourrait être le fils du moine de la forêt.

– La personne qui l'a sauvée est Noé ! conclut Patricia en s'adressant à l'adjudant.

– Ce n'est finalement pas illogique étant donné ce que vous a dit votre correspondant tout à l'heure au téléphone. Si cet homme a vraiment débarqué dans la région avec pour mission de protéger les habitants de la famille de Rais et de ses assassins, lui et ses Dignitaires font peut-être ça depuis près de quarante ans. Si on excepte le viol collectif commis sur Sophie Raignal et le suicide de cette dernière, les Dignitaires ont peut-être toujours voulu ne faire que le bien. Sous réserve de la compréhension qu'ils peuvent avoir du mot *bien*…

– À leurs risques et périls d'ailleurs, puisqu'il semble que leurs actions de protection n'amusent plus les Rais, vu qu'ils sont tous en train de se faire buter, les uns après les autres.

L'adjudant confirma d'un hochement de tête. Après un temps de réflexion, il reprit :

– Tout nous ramène à cette forêt et aux Rais…

– C'est juste. Je pense que la personne que j'ai eue tout à l'heure au téléphone a raison.

– C'est-à-dire ?

– S'il reste une descendante cachée de la famille Raignal et si ce sont réellement des descendants de Gilles de Rais, je pense que nous tenons notre meurtrière. Qui d'autre aurait un motif de s'en prendre aux Dignitaires ?

– Nous sommes d'accord. La seule chose qui me gêne, c'est cette femme, avec la robe blanche, qui aurait cherché à vous aider.

– En fait, quand je remets tout ça en perspective, ce n'est peut-être pas le cas… Je l'ai vue à trois reprises. La première fois, elle était derrière une fenêtre de la Maison de Dieu d'Anarchia et espionnait les gendarmes en train d'enquêter.

– Maison de Dieu à laquelle elle devait accéder à son gré par le tunnel que les assassins et celle qui les dirige, certainement notre inconnue si elle est une descendante des Rais, ont fait s'écrouler quand vous l'avez découvert.

– Exactement. La seconde fois, c'est dans la forêt, quand elle m'a mise en garde et m'a dit que si je ne partais pas, je serais tuée comme les autres.

– Elle parlait probablement des Dignitaires déjà assassinés. Des menaces pour que vous ne fouilliez pas trop dans l'histoire des Rais et dans la forêt ?

– C'est bien pour ça que je pense retourner y faire un tour. Nous avons découvert les vestiges de l'ancien monastère mais j'aimerais bien visiter les ruines du château de la fille de Gilles de Rais. C'est sûrement là que tout a commencé.

– Je pense effectivement qu'il serait intéressant de trouver cet endroit. Et la troisième et dernière fois que vous avez vu cette femme en blanc ?

– C'est quand elle s'est montrée à la lisière de la forêt, à côté d'Anarchia, pour m'indiquer où était la tombe de Sophie Raignal. Celle qui est peut-être sa mère.

– Et ainsi confondre Noé et ses acolytes pour son viol et son suicide ?

– C'est ce que je soupçonne. Donc, quand on met bout à bout les trois fois où je l'ai vue, elle n'a finalement pas été si protectrice que ça envers moi.

– C'est juste, concéda l'adjudant.

Éva se leva péniblement. Elle semblait épuisée.

– Je vous laisse à votre enquête. Je retourne me reposer à l'hôtel.

– Tu fais bien. Juste une dernière chose…

– Oui ?

– La femme qui a tenté de te ligoter, avant que Noé n'intervienne, tu as vu son visage ? Tu peux nous dire à quoi elle ressemblait ?

– On aurait dit une sorcière, mais je serais bien incapable d'en faire une description. Elle était habillée tout en noir et il faisait sombre. Par contre, ce qui est certain, c'est qu'elle était grimée.

– Grimée ? répéta la commandante, un peu surprise.

– Oui. Elle était recouverte d'une peinture blanche, et au niveau des yeux, une large bande noire lui barrait le visage d'une tempe à l'autre. Si tu ajoutes à ça un rouge à lèvres noir, elle avait vraiment une tête de sorcière et était bien trop maquillée pour que je puisse en faire une description fiable. Après, si je l'avais face à moi, je la reconnaîtrais peut-être…

– D'accord. Merci. Veux-tu que je t'accompagne ?

– Non, non. Occupe-toi de ta forêt d'assassins et essaie de mettre en taule toute cette bande de *chtarbés*. Moi, je repars au dodo. Bonne fin de journée, mon Adjudant.

– Merci, Lieutenante. À vous aussi, répondit ce dernier en se levant alors qu'elle quittait le bureau d'une démarche peu assurée.

Éva Stal partie, l'officier et l'adjudant se regardèrent.

– Il faut que l'on mette la main sur cette femme en robe blanche, reprit Perrin.

– Avec un peu de chance, Guillaume retrouvera une trace de l'homme marié avec qui Sophie Raignal avait une relation.

– Espérons ! Au fait, j'ai oublié de vous communiquer une information. Vous nous aviez demandé de vous trouver un historien, ou un truc du genre, qui serait spécialisé dans l'histoire de la région.

– En effet.

– Nous avons trouvé quelqu'un. C'est un professeur d'université à la retraite qui vit à Sarlat. Il a présenté une thèse, il y a de nombreuses années, sur les pratiques en sorcellerie du Périgord à travers les siècles. Il viendra nous rencontrer demain après-midi.

– C'est parfait. C'est tout à fait ce qu'il nous fallait. Vous vous en occuperez.

– Vous ne serez pas là ?

– Non. Dès demain après-midi, je retourne dans la forêt. Je veux visiter les ruines de l'ancien château des Rais.

– Vous ne voulez pas que je vous accompagne ? Ce serait peut-être plus prudent, vu ce qui vient d'arriver à la lieutenante Stal.

– Non, vous serez bien plus utile ici. Vous me ferez un rapport sur ce que vous aura raconté l'historien. Et puis vous savez, en premier lieu, la lieutenante n'était pas armée…

– C'est juste. Et en second lieu, vous travaillez seule… n'est-ce pas ?

Patricia sourit devant la perspicacité de l'adjudant Perrin. Elle lui adressa un petit clin d'œil complice avant d'ouvrir la porte du bureau.

– Bonne fin de journée, mon Adjudant.

– Merci. À vous aussi, Commandante Lagazzi.

13

Après une nuit de repos, les deux officiers de gendarmerie passèrent la matinée allongées sur le lit de Patricia, à consulter son ordinateur portable, parcourant la forêt d'Anarchia et tous ses alentours grâce à la cartographie satellite de l'application Google Maps.

– En fait, on ne voit pas grand-chose, constata Éva. On a fait tout le coin en long, en large et en travers mais il n'y a absolument rien…

– Il faut reconnaître que la forêt est tellement dense que rien ne filtre sur les images. Du vert à perte de vue…

– Et rien que du vert, sourit la jeune femme. Dis, tu comptes vraiment faire un tour en forêt aujourd'hui ?

– Oui, il faut que j'y aille. Et je vais y aller seule ! trancha la commandante en regardant sa compagne d'un air légèrement soupçonneux.

– Tu remarqueras que je n'ai rien demandé.

– Non, mais je préfère t'avertir avant que tu ne tentes de me dissuader ou pire, que tu n'essaies de taper l'incruste…

– Vu ce qu'il m'est arrivé, j'aimerais bien que tu évites de te rendre là-bas, c'est tout.

– Je sais bien mais c’est le job…

– Oui, mais bon…

– Et puis je ne pars pas en randonnée, tu sais. Je vais emporter un peu plus de matériel que toi…

– J’imagine bien que tu vas y aller enfouraillée comme un porte-avion.

– C’est tout à fait ça, éclata de rire Patricia. On descend déjeuner ? Je voudrais bien être partie pour midi trente.

– OK ! acquiesça Éva, déçue de ne pas avoir pu faire entendre raison à sa compagne sur les dangers de cette incursion en forêt d’Anarchia.

Quand les deux jeunes femmes arrivèrent dans la salle de restaurant, de nombreuses tables étaient déjà occupées et l’hôtelière, unique employée de son propre établissement, courait dans tous les sens, visiblement débordée en raison de cette affluence peu habituelle.

– Mettez-vous où vous voulez, leur cria-t-elle, en passant à côté des officiers pour se rendre à la cuisine chercher des plats.

Elles sourirent et s’assirent près de la porte d’entrée, autour d’une petite table pour deux personnes. Une fois installée, Patricia observa la salle, presque gênée par l’ambiance qui régnait.

– Tu as vu tous ces gens ? demanda-t-elle à Éva.

– Oui, et alors ? répondit cette dernière en balayant la pièce du regard.

Après quelques secondes, elle comprit où Patricia voulait en venir. Elle scruta plusieurs des visages de la vingtaine de personnes qui constituaient un groupe disséminé dans la pièce autour de six tables différentes.

– Ils ont tous l'air un peu *space*, non ?

– C'est vrai. Ils sont tous vêtus pareil avec leur pantalon noir, leur pull bleu et leurs chaussures de marche. On dirait …

– Je vous sers quelque chose à boire ? coupa la restauratrice en s'approchant de leur table.

– Oui, deux San Pellegrino, merci, commanda Patricia.

– Ce sont des pèlerins sur le chemin de Saint-Jacques-de-Compostelle, expliqua l'hôtelière à voix basse, tout en notant leur commande. C'est étrange, n'est-ce pas, cette habitude qu'ils ont tous de s'habiller à l'identique et de ne quasiment pas parler. Apparemment, c'est un groupe religieux du Limousin.

– Faut reconnaître… sourit Éva.

Une fois qu'ils eurent terminé de se restaurer, les pèlerins se levèrent d'une façon presque martiale et quittèrent la pièce en silence tandis que l'un d'entre eux se rendait au comptoir du restaurant, une carte de crédit à la main.

Les repas payés, ce dernier se dirigea vers la sortie pour rejoindre le restant du groupe qui l'attendait à l'extérieur. En passant devant la table des gendarmes, il tourna la tête vers elles et, tout en continuant de marcher, riva son regard sur Patricia de manière insistante. Celle-ci, qui l'observait tout aussi fixement, lui donna entre quarante-cinq et cinquante ans et trouva qu'il dégageait quelque chose d'autoritaire et de désagréable, causant presque une sensation de malaise. Plus il avançait vers la sortie et plus il se tordait le cou pour permettre à ses yeux de rester en contact avec ceux de la commandante. Enfin, arrivé à la porte, il tourna la tête vers l'extérieur et quitta l'hôtel.

– C'est quoi, ce mec ? Il t'a regardée d'un air vraiment bizarre, fit remarquer Éva.

– Je ne sais pas… Il fait vraiment malsain, répondit-elle. J'aime pas ces gens, et ce dernier type qui vient de sortir, encore moins que les autres.

– Voilà, dit la restauratrice en revenant dans la salle désormais presque vide pour poser sur la table deux assiettes garnies chacune d'un steak de soja agrémenté de frites et de salade verte. Je vous rapporte du pain et vos San Pellegrino.

– Merci. Toutes ces personnes, là, vous les aviez déjà vues auparavant ? s'enquit Patricia.

– Eux, non. Mais des pèlerins, on en croise toute l'année. Je reconnais que ceux-là sont un peu étranges dans leur comportement, mais depuis que je suis ici, j'ai déjà vu de tout. Et quand je vous dis *de tout*, je vous parle de promeneurs, de randonneurs, de familles de croyants mais aussi de sectes plus ou moins bizarres… Je vous dis même pas !

– D'accord. Merci.

Les deux jeunes femmes déjeunèrent rapidement puis remontèrent dans leur chambre. Après s'être chaudement vêtue et avoir rempli un sac à dos avec un chargeur supplémentaire pour le Sig Sauer qu'elle portait à la ceinture, une lampe de poche, un couteau, deux bouteilles d'eau et le téléphone satellite, Patricia embrassa sa compagne et décida de se mettre en route.

– Tu ne préfères pas prendre les Desert Eagle ?

– Je te les laisse au cas où un fou entrerait dans la chambre pour tenter de te violer, sourit la commandante. Plus sérieusement, pour marcher en forêt pendant six ou sept heures, je préfère le Sig, qui est bien plus léger.

– D'accord. Fais attention à toi.

– Ne t'inquiète pas. Je serai de retour pour dix-neuf heures.

– Il y a intérêt, sinon j'envoie l'armée.

Patricia sortit quelques minutes plus tard et, tout comme la veille, prit la Jeep pour s'avancer un peu, qu'elle gara un kilomètre plus loin, à l'ombre des premiers chênes rencontrés. À treize heures précises, elle franchissait la lisière à pied et s'enfonçait dans la pénombre de la forêt d'Anarchia.

***

En début d'après-midi, un homme pénétra dans les locaux de la gendarmerie de Brélac. La soixantaine, les cheveux blancs et la moustache assortie, il portait de fines lunettes dorées et était vêtu d'un pantalon crème, d'un pull à col roulé noir et d'une veste de costume gris anthracite du plus bel effet. Il se dégageait de cet ancien professeur d'université une classe naturelle et une intelligence dans le regard qui impressionnèrent immédiatement l'adjudant Perrin.

– Bonjour, vous êtes Monsieur Linard ?

– C'est bien moi, confirma-t-il.

– Je suis l'adjudant Perrin. Merci d'avoir répondu favorablement à notre sollicitation. Je vous en prie, asseyez-vous.

– Enchanté. Si je peux vous aider, ce sera avec plaisir. Vous vouliez me rencontrer pour que je vous parle de la pratique de la sorcellerie en Périgord, n'est-ce pas ?

– Oui, c'est juste. Nous sommes confrontés à une enquête qui revêt certains aspects… comment dire… historiques, si vous voyez ce que je veux dire.

– Soyez plus précis, mon Adjudant.

– D'accord. En termes plus clairs, que savez-vous de Gilles de Rais et de son éventuelle descendance en Périgord ?

L'homme réfléchit longuement, soucieux d'être le plus précis possible dans ce qu'il allait exposer à l'adjudant.

– Effectivement, une branche de cette famille s'est installée en Périgord à une période. Néanmoins, et contrairement à ce que disent certains adeptes de légendes en tous genres, Gilles de Rais, lui, n'a jamais vécu ici.

– Vous en êtes certain ?

– Je ne m'appuie sur aucun mythe mais bien sur des faits historiques. Donc, pour répondre à votre question, oui, j'en suis certain.

– Mais alors, qui est venu ici ?

– La fille de Gilles de Rais, Marie de Montmorency-Laval, dite Marie de Rais. Cette dernière aurait eu un enfant illégitime dont le père serait peut-être un parent proche, mais cela reste à démontrer…

– Vous parlez d'inceste ?

– Peut-être. Nul ne sait exactement… En revanche, ce qui est certain, ce sont les raisons pour lesquelles elle est venue s'installer dans la région…

– Oui ? l'encouragea l'adjudant Perrin, en notant dans un fichier ouvert en pleine page sur l'écran de son ordinateur toutes les informations que le professeur était en train de lui apporter.

– La forêt qui entoure Brélac était alors bercée de légendes fondées sur des évènements plus ou moins mystérieux, voire démoniaques…

– Quel rapport avec cette Marie de Montmorency-Laval ?

– Imaginez : la fille de Gilles de Rais a grandi en voyant son père pratiquer l'alchimie, la sorcellerie, les meurtres de dizaines, peut-être de centaines d'enfants. Elle a probablement été violée avant de tomber enceinte de Dieu sait qui, peut-être même de son propre père, et elle l'a vu, de surcroît, être pendu puis brûlé.

– Cela fait effectivement beaucoup…

– Cela fait beaucoup, comme vous dites. En tout cas, cela fait suffisamment pour l'avoir rendue folle à lier et incitée à chercher à approfondir les recherches de son père, tant dans le domaine de l'alchimie que dans la sorcellerie pure et dure.

– Mais cette famille était originaire de Bretagne ou de Vendée si je ne m'abuse ? Pourquoi Marie de Rais est-elle venue s'installer ici, aux alentours de Brélac ?

– Elle disposait de la fortune familiale. Ou tout du moins de ce qu'il en restait. Elle a toujours pensé que son père n'avait pas réussi dans ses recherches parce qu'il pratiquait sur des terres chrétiennes qui étaient donc, à ses yeux, des terres plus ou moins sacralisées par l'Église catholique romaine.

– Ne me dites pas qu'elle a estimé, dans le contexte historique de l'époque, que la forêt entourant Brélac n'était pas chrétienne. Je suppose que rien que pour ça, elle aurait pu s'attirer les foudres de l'Inquisition ?

– Quand son père est mort, elle a disparu des radars avec son fils en bas âge. L'Inquisition n'a jamais rien su de ce qu'il était advenu d'elle. Ce qui me mène à votre question précédente qui, à mon avis, est le point central de toute cette histoire des Rais en Périgord.

– Pourquoi Marie de Rais est-elle venue s'installer ici ?

– Tout à fait. Comme je le disais, elle pensait que son père n'était pas au bon endroit pour parvenir à ses fins démoniaques. Elle a donc cherché un endroit… comment dire…

– Plus sulfureux ?

– On peut dire ça, sourit le professeur Linard. Elle s'est en effet lancée dans la recherche d'un lieu où Dieu lui-même ne pourrait pas s'imposer et elle l'a trouvé en forêt de Brélac. Elle avait entendu parler de cet endroit où, trois siècles auparavant, les autorités ecclésiastiques avaient construit un monastère afin de tenter d'imposer leur dieu là où il ne semblait pas vraiment être le bienvenu. À peine quelques dizaines d'années après sa construction, il s'était effondré en tuant les vingt-quatre moines qui l'occupaient.

– J'ai entendu parler de cette histoire, mais cet effondrement ne veut pas dire que le diable habitait là, quand même ?

– À cette époque, c'est ce que pensaient tous les gens qui vivaient dans la région. J'ai effectué des recherches dans les archives historiques et religieuses et je peux vous dire qu'il s'est passé des choses bizarres dans cette forêt, et ce, aussi loin que les témoignages m'ont permis de remonter. En l'occurrence, jusqu'au IXe siècle.

– Des choses bizarres de quel genre ?

– Du genre horrible. Cet endroit est couvert de sang. On peut remonter jusqu'aux Carolingiens et trouver systématiquement dans les récits des mentions de massacres, d'enfants ébouillantés par des sorcières ou d'autres évènements terribles qui ont eu lieu à intervalles réguliers, dans le cas présent tous les quarante ans. Vous savez, Adjudant Perrin, je suis professeur d'université à la retraite. On ne peut être plus cartésien que moi. Mais là, force m'est de constater que ce lieu a peut-être bien quelque chose de maléfique…

Le gendarme se leva et alla jusqu'à une fontaine d'où il revint, un gobelet dans chaque main. Monsieur Linard le remercia d'un hochement de tête et avala d'un trait l'eau glacée qui sembla lui faire le plus grand bien.

– Effectivement, tout cela est bien étrange, concéda le gendarme. Et pour en revenir à cette

Marie de Rais, que savez-vous d'elle et de sa descendance ?

– Quand elle est arrivée dans le coin, elle a acheté tout le domaine, forêt comprise, à un noble de la région qui cherchait à se débarrasser de ce fardeau. Elle l'a probablement eu, comme on dirait aujourd'hui, pour un euro symbolique. Sur les ruines d'un ancien pavillon de chasse, apparemment inhabitable en raison des phénomènes plus ou moins étranges qui s'y déroulaient, elle a fait construire un petit château. Selon les témoignages, pendant les travaux de ce dernier, de nombreux ouvriers seraient morts pour des raisons plutôt obscures.

– Et une fois ce château terminé, elle s'y est installée avec son fils ?

– Exactement. Et à partir de là, les archives deviennent bien plus évasives. Le domaine des Rais serait resté dans la famille pendant des siècles, transmis de génération en génération, sans qu'on entende vraiment parler de ses membres. Seuls des bruits relatifs à des disparitions leur ont été imputés mais sans jamais aucune preuve. En tout cas, une chose est sûre : si ne serait-ce que dix pour cent des crimes dont cette famille se serait rendue coupable étaient avérés, je peux vous dire qu'en six siècles, on parlerait de milliers de morts.

– À écouter toutes ces légendes, on pourrait en déduire que la forêt de Brélac est un charnier gigantesque, suggéra l'adjudant Perrin.

– Et c'est vraisemblablement le cas. Imaginez : malgré leurs origines nobles et la folie qui a régné pendant la Terreur[1], même les révolutionnaires n'ont pas osé s'approcher du domaine des Rais pour les passer à la guillotine !

– En effet… Et concernant la descendance des Rais, que savez-vous ?

– La seule chose que je peux vous dire, c'est que vers la fin du XVIIIe siècle, aux alentours de 1794 ou 1795, ils ont changé de nom et Rais s'est transformé en Raignal.

– Nous avions déjà cette donnée. Encore une chose…

– Oui ?

– Dans vos recherches, est-ce que vous avez découvert de quoi tout ça est parti ? Qu'est-ce qui est à l'origine de tout ce mal que l'on associe à la forêt de Brélac ?

– Les origines, non, je ne les connais pas. Cela remonte peut-être bien avant l'ère chrétienne. Les seules informations en ma possession sur les racines plus ou moins démoniaques du lieu sont que cette forêt aurait éventuellement été un endroit destiné à des sacrifices humains. Mais cela reste à prouver…

– D'accord. J'ai une dernière question et ensuite, promis, je vous laisse partir…

– Je vous en prie, répondit le professeur avec beaucoup d'affabilité. J'ai tout mon temps et si je peux vous aider, ce sera avec grand plaisir.

---

1. Pendant la Révolution française, période particulièrement meurtrière entre 1793 et 1794, qui s'est caractérisée par une série d'exécutions en masse, notamment à Paris.

– Au cours de vos recherches, avez-vous consulté des documents relatifs à la construction du château des Rais ?

– Non, pas particulièrement. En revanche, j'ai pu lire le rapport d'un capitaine de la maréchaussée qui datait du XVIe siècle. Selon lui, le château de Marie de Rais aurait été édifié sur une ancienne construction mégalithique de type cromlech[1]. Lors du chantier, Marie de Rais aurait demandé aux bâtisseurs d'en conserver les pierres afin d'aménager un genre d'église dans le sous-sol. C'est certainement dans cet endroit que se sont déroulés les nombreux meurtres sacrificiels qui leur sont imputables, à elle, à son fils et à coup sûr aux générations des Rais qui ont suivi.

– Une église dans le sous-sol ? Justement, en empruntant un tunnel qui partait du petit village surnommé Anarchia, situé en bordure de la forêt, la commandante de gendarmerie qui s'occupe de notre affaire est tombée sur une église telle que celle-ci. Elle était donc sous les ruines de l'ancien château des Rais ?

– Je le crois, en effet.

– Je vous remercie pour toutes les précieuses informations que vous venez de m'apporter. Vous n'avez pas d'autres renseignements à propos de cette famille qui pourraient nous être utiles ?

– Non, pas que je sache, hésita le professeur. Mais peut-être pourrais-je terminer sur mon intime conviction…

1. Un cromlech est un monument mégalithique formé de menhirs placés en cercle

– Je n'osais pas vous la demander.

– Malgré ma formation universitaire et le fait qu'en qualité de chercheur, je sois censé m'appuyer uniquement sur des faits historiques avérés, je pense, je suis même certain qu'il y a quelque chose de terrible dans cette forêt. Quoi, je ne sais pas, mais ce qui est sûr, c'est que le Mal en personne a élu domicile dans cet endroit.

– Vous croyez vraiment que cette forêt est hantée ou quelque chose du genre ?

– Je n'irais pas jusqu'à dire hantée, répondit le professeur sur un ton mystérieux tout en se levant. Néanmoins, à travers l'histoire, elle a toujours été une forêt d'assassins. Peut-être qu'aujourd'hui encore elle est habitée par des descendants des Rais qui continuent à pratiquer les rites démoniaques de leurs ancêtres…

– Pourquoi me dites-vous ça ? s'enquit le gendarme.

– Si vous m'avez fait venir ici, je suppose que c'est parce qu'il s'y passe de nouveau des choses bizarres, non ? conclut-il en se dirigeant vers la sortie. Allez, je vous laisse à votre enquête. Au revoir, Adjudant Perrin.

– Merci encore de vous être déplacé. Au revoir, Monsieur Linard.

Alors que le professeur ouvrait la porte et s'apprêtait à quitter les lieux, il se figea et, sans se retourner, prononça ces derniers mots :

– Ni vous ni aucun de vos hommes ne devez vous rendre seuls dans cette forêt. C'est dangereux… très dangereux…

La porte se referma sur ces deux phrases, que l'enseignant avait prononcées d'un ton presque sinistre.

Désormais seul à son bureau, le gendarme réfléchit aux mises en garde que le professeur venait de proférer et pensa aussitôt à Patricia. Cette femme était particulièrement courageuse et avait l'habitude de travailler en solitaire, mais était-ce vraiment raisonnable, juste quand son amie venait de risquer sa vie, de la laisser partir dans cette forêt non accompagnée ? Sa réflexion fut coupée par la sonnerie stridente du téléphone posé sur son bureau.

– Adjudant Perrin, j'écoute.

– Mon Adjudant, c'est Guillaume. Nous avons peut-être du nouveau.

– Je vous écoute.

– Comme prévu, nous nous sommes rendus à la maison de retraite qui est dans la plaine et avons interrogé les quatre pensionnaires qui ont vécu à Brélac par le passé.

– Et ?

– Et l'un d'eux nous a dit se rappeler de l'histoire de Sophie Raignal et de l'homme marié qu'elle aurait fréquenté. Contrairement à ce que l'on croyait, cette histoire s'était répandue dans le village…

– À l'époque, ça a dû faire un sacré scandale alors !

– Scandale, c'est justement le mot qu'il a utilisé. Il m'a expliqué qu'à cette période, dans les campagnes, on ne divorçait pas. Même s'il ne semble plus avoir toute sa tête, il croit se souvenir que l'homme marié en question, après cette relation adultère, était retourné avec sa femme légitime. Ensuite, personne n'aurait plus jamais entendu parler de cette histoire.

– Et vous savez qui c'est ?

– Il n'a pas été capable de se remémorer son nom. Il nous a dit que sa femme était morte quelques mois plus tard et qu'il était parti habiter dans le train. À partir de là, on ne l'a plus revu au village.

– Le train ? Comment ça le train ?

– Je ne sais pas, mon Adjudant. Je vais me renseigner au village. Peut-être que cette histoire parlera à des gens de ma famille. En même temps, je me méfie un peu, car après son histoire de train, notre témoin s'est retourné dans son lit et il ne nous a plus adressé le moindre mot. Black-out complet… Peut-être qu'il débloque un peu…

– Bon, essayez de voir si tout cela a une signification pour quelqu'un d'ici.

– Je m'en occupe, mon Adjudant.

– Merci. Repassez ensuite à la gendarmerie en fin d'après-midi pour rédiger votre rapport.

– À vos ordres, mon Adjudant.

14

Patricia regarda sa montre. Quatorze heures. Cela faisait désormais soixante bonnes minutes qu'elle marchait. Elle fit aussitôt un rapide calcul pour être certaine de ne pas revenir de nuit.

« N'importe quoi ! J'aurais dû partir bien plus tôt. Ou demain. Quelle idée de prendre la route aussi tard ? Là, je vais devoir cravacher. J'en ai encore pour une heure avant d'arriver au cœur de la forêt et de retrouver l'endroit où on a découvert Éva. Je vais donc disposer, au maximum, de deux heures pour explorer les lieux et prendre le chemin du retour afin de rejoindre le 4x4 avant la nuit. Bon, ça devrait le faire. Je ne pars qu'en éclaireuse après tout. Si vraiment je trouve quelque chose, nous reviendrons en force demain pour chercher nos assassins… »

La commandante se remit aussitôt en chemin. L'ambiance qui régnait lui paraissait toujours aussi étrange. Cette absence du moindre bruit animal et la chape de plomb qui semblait peser sur toute la forêt créaient une atmosphère étouffante.

Le sol était recouvert d'un tapis de feuilles mortes. Les seuls signes d'une présence humaine plus ou moins régulière étaient les traces de roues et les ornières qui, de chaque côté du chemin, témoignaient du rare passage de quelques véhicules. De temps à autre, les yeux de Patricia allaient se perdre dans le dédale d'arbres qui bordaient le chemin. Son regard remontait le long des troncs pour finir au milieu de branches tellement nombreuses et denses que pas le moindre rayon de soleil ne parvenait à filtrer au travers.

Cette forêt n'est que moiteur et noirceur, se dit-elle. *Et j'ai toujours le sentiment d'être observée...*

Patricia s'arrêta un moment et essaya de ne plus faire le moindre bruit. Tous les sens aux aguets, elle se concentra et tenta d'analyser l'étrange sensation qu'elle percevait. Elle avait l'impression que son dos, ses épaules, voire tout son corps, étaient transpercés de toutes parts par des regards invisibles. Elle comprit soudainement combien elle était vulnérable en réalisant qu'un tueur embusqué serait en mesure de l'abattre sans qu'elle ait la moindre chance de se défendre.

Elle posa sa main sur la crosse de son Sig Sauer et pivota sur elle-même pour tenter se surprendre un éventuel Rais ou un assassin en train de la suivre.

« Patricia, tu déconnes ou quoi ? prononça-t-elle à haute voix. Parcourir cette forêt toute seule est en train de te rendre complètement parano. Calme-toi un peu ! »

Elle se concentra quelques secondes sur sa respiration pour parvenir à se détendre. Elle posa ensuite son sac à dos sur le sol et sortit une Marlboro d'un paquet extrait de la poche avant de son blouson. Alors qu'elle l'allumait, ses yeux quittèrent la flamme et allèrent fouiller de nouveau parmi les arbres. Le briquet continuait de brûler le bout désormais incandescent de sa cigarette mais le regard insistant de la commandante ne cessait d'explorer tout ce qui l'entourait.

Je ne suis pas parano, réalisa-t-elle. *Soit je suis entourée de curieux, soit cette putain de forêt a des yeux... Bon, on va peut-être opter pour la première hypothèse et faire gaffe. Faire très, très gaffe...*

Sa pause-cigarette ne dura guère plus de quelques minutes et elle repartit d'un bon pas. Comme elle l'avait déjà constaté en la traversant en voiture, à chaque mètre franchi, la forêt devenait un peu plus sombre.

Enfin, vers le milieu de l'après-midi, Patricia arriva à l'endroit où, la veille, en compagnie de l'adjudant Perrin, elle avait quitté le chemin pour s'enfoncer dans la forêt. Ses narines tressaillirent soudain en discernant une légère odeur inhabituelle. D'abord à peine perceptible, celle-ci devint progressivement un peu plus insistante jusqu'à ce que Patricia comprenne de quoi il s'agissait.

Le feu ! Ça sent le feu, ou tout du moins un truc en train de cramer, pensa-t-elle. *C'est curieux, la forêt est tellement humide et tellement verte qu'il est assurément impossible de brûler quoi que ce soit...*

Elle quitta le chemin et se dirigea vers l'ancien monastère. Après plusieurs dizaines de mètres, la fumée légèrement noire qui se dégageait des ruines lui confirma qu'elle était dans la bonne direction.

Elle interrompit sa progression et s'accroupit derrière un amoncellement de pierres dévorées par la mousse, probable vestige du mur d'enceinte de l'édifice religieux. Un signal d'alerte se déclencha dans son cerveau.

Patricia, fais attention ! se dit-elle. *S'il y a un feu, c'est qu'il y a quelqu'un... Peut-être les espèces de sorcières qui ont tenté de tuer Éva hier...*

Elle inspira profondément, sortit son pistolet et tira la culasse en arrière afin de faire monter une cartouche dans le canon. Elle se releva doucement et jeta un regard tout autour d'elle. Rien n'attira son attention à part un nuage de fumée qui se dégageait d'un endroit situé à une centaine de mètres de sa position.

Patricia contourna le muret qui lui servait d'abri et se mit à avancer lentement. La sensation d'être observée était toujours aussi prégnante. Elle progressait de mur de pierres en mur de pierres.

Ce monastère, même s'il n'est pas resté longtemps debout, devait être immense, supposa-t-elle en voyant le nombre de vestiges disséminés tout autour d'elle.

Elle ne se trouvait désormais plus qu'à une vingtaine de mètres du feu. Une odeur nauséabonde commençait à saturer l'atmosphère.

La commandante fit encore quelques pas puis colla son dos contre l'unique pan de mur encore debout. Ses bras tendus et son arme pointée droit devant, elle le longea sur plusieurs mètres jusqu'à son extrémité.

L'odeur était de plus en plus insistante et répugnante. Patricia crut percevoir un son. Elle s'arrêta de bouger et tendit l'oreille. Un bruit sourd arriva à ses oreilles.

Qu'est-ce que c'est que ça ? se dit-elle en plissant les yeux comme pour tenter de mieux se concentrer. *On dirait... on dirait un râle... Un râle de douleur ! Ou plutôt de souffrance. C'est pas vrai ! Ces enfoirés sont en train de...*

Elle comprit l'urgence de la situation immédiatement, sortit de derrière le mur qui la protégeait et, pointant toujours son arme devant elle, avança vers la scène macabre dont elle avait deviné la nature avant même de l'avoir vue.

Au centre d'un espace d'une dizaine de mètres de côté, délimité par les ruines des murs de l'ancien monastère, un petit terrain couvert de feuilles lui offrait la plus horrible vision de toute son existence.

De la même façon que Cham trois jours auparavant, un homme était crucifié, la tête en bas, sur une croix plantée dans le sol. Des bûches étaient en train de se consumer à quelques dizaines de centimètres de sa tête, dégageant des flammes qui venaient lécher le visage du malheureux. Patricia tentait de s'approcher quand le corps crucifié, probablement imprégné d'une matière inflammable, s'embrasa d'un coup.

Le feu brûla pendant plusieurs minutes avant de ralentir pour finalement s'éteindre presque aussi soudainement qu'il s'était allumé. Patricia, les yeux exorbités, regardait la dépouille calcinée avec tout le désespoir dû à son impuissance. Elle ne bougeait plus. Traumatisée par le fait de n'avoir pu intervenir pour sauver le malheureux qu'elle avait deviné être Noé, les bras ballants le long de son corps, elle se sentait perdue. Une larme glissa sur sa joue. Saisie par l'horreur de la pire scène qui lui avait été donné de vivre, prise de nausées, elle recula de quelques pas et eut juste le temps de se pencher en avant pour rendre le contenu de son estomac.

Quand elle releva enfin la tête, une nouvelle larme coula sur son visage. Elle l'essuya maladroitement avec le dos de la main qui tenait encore son pistolet.

Dans un réflexe d'autoprotection, elle continua de reculer comme pour s'éloigner de l'horreur et, sans prêter attention à l'endroit où elle mettait les pieds, elle finit par trébucher et tomba en arrière de tout son poids.

Elle sentit sa tête percuter l'une des nombreuses pierres abandonnées sur le sol qui, à une époque lointaine, avait dû faire partie intégrante de l'un des murs du monastère. Alors que son regard se troublait sur la vision des restes du corps calciné qui se détachaient de la croix pour tomber parmi les bûches de bois à demi consumées, Patricia perdit connaissance.

Ce fut le froid qui la réveilla. Sans ouvrir les yeux, elle palpa l'arrière de son crâne, toujours au contact de la pierre sur laquelle elle s'était assommée.

Elle se releva avec beaucoup de mal et resta un instant assise dans l'herbe. Enfin, elle ouvrit les yeux et constata qu'il faisait nuit noire.

Merde ! Combien de temps je suis restée assommée ? Au moins plusieurs heures...

Avec des mouvements précautionneux, Patricia ôta son sac à dos et fouilla à l'intérieur. Elle commença par en sortir une gourde, but un peu d'eau, puis alluma le téléphone satellite. L'appareil, à son grand soulagement, ne s'était pas cassé lors de sa chute. Elle composa aussitôt le numéro de sa compagne, qui décrocha immédiatement.

– Éva ? C'est moi.

– Où tu es ? J'étais morte de trouille. Il est minuit trente et tu ne m'as pas donné la moindre nouvelle depuis le début de l'après-midi !

– Arrête de gueuler, s'il te plaît.

– Oui, excuse-moi. J'ai flippé grave. Tout va bien ?

– Oui, ne t'inquiète pas. Je n'ai pas fini. Je rentrerai dans quelques heures.

– Tu es sûre ? demanda la jeune femme, sceptique.

– Oui. Je serai bientôt là, OK ?

– D'accord.

– Je te laisse. Il faut que j'appelle l'adjudant Perrin. Je t'aime.

– Moi aussi, je t'aime, répondit Éva qui semblait rassurée.

Pendant que Patricia cherchait dans le répertoire renseigné par Guillaume le numéro du sous-officier, elle entendit de petits bruits à peine perceptibles.

Elle se leva et jeta un regard vers le bûcher sur lequel Noé avait été immolé quelques heures plus tôt. Il ne restait désormais plus qu'un amas de bois à demi consumé et un corps calciné. Au centre du foyer éteint demeurait encore la croix, toujours plantée droit vers le ciel, et qui fumait encore. Face à la scène de désolation qu'elle avait sous les yeux, Patricia fut traversée par une étrange pensée :

On dirait une croix enflammée par le Klu Klux Klan[1] *aux États-Unis, dans les années cinquante.*

Elle soupira bruyamment et composa enfin le numéro de l'adjudant Perrin.

– Bonsoir, répondit celui-ci immédiatement. Commandante Lagazzi ?

– Oui, mon Adjudant. J'appelle pour donner des nouvelles.

– Vous êtes bien rentrée ?

– Pas tout à fait, hésita-t-elle. Disons que j'ai eu un petit problème…

– Ne me dites pas que vous êtes toujours dans la forêt ?

– Noé est mort, coupa-t-elle. Il a été crucifié au milieu des ruines de l'ancien monastère. Après l'avoir attaché la tête vers le bas, dans la même position que j'avais trouvé Cham, ils l'ont immolé par le feu.

L'adjudant demeura silencieux. Seul son souffle parvenait aux oreilles de Patricia qui comprit qu'il était en train de réfléchir.

– Il va falloir demander des renforts et raser cette forêt une bonne fois pour toutes, finit-il par

1. Le Klu Klux Klan était un mouvement terroriste et suprémaciste blanc américain particulièrement actif dans la première partie du vingtième siècle.

proposer. Nous ne pouvons pas rester comme ça, à regarder les habitants d'Anarchia se faire assassiner les uns après les autres…

– Nous sommes d'accord. Même si j'ai la conviction que maintenant que tous les Dignitaires sont morts, nous sommes peut-être au bout de la série de meurtres. Et puis, je ne suis pas du tout certaine que nos assassins soient des habitants de la forêt. Peut-être qu'effectivement, ils sont sous les ordres d'un descendant… ou plutôt d'une descendante des Rais, mais rien ne dit qu'ils vivent là.

– En effet. Au fait, Guillaume et l'un de ses collègues ont peut-être retrouvé une trace de l'ancien amant de Sophie Raignal. Ils sont en train de creuser la piste.

– D'accord. Et concernant l'historien, il vous a apporté de nouvelles informations ?

– À part le fait que, comme tout le monde, il m'a prévenu qu'il ne fallait surtout pas se rendre seul dans la forêt, pas grand-chose…

– Mais encore ?

– Il a confirmé que la fille de Gilles de Rais s'était bien installée ici et qu'elle avait fait construire son château sur un ancien édifice du genre mégalithe. Apparemment, elle était complètement folle et elle poursuivait les recherches de son père. Recherches alchimiques et probablement diaboliques qui ont ensuite été reprises par le propre fils de cette dernière.

– Charmante famille ! ironisa Patricia.

– C'est sûr… Et autre chose, vous savez, l'église souterraine dans laquelle vous avez découvert le corps de Cham ?

– Oui ?

– Cette église est située dans les sous-sols de l'ancien château des Rais.

– Les restes du château étaient juste au-dessus de ma tête ? questionna-t-elle, surprise.

– Tout à fait.

– Il faut que je le retrouve alors. Tout part de cet endroit. Rien d'autre ?

– Selon le professeur Linard, les Rais n'ont pas choisi ce lieu par hasard. La forêt de Brélac, aussi loin qu'il a pu remonter, a toujours été un lieu de meurtres sacrificiels. Il m'a dit qu'il avait beau être particulièrement cartésien, il avait dû se rendre à l'évidence et admettre que le lieu était vraiment démoniaque…

Patricia prit quelques secondes pour analyser tout ce qu'elle venait d'entendre mais constata avec dépit qu'elle n'avait pas appris grand-chose de nouveau. Cette forêt était empreinte de mal et de douleur. Elle devait faire partie de ces rares endroits sur terre où Dieu lui-même ne voulait pas intervenir ni même se rendre.

– Bon, je vous remercie, conclut-elle. Je vais tenter de rejoindre la Jeep. Pas question que je passe la nuit dans la forêt.

– Comment ça ? Vous êtes toujours dans les bois ?

– Oui. Je suis à l'endroit où, hier, nous avons découvert la lieutenante Stal. J'ai eu un petit accident de parcours, mais ne vous inquiétez pas, je reprends la route immédiatement. Dans deux heures, je serai à l'hôtel.

– Sûrement pas. Je viens vous chercher. Vous n'allez pas traverser toute cette forêt à pied en pleine nuit.

– C'est gentil, mon Adjudant, mais vous savez bien qu'on ne roule pas plus vite qu'on marche dans cette forêt.

– Peut-être mais je me mets en route quand même. Essayez de rejoindre le chemin et je vous récupère dans environ une heure trente.

– D'accord, on fait comme ça. Merci.

– Pour information, je n'ai pas de téléphone satellite. Vous pourrez donc me joindre sur mon portable tant que je capterai. Ensuite, vous serez seule jusqu'à ce que je vous rejoigne. À tout à l'heure, Commandante.

– C'est noté. À tout à l'heure, mon Adjudant.

Quand le sous-officier raccrocha, Patricia se sentit isolée et trouva le silence soudainement oppressant. Une drôle d'impression la traversa. Elle avait eu la sensation, durant la conversation, d'oublier le lieu et le contexte dans lequel elle était. Le téléphone désormais éteint, elle était de nouveau seule, éclairée simplement par la lueur de la lune et les quelques braises qui luttaient encore pour ne pas s'éteindre définitivement.

Elle regarda sa montre. Une heure du matin. Elle était à une dizaine de minutes du chemin principal et l'adjudant Perrin ne serait probablement pas là avant une heure trente, voire deux heures.

« Putain, qu'est-ce qui m'a pris de partir comme ça, toute seule ? J'aurais bien mieux fait d'attendre le matin pour venir fouiller cette forêt ! Quelle conne de toujours vouloir faire vite ! »

Tout en regrettant amèrement de s'être lancée en solitaire dans l'inspection de cette forêt si inhospitalière, Patricia réalisa que le froid commençait à s'emparer progressivement de tous ses membres et elle releva le col de son blouson. Elle perçut de nouveau un bruit identique à ceux qu'elle avait entendus juste avant de téléphoner à Éva puis à l'adjudant.

Elle tourna la tête pour tenter de le localiser mais sans succès. Aussitôt, elle posa la main sur son holster. Ce dernier était vide. Patricia fouilla alors son sac afin d'en sortir sa lampe de poche.

Quand je suis tombée, se rappela-t-elle, *j'avais le Sig à la main. Il ne doit pas être bien loin.*

Après quelques secondes de recherche en balayant le sol du faisceau lumineux de sa lampe et à son grand soulagement, elle retrouva son pistolet. Elle le vérifia et le replaça immédiatement dans l'étui en Cordura qui pendait à sa hanche droite.

Elle entendit encore une fois des sons diffus, comme si les feuilles humides qui recouvraient le sol de la forêt étaient effleurées ou froissées. Elle éclaira les fourrés qui entouraient les ruines du monastère, essayant de distinguer quelque chose, et finit par discerner la présence d'une lueur, à près d'une centaine de mètres au milieu des arbres.

Elle éteignit aussitôt sa lampe et se dissimula derrière l'un des nombreux murets qui parsemaient l'endroit. Elle attendit ainsi pendant de longues minutes. La vague lumière qu'elle avait aperçue grandit et finit par se transformer en un cortège de plusieurs dizaines de personnes qui portaient des flambeaux.

Ils n'étaient bientôt plus qu'à une quarantaine de mètres de la croix et Patricia put compter trente-trois personnes dans leurs rangs, mais en raison de la nuit désormais totale, c'était encore bien trop loin pour qu'elle parvienne à les identifier.

La commandante ne bougea pas de derrière son muret, décidée à découvrir ce que venaient faire là ces visiteurs nocturnes qui étaient probablement les auteurs de la crucifixion de ce pauvre Noé.

Quand ils furent suffisamment proches, Patricia put enfin les observer. En tête, marchant au pas, celui qui semblait être le seul homme de l'étrange cortège était vêtu de la tête aux pieds de peaux de bêtes. Son visage et son crâne chauve étaient totalement recouverts d'un genre de peinture blanche qui lui donnait un vague air de sorcier vaudou tout droit débarqué d'Haïti. Derrière lui, trente-deux femmes, toutes vêtues de robes noires dont le bas traînait sur le sol, ressemblaient trait pour trait à la description qu'avait faite Éva de la sorcière qui avait tenté de la crucifier avant que Noé n'intervienne. À l'image de celui qui les guidait, elles étaient grimées à l'aide de peinture blanche et une large bande noire traversait leur visage à hauteur des yeux. Au niveau des joues et du front, étaient peints des caractères que Patricia identifia immédiatement comme des symboles runiques[1].

1. Les symboles runiques constituent un alphabet, aussi nommé Futhark, qui était utilisé par d'anciens peuples germaniques pour leur écriture. On retrouve aujourd'hui ces symboles gravés sur des pierres ou des morceaux de bois destinés à la divination et la magie.

Quand le convoi défila devant la jeune femme, désormais à quelques mètres, elle remarqua que quatre d'entre elles portaient, en le soutenant par ses angles, un catafalque[1] recouvert d'un voile noir.

Arrivé au pied de la croix, l'homme s'inclina devant les vestiges du brasier. Les sorcières se divisèrent en deux groupes afin de constituer une allée de flambeaux que les quatre femmes chargées du catafalque remontèrent à pas lents.

Derrière elles apparut une autre femme, vêtue d'une robe blanche qui détonnait particulièrement au milieu de toute la noirceur de la scène. Enfin, fermant le cortège, vint un second homme que la commandante n'avait pas encore vu et qui, badigeonné lui aussi de peinture blanche, paraissait être le frère jumeau du premier.

Qu'est-ce que c'est que ce délire ? se demanda Patricia. Ses yeux analysaient chaque centimètre carré de la scène qui se déroulait devant elle et finirent par échouer sur un objet abandonné sur le sol.

Elle réalisa soudainement à quel point elle était en danger. Posé sur le sol, à guère plus de quelques mètres de la croix, son sac à dos gisait dans l'herbe, à la vue de tous.

Ça ne va être qu'une question de minutes avant que l'un d'entre eux ne le découvre, supposa-t-elle.

Aussitôt, d'instinct, Patricia vérifia ce qu'elle avait sur elle. Elle constata qu'elle était en

---

1. Un catafalque est un genre d'estrade funéraire destinée à supporter un cercueil.

possession de son arme et fut également soulagée de sentir, en palpant à travers une poche de son blouson, la présence de sa lampe torche.

Elle décida de ne pas bouger de son poste d'observation et de continuer à suivre ce qui semblait être le début d'une cérémonie. Toujours en silence, le premier homme invita d'un geste les quatre femmes à poser le catafalque devant la croix.

Elles étendirent ensuite sur la structure de bois une grande pièce de toile de couleur noire, au centre de laquelle était brodé un écu doré traversé par une large croix noire. Patricia identifia immédiatement les armoiries de la famille de Rais.

Les femmes allèrent ensuite jusqu'au foyer totalement éteint et en retirèrent avec beaucoup de difficulté la dépouille de Noé. Elles étendirent le corps sur la toile aux couleurs de la famille de Rais qui couvrait désormais le catafalque puis reculèrent de plusieurs pas de façon très respectueuse. Enfin, elles se retournèrent pour rejoindre leurs congénères qui formaient toujours une allée au centre de laquelle le second homme et la femme qui l'accompagnait patientaient. Tous semblaient attendre le signe de celui qui se tenait au pied de la croix et paraissait être le maître de cérémonie.

Ce dernier avança de quelques pas et alla se placer au centre de l'allée constituée par la trentaine de femmes. Là, il commença à émettre une sorte de lamentation qui semblait provenir du fond de sa gorge. Après un instant, toutes les femmes reprirent en cœur la même plainte qui devint vite assourdissante et fort désagréable à entendre.

Le maître de cérémonie tendit les bras vers la femme vêtue de blanc. Cette dernière fit glisser sa robe sur ses épaules et le long de son corps, et la laissa choir sur le sol. Totalement nue, elle avança jusqu'à lui.

Quand elle passa devant le muret derrière lequel se cachait Patricia, cette dernière fut convaincue, malgré la peinture qui dissimulait ses traits, que ce n'était pas la femme en blanc qu'elle avait déjà entrevue à plusieurs reprises.

Non, ce n'est pas elle. Celle-ci semble bien plus jeune. Elle doit avoir une vingtaine d'années. Qu'est-ce qu'ils vont lui faire ? se demanda-t-elle, en s'attendant au pire.

Quand le maître de cérémonie sortit un couteau, Patricia dégaina immédiatement son Sig Sauer, redoutant un meurtre sacrificiel.

Cette gamine ne paraît pas être là contre son gré mais on ne sait jamais ce qu'ils sont capables de lui faire subir, se dit-elle, prête à bondir au cas où l'homme tenterait de la tuer.

Ce dernier marcha lentement jusqu'à l'estrade, se pencha sur Noé et plongea son couteau dans le corps du vieil homme, qu'il ouvrit quasiment de bas en haut.

La commandante n'eut pas le temps de réagir et dut rester le témoin impuissant de l'outrage que continuait de subir le corps sans vie de Noé.

Le maître de cérémonie préleva le cœur du vieil homme et le montra à la trentaine de femmes qui n'avaient pas cessé leur geignement assourdissant.

Ensuite, les bras tendus, il le présenta à la jeune femme nue qui se pencha et mordit à pleines dents dans l'organe et en arracha un morceau qu'elle sembla avaler. Toujours à l'abri derrière son mur, et devant la scène qui se déroulait sous yeux, Patricia fut prise de nausées.

Le sang du cœur de Noé dégoulinant encore de sa bouche, la jeune fille alla ensuite s'allonger sur le corps calciné et sans vie du vieil homme. Les jambes grandes ouvertes, elle offrait son intimité aux yeux de tous et Patricia put deviner sans peine ce qu'il allait se passer.

Le maître de cérémonie fit signe à l'homme qui se tenait toujours debout au milieu de l'allée de sorcières. Ce dernier avança jusqu'à lui, et comme la jeune fille quelques instants plus tôt, se pencha et mordit dans le cœur de Noé sous les yeux horrifiés de Patricia. En bruit de fond, le gémissement continu des sorcières entretenait une ambiance sonore particulièrement oppressante.

Dès qu'il eut fini d'avaler le morceau d'organe, l'homme rejoignit à son tour le catafalque, se déshabilla et s'allongea sur la jeune fille. Aussitôt, il la pénétra. Le rapport sexuel dura de longues minutes mais aucun des deux protagonistes ne sembla y prendre le moindre plaisir.

Si c'étaient des robots en train de baiser, ce serait la même chose, ne put s'empêcher de penser Patricia en continuant d'observer l'étrange scène d'horreur. La vision de ce couple en train de copuler sur le corps d'un homme mort qui reposait sur une étoffe aux couleurs de Gilles de

Rais resterait à vie dans sa mémoire. Elle risquait même d'alimenter ses pires cauchemars.

Au bout d'un moment, la jeune fille repoussa l'homme en arrière et celui-ci s'allongea à son tour sur le dos. Puis, défiant toutes les sorcières du regard, elle s'installa sur lui et son visage s'anima d'un sourire presque démoniaque.

Sans un mot, le maître de cérémonie fit le tour de l'estrade et vint se positionner à quelques centimètres au-dessus de la tête de l'homme.

À l'instant où le visage de ce dernier se contractait et que son souffle se faisait plus bruyant, le maître de cérémonie fit signe aux sorcières, faisant instantanément cesser leur litanie. Dans le même temps, il tendit sa main munie d'un couteau à la jeune fille.

Lentement, celle-ci tendit les bras au-dessus de sa tête puis, de toutes ses forces, les plongea vers la poitrine de l'homme. Mais avant que la lame n'ait eu le temps de le transpercer, une détonation brisa l'étrange ambiance qui régnait dans la forêt.

Touchée à l'épaule, la jeune fille poussa un cri de douleur et s'avachit de tout son poids sur le corps de son amant, dont la peinture blanche du visage était désormais pigmentée de taches de sang.

Toutes les sorcières se tournèrent aussitôt vers l'endroit d'où était parti le coup de feu. La lumière de leurs flambeaux éclaira le muret derrière lequel Patricia les menaçait de son arme pointée droit devant elle.

– Tout le monde met ses mains bien en évidence ! cria l'officier de gendarmerie en sortant de sa cachette.

– Et vous allez faire quoi ? hurla le maître de cérémonie en s'approchant. Tuer une trentaine de personnes avec la dizaine de cartouches de votre pistolet ?

Patricia avait pensé à cela dès qu'elle avait décidé d'intervenir pour éviter le sacrifice. La commandante avait bien conscience qu'elle se mettait dans une position délicate, mais elle ne pouvait pas laisser un homme se faire assassiner sous ses yeux, quand bien même serait-il volontaire pour mourir.

– Je ne veux tuer personne, répondit-elle en s'adressant à l'assemblée tout en avançant de quelques pas. Mais s'il le faut, je n'hésiterai pas. Alors soyez raisonnables, rejoignez votre maître autour du catafalque et n'en bougez plus jusqu'à l'arrivée des renforts que j'ai appelés.

Patricia improvisait au fur et à mesure. Elle se trouvait dans une situation à laquelle elle n'avait jamais été confrontée et ne savait pas comment faire pour garder en respect autant de personnes en même temps, tout en se maintenant en sécurité.

Devant ses injonctions, aucune sorcière ne bougea, attendant visiblement les ordres du maître de cérémonie. Seul l'homme, sur le catafalque, tentait de se dégager du corps de la jeune fille. Leur chef avança encore de quelques pas, réduisant la distance qui le séparait de Patricia à une dizaine de mètres.

– Vous ne devez pas intervenir ! hurla-t-il. Partez d'ici ou vous subirez ma magie !

Les trois pas qu'il fit encore vers Patricia suffirent à cette dernière pour reconnaître l'homme qu'elle avait vu la veille dans l'auberge de l'hôtel. C'était celui qui avait payé pour l'ensemble du groupe et était sorti en la dévisageant avec insistance.

– C'est ce que nous allons voir, répondit-elle en pointant son arme vers lui.

– Nous sommes tous prêts à nous sacrifier. Et vous, dites-moi, êtes-vous prête à mourir aussi ?

Ces derniers mots résonnèrent comme une menace. L'homme fit signe aux sorcières de cerner Patricia. Sans se préoccuper du pistolet qui les menaçait, elles se dirigèrent doucement vers elle tout en reprenant leurs lamentations.

Soit j'en bute une tout de suite et ça devrait les calmer tous, se dit-elle, en voyant le cercle de sorcières se refermer sur elle, *soit je me barre immédiatement.*

La commandante pivota sur elle-même à plusieurs reprises pour être certaine de ne perdre de vue aucune des femmes qui, dès lors, l'entouraient. Elle réfléchissait à toute allure sans trouver de solution. Elle tendit son arme au-dessus de sa tête et tira deux coups de feu mais cela n'atteignit pas le but escompté ; les sorcières continuèrent à avancer en geignant.

Alors qu'elle redescendait son bras armé, Patricia ne vit pas arriver le coup sur son épaule. Une des femmes avait réussi à s'écarter du groupe sans qu'elle la voie et venait de la frapper à l'aide d'un morceau de bois. Elle lâcha son pistolet dans un cri de douleur.

Le groupe de sorcières était maintenant à moins de deux mètres et elle réalisa que la fuite était désormais son seul salut. Tout en se tenant l'épaule, brisée ou pour le moins déboîtée, elle bouscula la femme qui l'avait frappée et s'enfuit à toutes jambes vers la forêt.

Le maître de cérémonie la vit disparaître entre les arbres et vociféra à l'adresse des sorcières :

– Rattrapez-la ! Dépêchez-vous !

Chacune portant un flambeau allumé, elles se lancèrent aux trousses de Patricia.

Pendant ce temps, la jeune fille qui avait été touchée à l'épaule commençait à reprendre connaissance.

Son amant alla chercher sa robe et l'aida à se rhabiller puis il interrogea le maître de cérémonie du regard, en attente de ses consignes :

– Ramène-la à Brélac et fais-la soigner par qui tu sais. Cela n'a pas l'air très grave.

– Je m'en occupe, Monsieur. Mais quand aurons-nous à notre tour l'honneur de rejoindre les sorciers des Rais ?

– Vous verrez bien. Filez !

Tous deux acquiescèrent et quittèrent les lieux sans attendre. Leur chef s'approcha alors du catafalque et observa les restes du corps de Noé, brûlés puis écrasés par les ébats du couple. Enfin, il se pencha et caressa le coin non souillé des armoiries des Rais brodées sur le morceau d'étoffe noire.

– Nous mènerons notre quête jusqu'au bout, dit-il.

Quand il se releva, la lumière des flambeaux disséminés sur la scène lui permit de découvrir un petit sac à dos posé à même le sol. Il comprit immédiatement qu'il appartenait à Patricia.

Il se pencha pour le fouiller et en sortit deux bouteilles d'eau et un téléphone satellite. Alors qu'il reposait le tout à l'intérieur, l'appareil se mit à sonner. Il le saisit de nouveau tout en réfléchissant intensément. Après trois sonneries, il décrocha :

– Commandante, c'est l'adjudant Perrin, entendit-il au bout du fil. J'arrive à la limite de la zone blanche de téléphonie. J'en profite, pendant que je le peux encore, pour vous dire que je vous rejoindrai dans une heure environ, au bord du chemin, au niveau de l'ancien monastère.

– …

– Allô ! Commandante, vous m'entendez ?

– C'est trop tard, répondit le maître de cérémonie d'une voix grave avant de raccrocher.

À quatre cents mètres de là, Patricia, exténuée par une course effrénée, s'était blottie au pied d'un arbre pour reprendre son souffle. La violence de l'effort qu'elle avait fourni pour tenter de s'éloigner le plus rapidement possible des sorcières et la douleur provoquée par son épaule déboîtée l'avaient épuisée. Si elle voulait s'en sortir vivante, elle devait la remettre en place.

L'espace d'un instant, elle se revit enfant quand, couchée sur le sol, l'une de ses camarades l'avait tirée par le bras jusqu'à, bien malencontreusement, lui déboîter l'épaule. Depuis, ce problème fonctionnel, pas très grave mais particulièrement douloureux, s'était reproduit à cinq ou six reprises. La dernière fois, quelques années auparavant, lors d'une randonnée en solitaire de plusieurs jours sur le GR20[1], elle était parvenue, seule, à remettre son articulation en place. Elle avait hurlé tant cela lui avait fait mal mais quelques minutes plus tard, elle allait beaucoup mieux.

Patricia se remit debout et se plaqua contre l'arbre. Elle respira profondément plusieurs fois puis recula d'une vingtaine de centimètres pour prendre un petit peu d'élan. Elle fit ensuite pivoter son torse sur ses hanches et lança son épaule contre le tronc. Elle sentit aussitôt un claquement dans son articulation ainsi qu'un cri qui lui remontait dans la gorge et qu'elle réfréna à grande peine. Elle se mit à genoux face à l'arbre, le front appuyé contre le tronc, pour tenter de retrouver un rythme de respiration régulier. Des larmes de souffrance coulaient sur ses joues.

Après quelques minutes, elle se releva enfin et tenta de bouger doucement son épaule. Cette dernière semblait avoir retrouvé son emplacement initial.

À peine soulagée, elle aperçut, à une vingtaine de mètres d'elle, la lueur de plusieurs flambeaux qui perçait au milieu des arbres. La lumière toute

1. Le GR20 est un sentier de grande randonnée qui traverse la Corse du nord au sud en s'étendant sur près de 180 kilomètres.

proche était accompagnée de la plainte persistante qui émanait des sorcières.

Aussitôt, et malgré une vive douleur encore bien présente dans tout le haut de son corps, Patricia se lança dans une course échevelée à travers la forêt. Elle n'y voyait quasiment rien, et dans l'impossibilité d'allumer sa lampe de poche sans risquer d'être repérée, elle se laissait guider par le contour des arbres vaguement visibles grâce à la réverbération de la lumière de la lune.

Quelques minutes plus tard, il lui sembla avoir réussi à semer ses poursuivantes. Elle cessa de courir et se mit à marcher pour souffler un peu. Le poids de ses pas faisait craquer les feuilles sèches qui tapissaient le sol de la forêt. Elle leva les yeux. À travers les silhouettes des arbres qui se découpaient dans le ciel étoilé, la vision de la lune lui fit le plus grand bien. Elle s'arrêta et ferma les yeux. Elle aimait ses moments durant lesquels, malgré tout ce qui pouvait se passer autour d'elle, elle prenait le temps de se charger de toute l'énergie que pouvait lui procurer cet astre.

Quand elle rouvrit les yeux, son regard tomba sur une pierre scellée dans le sol que sa blancheur rendait particulièrement visible, même dans l'obscurité. D'une vingtaine de centimètres de côté, elle était de forme carrée. Devant l'étrangeté de cet objet placé en plein milieu de la forêt, elle s'approcha et passa le bout de ses doigts sur un dessin gravé sur le dessus. Patricia finit par s'agenouiller devant la pierre et éclaira la gravure pour tenter de deviner à quoi elle correspondait.

Cette pierre taillée était probablement là depuis plusieurs siècles mais le fait qu'elle soit encore bien visible signifiait qu'elle était régulièrement nettoyée et dégagée de toute végétation.

Quand la jeune femme finit par discerner l'écu traversé par une large croix, elle comprit que cette pierre marquée du sceau de Gilles de Rais n'était rien d'autre qu'une borne de délimitation du domaine de l'ancien château.

Aussitôt, elle se releva et balaya l'endroit du faisceau lumineux de sa lampe. Elle réalisa que, dans sa course aveugle, elle avait atteint, bien malgré elle, les vestiges du château des Rais.

Elle avança vers les ruines qui se découpaient dans l'obscurité. L'endroit, dépourvu du moindre arbre sur plusieurs centaines de mètres carrés, était bien mieux éclairé par la lune que la forêt. Le regard de Patricia se promena pendant plusieurs minutes sur la source du Mal qui régnait dans la région.

Elle s'apprêtait à visiter l'endroit, mais elle perçut les lamentations des sorcières qui se rapprochaient. En levant les yeux dans la direction d'où provenait le bruit, la jeune femme distingua une vingtaine de flambeaux, disséminés au milieu des arbres, qui se dirigeaient vers le château.

Elle prit la décision de s'éloigner. Reprenant sa course, elle plongea de nouveau au milieu des arbres sans avoir eu le temps d'inspecter les ruines. Elle courut ainsi pendant une dizaine de minutes jusqu'à ce qu'elle discerne deux flambeaux, droit devant elle, à environ une centaine de mètres.

Après un instant de panique, le bruit de moteur qui accompagnait les deux lueurs lui fit comprendre que ce qu'elle avait pris pour des flambeaux n'était rien d'autre que les phares d'une voiture.

Perrin ! se dit-elle. *Ça ne peut être que lui !*

Elle se remit à courir puis se jeta littéralement, tel un diable sortant de sa boîte, devant le véhicule de l'adjudant. Celui-ci dut piler pour éviter de la renverser.

Sans même être certaine qu'il s'agissait bien du sous-officier, Patricia ouvrit la portière du côté passager et sauta sur le siège.

– Que s'est-il passé ? demanda-t-il en la voyant épuisée et échevelée.

– Roulez !

– D'accord, mais que vous est-il arrivé ? insista-t-il.

– Roulez ! hurla-t-elle en tournant la tête vers lui.

Le 4x4 fit demi-tour et redescendit vers Brélac sous les yeux des sorcières qui, cachées derrière les arbres bordant la route, regardaient le véhicule s'éloigner en continuant leur litanie.

15

Le téléphone portable sonnait régulièrement depuis près de trente minutes quand Patricia tendit enfin le bras vers sa table de nuit. À tâtons, elle parvint à s'en saisir pour le porter à son oreille sans sortir du cocon de bien-être qui l'entourait, délicieux mélange de la chaleur dégagée par l'épaisse couette qui la recouvrait et de la douceur de la peau nue d'Éva qui dormait contre elle.

– Allô…

– Coucou, ma belle. Ne me dis pas que tu glandes encore dans ton lit alors qu'il est plus de midi ?

La voix enjouée de la secrétaire de la section Alésani venait de sortir la commandante de gendarmerie de quelques heures de repos, qui s'étaient bien plus apparentées à une léthargie profonde qu'à un sommeil réparateur.

– Je ne glande pas, Véronique. Je suis plongée dans un coma de stade 4 et je n'ai prévu d'en ressortir que dans trente-sept ans, quand je serai reposée.

– Qu'est-ce qui t'est arrivé ? demanda la secrétaire en éclatant de rire dans le téléphone. Ce n'est pas ton genre de traîner au lit comme ça…

– Je sais, mais hier, je me suis décidée à aller voir cette forêt d'un peu plus près et je me suis retrouvée coincée au beau milieu d'une cérémonie nocturne très bizarre…

– En pleine forêt ? s'étonna Véronique. Quel genre de cérémonie ?

– Le genre de cérémonie durant laquelle un sorcier dirige une assemblée d'une trentaine de ses congénères pendant qu'un couple est en train de baiser sur le cadavre du dernier Dignitaire d'Anarchia.

– Tu déconnes ?

– Pas du tout… Je suis intervenue au moment où la fille allait poignarder son amant.

– Un peu comme une mante religieuse qui, une fois qu'elle a fini ses petites affaires, zigouille son mec ?

Patricia sourit. Les discussions avec la secrétaire de la section Alésani avaient quelque chose de délassant tant le côté spontané de la jeune femme l'amusait, même dans des moments qui ne s'y prêtaient guère.

– C'est ça, confirma-t-elle. Sauf que quand j'ai collé une balle dans l'épaule de la mante religieuse, ses copines ont tenté de me choper… Bref, j'ai été secourue en pleine nuit par l'adjudant Perrin. Je crois que s'il n'avait pas été là, tout ça se serait mal terminé…

– Tu vas bien ?

– Oui oui, ça va. Un peu mal à l'épaule mais ça passera.

– Et vous ne tentez pas de revenir en force dans la forêt ?

– J’y ai pensé, mais je suis sûre que dans les minutes qui ont suivi ma fuite avec l’adjudant, il n’y avait plus personne à arrêter dans la forêt. Et puis, je compte bien procéder à l’arrestation de toute cette clique et mettre fin à cette histoire d’assassins et de Rais de la forêt de Brélac. Définitivement ! Et ce n’est pas en y allant en force comme des bœufs avec la moitié des gendarmes mobiles du Sud-Ouest de la France que j’y parviendrai.

– C’est sûr…

– Pour changer de sujet, j’ai quelque chose à te demander !

– Oui ?

– Hier midi, il y avait entre vingt et trente personnes en train de déjeuner dans le restaurant de l’hôtel où je suis installée. Je suis quasiment certaine que la personne qui a payé le repas pour l’ensemble du groupe était le sorcier que j’ai vu la nuit dernière dans la forêt.

– Il a payé en carte bleue ? questionna Véronique en anticipant immédiatement la demande de Patricia.

– Oui. Tu peux voir avec le procureur pour obtenir une réquisition et interroger la banque de l’hôtelière pour connaître l’identité du détenteur de la carte bancaire ?

– Bien sûr, je m’en occupe.

– Et toi ? Des *news* ?

– Oui, c’est pour ça que je t’appelais. Le docteur Théveny nous a envoyé les rapports d’autopsie des quatre premières victimes.

– Quelque chose de nouveau ? s’enquit Patricia.

– Peut-être. Tu te rappelles qu'ils avaient tous un chiffre gravé dans le cou ?

La commandante avait entrouvert les volets malgré le grognement plaintif d'Éva, gênée par la luminosité qui venait d'inonder la chambre.

– Oui. Pourquoi ? questionna Patricia en regardant la rue pavée complètement déserte.

– D'après le légiste, ces scarifications n'ont pas été faites au moment des meurtres mais probablement plusieurs heures après.

– C'est bizarre. Cela peut donc signifier que celui qui a gravé ces chiffres n'est peut-être même pas notre assassin.

– Tout à fait. C'est peut-être une personne qui a voulu faire passer un message aux habitants d'Anarchia sans se dévoiler.

– Oui. À moins qu'il n'ait été destiné aux forces de l'ordre, pour balancer des informations. Va savoir…

– Peut-être, confirma Véronique.

– À moins que…

Patricia s'assit au petit bureau disposé à côté de la fenêtre et alluma son ordinateur portable. Elle ouvrit ensuite le fichier des photos prises par le médecin légiste. Alors qu'elle zoomait sur les scarifications, elle tenta un raisonnement :

– Et si la personne qui a effectué les scarifications sur les victimes avait assisté aux meurtres et était revenue plusieurs heures plus tard pour laisser un message aux flics.

– En gravant des chiffres romains dans la chair des victimes ? C'est un peu *space*, tu crois pas ?

– Non, écoute… Admettons qu'elle ait participé aux meurtres et que, pour des raisons restant à éclaircir, elle ait décidé de nous aider.

– OK. Si je te suis, il faudrait imaginer qu'elle ait été là plus ou moins malgré elle…

– Possible. Elle rentre chez elle juste après les meurtres et réfléchit à la façon de nous faire passer ces fameuses informations en mettant sur pied un subterfuge qui lui permettrait de ne pas être soupçonnée par les co-auteurs des crimes.

– Mouais…, répondit Véronique, qui ne semblait pas très convaincue. Continue ton raisonnement…

– Les meurtres ont été commis avec énormément de violence et avaient pour but d'être le plus dégradants possible pour les victimes. Ils ont donc exposé deux mecs sur des fauteuils en plein centre du village, puis le couple, lui, a été massacré dans son lit avant d'être entouré de fils barbelés. Ces trois scènes ressemblent beaucoup à des arcanes majeurs du tarot Rider-Waite.

– Tu veux dire que la personne qui a fait les scarifications s'est servie des positions des corps pour faire un genre de lien entre les nombres indiqués sur les arcanes du tarot et les auteurs des crimes ?

– À mon avis, c'est une éventualité à ne pas écarter. Cela lui permettait de designer les meurtriers à travers ces nombres romains. D'autre part, si elle se faisait attraper en train de graver les scarifications, elle pouvait toujours évoquer un quelconque lien à l'ésotérisme par le tarot. Ou un truc du genre… Après, je reconnais que tout ça reste une hypothèse un peu confuse… mais c'est peut-être une piste à creuser.

Alors qu'Éva se réveillait doucement, Véronique, à l'autre bout du fil, semblait réfléchir à ce que venait d'exposer Patricia.

– « Une hypothèse un peu confuse », comme tu dis, mais finalement, qui se tient. Le responsable des scarifications chercherait donc à faire arrêter les auteurs des meurtres auxquels il a participé en nous donnant des informations que nous allons devoir décrypter dans un jeu de tarot.

– C'est probablement ça. Il a dû prendre part aux assassinats plus ou moins par obligation, et maintenant, il cherche à mettre fin à tout ça en nous aidant.

– Mais, et pour Cham ? Tu l'as trouvé crucifié la tête en bas ?

– Quand notre indicateur est revenu sur les lieux pour effectuer sa scarification, il n'avait qu'à décrocher l'une des deux jambes pour que la scène ressemble parfaitement à l'arcane majeur du Pendu dans le tarot.

– D'accord. Il ne reste donc plus qu'à découvrir qui sont les personnes désignées à travers les cartes de tarot correspondant aux scènes de meurtres.

– Absolument. Sous réserve que mon hypothèse tienne la route…

– Sous réserve que ton hypothèse tienne la route… répéta Véronique.

– Bon, tu t'occupes de cette histoire de carte bleue et tu me rappelles dès que tu as du nouveau.

– OK, bises.

Patricia raccrocha et fila prendre une douche. À treize heures trente, alors qu'Éva était encore couchée, elle se rendit à la gendarmerie.

– Bonjour, Commandante, s'écria l'adjudant en la voyant entrer. Après les évènements de cette nuit, vous êtes déjà debout ? Si je peux me permettre, peut-être qu'une journée de repos vous aurait fait le plus grand bien, non ?

– Je me reposerai quand je serai morte, se contenta-t-elle de répondre. Où en êtes-vous ?

L'adjudant Perrin était debout derrière le fauteuil de Guillaume, absorbé par ce qui défilait sur l'écran de son ordinateur.

– Nous sommes occupés à chercher, à l'aide des images satellites de *Google Maps*, le train abandonné dans lequel vivrait désormais l'homme marié avec lequel Sophie Raignal entretenait une relation avant sa mort.

– Et ? questionna-t-elle, en venant, à son tour, se placer face à l'écran.

– Et nous l'avons peut-être trouvé ! Vous voyez, Commandante, intervint Guillaume, en lui désignant une zone légèrement floue sur laquelle figurait une grande bâtisse. Là, nous avons l'ancienne gare de Brélac, qui est désaffectée depuis les années soixante-dix. Jusqu'à cette époque, le train qui reliait Périgueux à Sarlat-la-Canéda faisait escale ici. Il a continué de passer par ici, mais sans s'arrêter, jusqu'en 1986, avant que cette ligne ne soit définitivement fermée au profit de la nouvelle ligne TER[1].

1. Le sigle TER signifie Transport Express Régional.

– Un peu comme partout en France, intervint l'adjudant. La SNCF a désaffecté de nombreuses petites gares et fermé des lignes régionales pour des raisons de profit.

Patricia se pencha pour observer de plus près la photo satellite. Ses yeux parcoururent le contour du bâtiment principal, qu'elle supposa être l'ancien hall d'accueil des voyageurs. Du bout d'un doigt posé sur l'écran, elle longea les rails qui apparaissaient distinctement à l'image. Dans le même temps, Guillaume fit défiler la vision satellite vers la droite pour que Patricia puisse continuer à suivre la ligne sur quelques centimètres jusqu'à ce que son index rencontre un objet rectangulaire posé sur les voies.

– Des wagons ? demanda-t-elle.

– Oui, confirma le jeune gendarme. Il y a plusieurs voitures abandonnées et disséminées sur les rails autour de l'ancienne gare. Certaines sont carrément habitées depuis plusieurs décennies par des familles entières.

– Je n'avais jamais entendu parler de wagons transformés en squats. Et encore moins dans des endroits aussi retirés, au fin fond du Périgord… Curieux que la SNCF laisse faire…

– Ils ont probablement d'autres chats à fouetter, répondit l'adjudant Perrin.

– Et les personnes que vous avez rencontrées à la maison de retraite vous ont dit que l'ancien amant de Sophie Raignal se serait installé dans ce coin ?

– Absolument, répondit Guillaume. Après, je me méfie quand même, car on nous a raconté une histoire vieille de plus de vingt ans. L'homme est peut-être mort depuis. Sans compter que celui qui nous a parlé de ça ne paraissait pas avoir toute sa tête.

– Et vous avez le nom de cet ancien amant ?

– Maréchal. Antoine Maréchal, nous a-t-on indiqué. Un nom inconnu de nos fichiers par ailleurs…

La commandante Lagazzi et l'adjudant Perrin se regardèrent. Ils se comprirent immédiatement. Pendant que ce dernier allait ramasser son blouson d'uniforme accroché à l'accoudoir d'une chaise, Patricia se dirigeait déjà vers la porte d'entrée, sous les yeux interrogateurs de Guillaume qui attendait les consignes.

– Si vous ne vous bougez pas, on ne vous attendra pas ! lui dit la jeune femme, en accompagnant sa phrase d'un clin d'œil.

– J'arrive, répondit le jeune homme en sautant de sa chaise, visiblement heureux de pouvoir suivre ses supérieurs.

Une vingtaine de minutes plus tard, le véhicule de la gendarmerie de Brélac s'arrêtait devant la gare désaffectée. Le goudron qui recouvrait l'ancien parking avait progressivement disparu, dévoré par l'herbe sauvage et les bancs de ronces. Le lieu laissait paraître un calme presque inquiétant tant il semblait avoir été oublié des hommes. Le bâtiment principal n'avait plus la moindre fenêtre et les vitres des portes grandes ouvertes étaient toutes brisées.

– Ça fait bizarre de revenir ici, dit Guillaume, en sortant de la voiture. La dernière fois, je devais avoir quatorze ou quinze ans. On était venus en exploration, avec les copains du village.

– On a l'impression d'être dans un paysage de *The Walking Dead*[1], constata Patricia.

– C'est vrai, sourit l'adjudant. Ce lieu, autrefois vecteur de vie pour tout un village, est désormais totalement désert. Comme si le temps s'était arrêté. Il faut reconnaître que ça a un côté presque glauque.

– Désert, peut-être pas..., répondit Patricia en désignant une petite tête qui dépassait de l'angle de la bâtisse. Je crois bien que nous sommes espionnés.

Un garçon de sept ou huit ans sortit de sa cachette et s'approcha timidement des trois gendarmes.

– Tu es une méchante ? demanda-t-il à la commandante.

– Non. Pourquoi penses-tu ça ?

– Les deux *monsieurs*, c'est des policiers et toi, tu es habillée normal. Tu as fait des bêtises ?

– Non. Je suis un policier aussi mais je ne m'habille pas pareil. Comment tu t'appelles ?

– Pierre.

– Et tu es tout seul, ici, Pierre ?

– Non. Ma maman est là-bas, répondit-il, en désignant un train entièrement rouillé posé sur des rails à une cinquantaine de mètres après le hall de gare. Vous voulez la voir ?

---

1. *The Walking Dead* est une série télévisée de type post apocalyptique dans laquelle des survivants humains sont confrontés à une population de zombies.

– Oui, je veux bien. Tu nous mènes jusqu'à elle ?

– D'accord.

Aussitôt, le jeune garçon se retourna et se mit à marcher droit devant lui. La maman, qui devait le surveiller de loin, descendit immédiatement du wagon qui lui servait d'habitation et vint à la rencontre des trois gendarmes. D'une trentaine d'années, elle portait une robe noire bien trop serrée pour ses courbes généreuses et des baskets qui arboraient le célèbre logo vert permettant de reconnaître les Stan Smith de chez Adidas.

– C'est la SNCF qui vous envoie pour nous foutre dehors ? C'est ça ? hurla-t-elle. On ne fait aucun mal et on fait chier personne !

– Nous ne sommes pas envoyés par qui que ce soit et nous ne vous voulons aucun mal, répondit immédiatement l'adjudant Perrin. Alors, veuillez vous calmer, s'il vous plaît !

– Excusez-moi ! s'adoucit la femme aussitôt. Nous nous attendons tôt ou tard à nous faire expulser et ça a tendance à nous mettre un peu à cran.

– Je vous rassure, nous ne sommes pas là pour ça. Nous cherchons un homme qui a vécu, ou aurait vécu ici, il y a quelques années. Il doit avoir aux alentours de soixante-quinze ans.

– Vous cherchez Antoine, c'est ça ?

– Tout à fait ! Antoine Maréchal ! confirma Patricia. Il est toujours ici ? Vous le connaissez ?

– Oui, bien entendu. Ça fait bien longtemps qu'ils vivent dans les trains de Brélac. Ils ont été les premiers à habiter ici. Je crois qu'Antoine est là depuis que la gare est fermée, vers la fin des années quatre-vingt.

– « Ils ont été les premiers à habiter ici », répéta l'adjudant Perrin. Comment ça « ils » ? Monsieur Maréchal est accompagné ?

– Bien sûr. Sa fille est avec lui. D'ailleurs, je les ai vus devant leur wagon juste avant votre arrivée. Vous ne pouvez pas vous tromper. C'est celui qui est complètement tagué, indiqua-t-elle en désignant un ensemble de trois voitures, situé à une quarantaine de mètres de là.

Les trois gendarmes se regardèrent. Aussitôt, Patricia repensa à la discussion qu'elle avait eue avec Véronique deux jours auparavant, quand cette dernière avait émis l'idée qu'en 1982, Sophie Raignal n'avait peut-être pas avorté et avait eu un enfant sans que personne à Anarchia ne le sache.

– Nous vous remercions, dit l'adjudant en s'adressant à la jeune maman. Rentrez dans votre wagon avec votre petit Pierre, s'il vous plaît.

Sans demander davantage d'explications, la femme saisit son fils par le bras et fila immédiatement chez elle. Patricia fit signe à l'adjudant Perrin et à Guillaume de contourner le wagon pendant qu'elle appelait Antoine Maréchal par le côté qui semblait correspondre à l'entrée. Alors qu'ils s'approchaient, et avant même qu'ils n'aient eu le temps de mettre leur dispositif en place, le vieil homme sortit de sa maison de fortune et vint à leur rencontre.

– Vous êtes Antoine Maréchal ? cria Patricia en s'approchant rapidement, une main posée sur la crosse de son Desert Eagle.

– Ne vous inquiétez pas. Je ne vais pas m'enfuir, répondit le vieil homme. Vous n'avez pas besoin de me menacer avec vos pistolets.

– Vous savez pourquoi nous sommes là ? dit-elle en arrivant devant lui.

– Cela fait quarante ans que je vous attends, répondit-il en haussant les épaules.

– Comment ça ?

– Je savais que, tôt ou tard, on me demanderait des comptes sur les évènements de 1982.

– Là ! hurla Guillaume, en montrant, le bras tendu, une femme en train de courir sur la voie ferrée.

– Rattrapez-la ! cria Patricia aux deux gendarmes, qui se lancèrent aussitôt à la poursuite de l'inconnue.

Quelques minutes plus tard, Antoine Maréchal était sous la garde de la commandante Lagazzi et les deux hommes revinrent, essoufflés comme s'ils venaient de courir un marathon. Ils escortaient une femme d'une quarantaine d'années qu'ils avaient pris soin de menotter dans le dos de façon à prévenir toute nouvelle idée d'évasion.

Dès qu'elle la vit de suffisamment près, Patricia reconnut immédiatement l'inconnue en robe blanche qu'elle avait aperçue à une fenêtre de la maison de Dieu, puis sur la piste menant à Anarchia et une dernière fois à l'orée de la forêt, sur la tombe de Sophie Raignal.

– Ne lui faites pas de mal, supplia le vieil homme. Nous vous dirons tout ce que nous savons, mais je vous en prie, ne lui faites pas de mal.

– Ne vous inquiétez pas, tenta de le rassurer Patricia. Vous allez venir avec nous à la gendarmerie. Nous allons devoir vous placer en garde à vue. Je crois que nous avons beaucoup de choses à nous dire.

– En garde à vue ? Pourquoi ? De quoi sommes-nous accusés ?

– Nous en parlerons dès notre arrivée à la gendarmerie.

Moins d'une heure plus tard, Antoine Maréchal était assis à une petite table, attendant qu'un gendarme vienne l'interroger. La commandante pénétra dans le local réservé aux interrogatoires accompagnée de l'adjudant Perrin, qui déposa une petite bouteille d'eau minérale devant le vieil homme. Tous deux s'installèrent face à lui.

Patricia l'observa tout en considérant l'étrangeté de son enquête. Hormis les personnes de la secte rencontrées dans la forêt au cours de la nuit précédente, la quasi-totalité des protagonistes affichaient un âge très avancé, aux alentours de quatre-vingts ans. Elle scruta le visage du vieil homme. Son crâne était complètement dégarni mais son visage restait peu marqué. Il était rasé de près et ses yeux verts étaient encadrés de petites rides qui lui conféraient un certain charme.

– Nous n'avons rien fait, la supplia-t-il subitement en coupant Patricia dans ses pensées. Que nous voulez-vous ?

– Vous pouvez peut-être déjà nous expliquer pourquoi, tout à l'heure, vous nous avez dit que vous nous attendiez depuis quarante ans.

– Je savais que, tôt ou tard, on nous demanderait des explications sur la disparition de Sophie… Mais je n'en ai pas à vous fournir. Elle est partie en 1982 et personne ne l'a jamais revue depuis.

– La femme qui vit avec vous est votre fille, n'est-ce pas ? Elle sait parfaitement où est enterrée Sophie Raignal. Je l'ai vue de mes yeux se recueillir à l'endroit où a été dissimulée sa dépouille.

– Oui, Florence est ma fille, mais nous n'avons découvert la tombe de Sophie que très récemment. C'est Flo, en espionnant les habitants d'Anarchia, qui a vu l'ancienne amie de Sophie, celle qu'ils appellent Marie, se rendre régulièrement à cet endroit. Nous avons tôt fait de comprendre que sa mère était enterrée là.

– Sa mère ? Sophie Raignal est la mère de votre fille Florence ? questionna Patricia en faisant semblant d'être surprise par une information qu'elle avait envisagée dès le début de l'après-midi.

– Oui. Sophie a accouché à l'insu des habitants d'Anarchia en 1981 mais, comme elle ne pouvait pas garder la petite en raison des dingues qui vivaient là-haut, elle me l'a confiée.

– Mais… vous étiez marié, n'est-ce pas ? intervint l'adjudant. Quelle a été la réaction de votre femme ?

– En fait, nous n'avons jamais divorcé, mais nous étions déjà séparés depuis près de trois ans. Quoi qu'en pensent les habitants de Brélac, nous nous entendions encore bien et mon ex-femme a accueilli cet enfant comme le sien. Son décès est intervenu lors de la seconde grossesse de Sophie, en 1982. À l'époque, tous les médisants du village ont insinué que ma femme était morte de chagrin à cause de ma relation extraconjugale mais c'est un cancer qui l'a emportée.

– Et donc, en 1982, à la suite du décès de votre femme et à la disparition de Sophie Raignal, vous vous êtes retrouvé seul à élever une petite fille.

– Vous avez tout compris, confirma Antoine Maréchal.

L'adjudant se leva un instant et alluma le climatiseur de la pièce ; la chaleur se faisait de plus en plus lourde.

– Que pouvez-vous nous dire des Rais ? questionna-t-il en se rasseyant.

– Les Rais ? Rien, à part que Florence en serait une descendante par sa mère.

– Ça, nous le savons déjà, intervint Patricia, mais les Rais sont peut-être les auteurs de plusieurs meurtres qui ont eu lieu à Anarchia.

– Je crois que vous confondez la famille Rais, qui est devenue la famille Raignal, avec la bande de sorciers qui traînent dans la forêt. Florence les a aperçus à plusieurs reprises.

– Qui sont-ils ?

– Nous ne savons pas. Probablement les meurtriers que vous cherchez. Ils se font passer pour des sorciers au service des Rais mais ce ne sont rien qu'une bande d'illuminés qui tuent depuis des années pour le plaisir de tuer. Des assassins quoi ! Et puis la famille Rais n'existe plus depuis bien longtemps.

Les regards de Patricia et de l'adjudant Perrin se croisèrent brièvement. Tous deux avaient pensé à la même chose au même instant : *Et si la famille Rais n'avait, comme le vieil homme semblait le supposer, pas le moindre lien avec la bande de sorciers qui traînaient dans la forêt ? Et si, depuis le début, ils faisaient tous fausse route en pensant que les meurtres des Dignitaires, tout comme les disparitions de nombreux randonneurs, avaient été ordonnés par des descendants des Rais ?*

– Je suis certaine que vous comprenez que votre fille, au mobile de venger la mort de sa mère, est la première suspecte concernant les meurtres des Dignitaires. Aussi, vous allez devoir nous dire ce qui la pousse à passer son temps dans les parages d'Anarchia !

– Nous savons que ce sont eux qui ont tué Sophie mais tout cela est bien loin derrière et je peux vous assurer que ma fille n'a aucune envie de se venger de qui que ce soit. Je vous jure que nous n'avons fait aucun mal à personne. Et puis pourquoi aurions-nous attendu quarante ans pour nous venger ? Pour quelle raison ? Quant à ce qui la pousse à passer son temps dans la forêt, je pense qu'elle vous l'expliquera bien mieux que moi. De toute façon, je ne suis pas certain de bien le comprendre moi-même…

Patricia regarda de nouveau l'adjudant, qui sembla silencieusement confirmer ce qu'elle pensait : *Ce n'est pas logique. Pourquoi en effet auraient-ils attendu quarante ans pour se venger ? Non, Florence et son père ne peuvent pas être les meurtriers. Ils ont tous deux refusé de disposer d'un avocat en prétextant n'avoir rien à cacher et ils ne semblent pas vouloir user de leur droit au silence. Et puis, tout cela n'aurait aucun sens, aussi longtemps après le meurtre de Sophie Raignal. De même, la nuit précédente, se dit la commandante, j'ai bien vu ce couple en train de baiser sur le cadavre de Noé... Il y a aussi eu cette sorcière qui a tenté de crucifier Éva avant que Noé n'intervienne... Non, cela ne peut être que ce groupe de fous. Tous les indices ou les conclusions mènent à eux. Mais comment les retrouver ? Il est certain que maintenant qu'ils savent que je les ai vus, ils ne vont plus traîner dans le restaurant de l'hôtel ou dans le village... Organiser une battue en forêt ? Pourquoi pas ? Mais ils ne doivent y aller que pour leurs cérémonies. Et cette forêt est tellement immense... Il faudrait plusieurs centaines de gendarmes pour tout ratisser... Non, la seule chance que nous ayons est que Véronique arrive à faire parler la carte bleue qui a servi à payer le restaurant...*

– Monsieur Maréchal, annonça Patricia en se levant, nous allons vous replacer en cellule et poursuivre cette discussion avec votre fille. Si elle corrobore vos propos, vous serez tous deux sortis de garde à vue d'ici ce soir.

– D'accord. Je vous remercie.

La commandante et l'adjudant sortirent du local d'interrogatoire et restèrent un instant dans le couloir.

– Vous en pensez quoi ? questionna Patricia.

– Il faut reconnaître que tout nous mène à ces espèces de sorciers qui traînent dans la forêt et que vous aviez aperçus auparavant dans le restaurant de votre hôtel. Cela rejoint aussi ce que vous a dit votre correspondant, l'autre jour au téléphone, comme quoi Noé était à Anarchia pour protéger l'endroit des forces maléfiques qui hantent cette forêt. Entre la légende qui veut que, tous les quarante ans, il se passe un truc terrible et cette histoire de sorcières qui auraient pris possession de la forêt probablement depuis des décennies, il paraît logique que Noé ait constitué le groupe des Dignitaires. Le but était pour lui de protéger, par des pratiques religieuses strictes, les habitants d'Anarchia des pseudo-démons qui les entouraient. Même si, à la sortie, ils n'ont guère fait mieux que les sorciers de la forêt eux-mêmes, puisqu'ils ont fini par assassiner Sophie Raignal. Ou, tout du moins l'ont poussée à se suicider…

– Je suis d'accord avec vous. Toute la question va être désormais de mettre la main sur cette bande de dingues.

L'adjudant confirma d'une inclinaison de la tête et s'engagea dans un petit couloir aux murs grisâtres et au sol recouvert d'un carrelage marron défraîchi par le temps et les passages incessants des gendarmes. Arrivé devant la porte, saisissant la poignée à pleine main, il se retourna vers Patricia.

– Vous continuez l'interrogatoire ?

– Non, je vous en prie. Je vous laisse la suite, répondit-elle.

Alors qu'ils pénétraient dans une pièce dépourvue de tout meuble, hormis une table et trois chaises, dont l'une était occupée par Florence Maréchal, Patricia réalisa, que pour l'une des toutes premières fois de sa carrière, elle déléguait à un autre le soin de mener un interrogatoire.

Ses enquêtes étaient liées à des sujets tellement étranges que, la plupart du temps, elle ne permettait même pas à un autre gendarme d'assister à ses entretiens avec les victimes ou les suspects. Non par peur d'un manque de compétences mais plutôt en raison de la spécificité des affaires confiées à la section Alésani. L'adjudant Perrin, lui, avait quelque chose de particulier. Il semblait cocher toutes les cases du parfait sous-officier et Patricia était prête à partir à la guerre avec lui, s'il le fallait. Elle avait l'habitude de n'avoir confiance en personne à part en Véronique, qui lui servait de secrétaire et d'officier traitant, mais elle se sentait soulagée de pouvoir compter sur cet homme pour l'appuyer dans cette singulière enquête.

– Bonjour, Madame Maréchal. Je vous présente la commandante Lagazzi et je suis l'adjudant Perrin.

Sans un mot, Florence inclina la tête pour saluer les deux gendarmes qui s'assirent face à elle. Elle avait quarante-et-un ans. Contrairement aux fois précédentes, elle n'était pas vêtue d'une robe blanche mais d'un pantalon en toile clair et d'un sweat à capuche vert pâle. Ses cheveux blonds ondulaient sur ses épaules et couvraient son front jusqu'aux sourcils. Sa peau très blanche et ses yeux d'un bleu presque translucide lui donnaient un air de femme albinos.

– Pourquoi avez-vous essayé de fuir, tout à l'heure ?

– Je ne sais pas.

Dès la première réponse de la jeune femme, les gendarmes comprirent que Florence Maréchal présentait quelque chose d'étrange. Sa façon de parler, presque détachée de la réalité, son air un peu rêveur et l'impression de désintérêt complet qu'elle dégageait leur donnèrent l'impression qu'elle était là physiquement mais que ses pensées étaient occupées par bien d'autres préoccupations.

– Vous avez eu peur ? C'est ça ?

– Oui, confirma-t-elle, sans leur jeter le moindre regard, tout en s'efforçant de maintenir sa tête rentrée dans ses épaules et ses yeux plongés entre ses cuisses.

– Madame Maréchal, intervint Patricia d'un air agacé, regardez-moi, s'il vous plaît.

Celle-ci leva doucement les yeux vers la commandante.

– Pourquoi m'avoir mise en garde contre la forêt et demandé de quitter Anarchia, quand nous nous sommes vues sur la route ?

– Vous êtes en danger. Cette forêt est pleine d'assassins.

– Avez-vous la moindre idée de ce qu'ils sont exactement et de qui ils peuvent être ? enchaîna l'adjudant.

– Je ne sais pas. Je crois qu'ils se prennent pour des sorciers aux ordres de la famille Rais, mais nous ne les connaissons pas.

– Vous êtes une Rais ?

– Mon père m'a dit que j'étais une descendante de cette famille de malades mais je n'en sais rien.

De toute façon, je n'ai pas subi l'ordalie[1]. Je ne suis donc pas une véritable Rais.

– L'ordalie ? réagit Patricia. Quelle ordalie ?

– Je ne sais pas. Il y a une plaque gravée dans les ruines du château de mes aïeux qui explique que, pour devenir une véritable Rais, il faut avoir enduré l'ordalie des démons.

– Je ne comprends pas. Une ordalie était un jugement de Dieu qui permettait aux autorités ecclésiastiques de savoir si vous étiez coupable. Cela n'a rien à voir avec des démons. À moins que…

Florence Maréchal inclina la tête comme si elle confirmait la pensée que Patricia n'avait pas encore verbalisée.

– À moins que… ? répéta l'adjudant Perrin, en tournant la tête vers sa supérieure.

– Les Rais ont peut-être créé ce qu'ils appellent une ordalie mais qui ne serait en réalité qu'un genre d'épreuve pour valider l'appartenance officielle de l'un de ses membres à cette famille.

– Nous pouvons peut-être sortir un moment ? proposa-t-il.

Sans un mot, laissant Florence seule, les deux gendarmes se levèrent et sortirent de la pièce. L'adjudant proposa aussitôt à Patricia d'appeler l'historien qui était déjà venu deux jours auparavant pour lui demander ce qu'il savait de cette histoire d'ordalie.

---

1. L'ordalie était, lors des procès religieux, un genre d'épreuve à laquelle pouvait être soumis un accusé pour déterminer, par le jugement divin, sa culpabilité ou son innocence.

– Faites ça, valida-t-elle. Pendant ce temps, je vais téléphoner à quelqu'un d'autre. Je me demande si…

Alors que l'adjudant repartait vers son bureau, la phrase de Patricia demeura suspendue un instant à ses lèvres. Puis elle finit par attraper son téléphone portable.

– Bonjour, mon Père, dit-elle, quand le responsable et guide spirituel de la section Alésani décrocha.

– Bonjour Patricia. Alors, où en sommes-nous ?

– Nous avançons, mon Père. Je pense être en mesure de vous rendre un rapport d'ici deux à trois jours.

– Vous savez que le procureur et le juge d'instruction sont furieux de ne pas avoir la moindre nouvelle de votre part. Vous avez fait une demande pour identifier un porteur de carte bancaire, mais ils ne comprennent pas pourquoi vous ne lancez pas une fouille de la forêt en bonne et due forme. Nous pouvons mobiliser toutes les forces nécessaires à une telle opération, si besoin !

– Je sais bien, mon Père, mais laissez-moi encore un peu de temps. Je pense que j'ai encore besoin de quarante-huit heures pour démêler tous les fils de cette histoire.

– Patricia, le fait de travailler pour la section Alésani vous donne une certaine liberté de mouvement, mais nous ne pourrons pas bloquer encore longtemps les prérogatives des magistrats. Vous savez bien qu'ils sont indépendants et que s'ils décident d'arrêter tous les habitants d'Anarchia et de retourner cette maudite forêt, ils le feront.

– Je les contacterai d'ici demain, promit Patricia, qui avait bien conscience que ses méthodes, même si les résultats en étaient probants, ne plaisaient pas toujours aux autorités.

– Je suppose que vous m'appelez pour autre chose, non ? Je me trompe ?

– Non, mon Père. Je voulais savoir si vous aviez entendu parler d'une histoire d'ordalie qui permettrait à un éventuel postulant d'intégrer officiellement la famille Rais.

Le père Pasquale ne répondit pas immédiatement. Sa respiration, irrégulière et particulièrement caverneuse, résonnait dans le haut-parleur du téléphone. Il semblait réfléchir.

– Oui, j'en ai entendu parler mais je ne suis pas certain que cette histoire soit vraie. Pourquoi ?

– Nous avons actuellement dans nos locaux Florence Maréchal, la fille de Sophie Raignal. Elle prétend que, n'ayant pas subi l'ordalie, elle ne serait pas vraiment une Rais. Aussi, je me demande si…

– Vous vous demandez si Sophie Raignal est passée par cette ordalie et si oui, qui lui a fait subir cette épreuve ?

– Tout à fait, confirma Patricia en félicitant intérieurement la perspicacité du vieil homme.

– Ceci n'est que mon avis, Patricia : je pense que cette ordalie a existé à une époque, probablement organisée sous forme d'une épreuve par le feu ou par l'eau. Je suppose qu'elle était déterminée par le père ou la mère d'un enfant pour le consacrer officiellement comme membre de la famille Rais.

– On peut donc supposer que cette épreuve faisait formellement de lui une espèce de sorcier ou de tueur en série comme l'était son aïeul, le tristement célèbre Gilles de Rais ?

– Tout ça est un peu tiré par les cheveux, si je peux m'exprimer ainsi, mais oui, ça doit être quelque chose comme ça. Après, il ne faut pas perdre de vue que nous étions dans le contexte très particulier du Moyen Âge pendant lequel la sorcellerie, l'alchimie et les magies en tout genre étaient toutes des sports nationaux.

– Je sais bien, sourit-elle à la dernière réflexion du vieil homme, mais ce n'est pas vraiment au contexte de l'époque que je faisais allusion. Je m'interrogeais sur Noé. Il prenait toute cette histoire de Rais au sérieux et se faisait un devoir de protéger Anarchia des forces occultes qui traînaient dans cette forêt. Aussi, n'aurait-il pas, sous couvert de la raison plus ou moins fallacieuse de sa grossesse, voulu salir Sophie Raignal jusqu'à la mort, avant qu'elle ne subisse l'ordalie et ne devienne une véritable Rais ?

– C'est possible, admit le Père Pasquale. Après, je ne suis pas certain de l'intérêt de cette histoire concernant notre enquête en cours. Ordalie ou pas, cela ne change pas grand-chose, vous ne pensez pas ?

– Vous avez sûrement raison, mais je reste convaincue que la mort des Dignitaires est liée, d'une manière ou d'une autre, au suicide de Sophie Raignal.

– Vous pensez que sa fille, cette Florence Maréchal, est votre tueuse ?

– Non. Même si elle traîne beaucoup dans la forêt qui entoure Anarchia, je ne pense pas qu'elle ait quelque chose à voir avec ces meurtres. Je suppose qu'elle est attirée par l'endroit en raison de ses racines familiales. Rien de plus…

– Vous n'avez donc toujours pas de piste probante ?

– Si. Je crois que quand nous aurons découvert le nom du chef de toutes ces personnes qui jouent aux apprentis-sorciers dans la forêt, nous tiendrons nos assassins. Les Dignitaires protégeaient Anarchia de leurs activités maléfiques et je pense que ce groupe de sorciers a décidé de se débarrasser d'eux.

– Et concernant l'histoire des chiffres romains gravés dans le cou des victimes ?

– Je ne sais pas. Peut-être que l'on a tenté de nous mettre sur une piste mais j'ai un peu de mal avec l'interprétation du message que notre indicateur secret a voulu nous faire passer.

À la vue de l'adjudant Perrin qui arrivait en faisant de grands signes avec les bras pour indiquer qu'il avait quelque chose d'urgent à lui montrer, Patricia abrégea la conversation en promettant au Père Pasquale de le rappeler dès le lendemain.

16

Patricia suivit l'adjudant Perrin jusqu'à l'extérieur. Une fois dans la rue qui longeait la gendarmerie, elle comprit immédiatement la raison de l'agitation du sous-officier. Un autocar d'une société périgourdine de transport était stationné à une vingtaine de mètres de là. Il semblait déborder de passagers et de bagages.

Debout juste devant, Marie fit un petit geste de la main en direction de la commandante qui s'approcha immédiatement.

– Vous partez ?

– Oui. Tous les Dignitaires ont été assassinés et Noé lui-même a disparu depuis deux jours. Nous sommes terrorisés à l'idée de rester à Anarchia et n'avons pas envie de mourir les uns après les autres.

Patricia se rendit compte soudain qu'aucun des membres de la petite communauté n'était au courant de la mort tragique de Noé. Elle leva les yeux vers l'autocar. Derrière les vitres, les passagers semblaient abattus. Comment pouvait-il en être autrement ? Ils vivaient dans cet endroit reculé depuis une soixantaine d'années. Et là, alors qu'ils avaient tous aux environs de quatre-vingts ans, ils se lançaient dans une nouvelle vie, par peur de rester à Anarchia.

– Je comprends. Mais où allez-vous ?

– Nous partons rejoindre un groupe de cultivateurs qui a racheté un ancien village de vacances abandonné en Auvergne. Ils ont de quoi nous loger dans d'anciens bungalows.

– Vous savez, notre enquête est en train d'aboutir. J'espère que d'ici un jour ou deux, nous aurons mis sous les verrous les auteurs de tous ces meurtres. Vous êtes certains de vouloir partir ?

– Oui, confirma Marie. Même si vous les arrêtez, notre village est désormais souillé de sang. Il s'est déroulé bien trop de drames ici pour que nous y restions. Et puis, vous savez, avec ce qui est arrivé à Sophie, nous sommes convaincus qu'Anarchia est désormais maudit par Dieu lui-même. Il n'y a qu'à voir ce qu'il est advenu des auteurs de son viol…

– Je ne crois pas trop à ce genre de malédiction, mais effectivement, Anarchia risque de garder longtemps dans ses murs et dans sa terre la mémoire des drames qui s'y sont déroulés.

– Vous ne nous empêchez pas de partir ?

– Non. En revanche, l'enquête est encore en cours et vous devez me laisser une adresse pour que l'on puisse vous contacter en cas de besoin ou de nouvelles questions.

– Je sais bien. C'est pour ça que nous avons décidé de nous arrêter à Brélac avant de prendre la route. Vous savez, aucun de nous n'a quoi que ce soit à voir avec ces meurtres…

– Je sais bien, ne vous inquiétez pas, Marie, la rassura Patricia avec beaucoup de douceur et de compassion dans la voix.

La vieille dame lui tendit une chemise en carton souple qu'elle ouvrit immédiatement. Elle trouva à l'intérieur un petit morceau de papier sur lequel était notée, d'une écriture tremblante, l'adresse de l'ancien village de vacances où ils partaient s'installer. Sur une autre feuille étaient listés une quarantaine de noms, prénoms et dates de naissance.

– C'est bien ce que je crois ?

– Oui, sourit Marie. C'est Noé qui ne voulait pas que nous vous communiquions nos vrais noms. Vous savez, même si nous sommes vieux, nous ne sommes pas encore gâteux au point de les avoir oubliés …

– Merci beaucoup.

– Bon courage, Commandante Lagazzi. Et faites attention à cette forêt.

– Promis. Bonne route.

La vieille dame tourna les talons et monta aussitôt dans le car dont le moteur vrombissait déjà depuis plusieurs minutes, signe que le chauffeur semblait pressé de se mettre en route.

– Vous les laissez partir ? Vous pensez vraiment qu'ils n'ont rien à voir avec tout cela ? s'enquit l'adjudant Perrin en regardant le véhicule manœuvrer sur la petite place de Brélac.

– Je pense qu'ils ne sont que des victimes. Et puis, vous savez, si on devait leur remettre la main dessus, j'aime à croire que nous aurions toutes les facilités du monde à retrouver et arrêter ces personnes dont la moins âgée a quand même plus de quatre-vingts ans, s'amusa Patricia en accompagnant sa réponse d'un clin d'œil. Au fait, ça lui a évoqué quelque chose, cette histoire d'ordalie, à l'historien ?

– Non, il n'en a jamais entendu parler.

– OK. Ça coûtait rien de l'appeler…

Les deux gendarmes retournèrent aussitôt dans la salle d'interrogatoire où Florence Maréchal était avachie sur la petite table. Elle faisait preuve d'un calme absolu.

– Excusez-nous, dit Patricia alors qu'elle se rasseyait. Reprenons ! Tout à l'heure, vous parliez d'ordalie. Selon vous, vous n'êtes pas une véritable descendante de la famille Rais parce que vous n'avez pas subi cette épreuve ?

– C'est ce qui est indiqué sur une plaque de l'ancien château de Gilles de Rais. Et puis, honnêtement, je m'en fous. Mon nom est Maréchal et je ne connais personne de la famille de ma mère.

– Mais vous vous rendez souvent dans la forêt qui entoure Anarchia. Pourquoi ?

– Je ne sais pas… C'est comme si elle m'appelait… C'est dur à expliquer. Je n'ai rien à y faire en particulier, à part me recueillir sur la sépulture de ma mère, mais il faut que j'y aille… C'est comme si, pour vivre, j'avais besoin de respirer l'oxygène de cette forêt… Désolée, je ne sais pas trop comment vous le faire comprendre, mais ce qui est sûr, c'est qu'elle m'appelle. Parfois, même en dormant, je suis réveillée d'un coup par des visions des arbres, des ruines du château ou de l'ancien monastère. C'est comme si j'étais liée à elle…

– Je comprends. Vos aïeux y ont vécu pendant des siècles. Peut-être que, malgré vous, cela a créé un lien… En tout cas, vous la connaissez suffisamment pour m'avoir mise en garde à plusieurs reprises contre ce qu'il s'y passe et pour être informée de l'existence du souterrain qui va de l'ancien château à la Maison de Dieu d'Anarchia !

– Oui. J'ai vu à plusieurs reprises une espèce de secte y célébrer des messes noires. Ils ont même crucifié des gens.

– Vous savez qui ils sont ? intervint l'adjudant Perrin.

– Non, désolée. Ils sont toujours grimés.

– Et pourquoi n'avez-vous pas averti la gendarmerie ?

– Je ne sais pas… Ils me font peur… Ce sont des assassins, vous savez…

– Et pour le souterrain, c'est bien vous qui l'avez fait s'écrouler, n'est-ce pas ?

– Je l'ai utilisé à plusieurs reprises pour me rendre dans la Maison de Dieu. C'est à l'une de ces occasions que vous m'avez vue la première fois, derrière la fenêtre du premier étage. Je pense que ce tunnel était piégé et que quand vous l'avez traversé, vous avez violé un accord implicite entre les Dignitaires et les sorciers de la forêt.

– Un genre de pacte de non-agression ?

– En quelque sorte. J'étais la seule, en tant que descendante des Rais, à pouvoir l'utiliser. Quand vous avez foulé la terre de leur église souterraine, les sorciers ont décidé de condamner le passage pour pouvoir terminer tranquillement leur cérémonie de crucifixion.

– Les Dignitaires et les sorciers connaissaient donc votre existence ?

– Oui, bien sûr, mais Noé, malgré ma ressemblance avec elle, n'a jamais compris que j'étais la fille de Sophie Raignal. S'il m'avait observée avec un peu plus d'attention, il m'aurait probablement reconnue. Il devait me prendre pour une pauvre malheureuse qui traînait par ici sans raison…

– Et les sorciers ?

– Eux savent très bien qui je suis. Ils se prennent pour les descendants des sorciers et des alchimistes qui travaillaient pour Gilles de Rais. Et, accessoirement, pour les assassins qui étaient à son service. Je pense qu'ils n'attendent qu'une chose, c'est que je me rende au château, que je subisse l'ordalie et que je devienne leur maîtresse. Ou un truc du genre…

– Mais il vous faut bien l'un de vos ascendants, pour subir cette épreuve, non ?

– Oui, probablement. Mais c'est de deux choses l'une : ou cette histoire d'ordalie est une connerie et tant mieux, ou elle fonctionne et alors, je n'ai pas envie de devenir aussi dingue que Gilles de Rais. Donc, dans un cas comme dans l'autre, il n'en est pas question.

Les derniers mots de Florence Maréchal confirmèrent les impressions que la commandante avait d'elle. La jeune femme ne semblait pas croire à tous ces mythes anciens. Elle avait conscience de la lourdeur de son héritage familial mais ne se formalisait pas de ce passé, aussi lourd soit-il. Pas plus qu'elle ne se souciait des générations précédentes ou du fondateur de cette étrange dynastie qui, aujourd'hui encore, était le plus grand tueur en série de toute l'histoire de France : Gilles de Rais.

Elle regarda un instant l'adjudant Perrin. D'un très léger mouvement de tête, ce dernier valida la décision de Patricia, qu'il n'avait eu aucun mal à deviner.

– Bon, dit la commandante en se levant, un gendarme va rédiger les procès-verbaux de votre déposition et de celle de votre père et vous pourrez ensuite rentrer chez vous.

– Merci.

– Je vous demande juste de rester aux alentours de Brélac pendant quelques jours, le temps que nous terminions notre enquête.

– Je n'ai nulle part ailleurs où aller, de toute façon, répondit Florence en se levant à son tour.

Sur ces mots, les deux gendarmes quittèrent le bureau et se rendirent à l'extérieur. Le soleil de fin de journée déclinait et la température était en train de tomber. Patricia ouvrit aussitôt son paquet de Marlboro et le tendit à l'adjudant. À la surprise de sa supérieure, ce dernier s'en saisit et alluma aussitôt une cigarette.

– Vous fumez ? Je ne vous avais pas encore vu avec une clope à la bouche.

– Une cigarette par an !

– Et ça tombe aujourd'hui ?

– C'est ça ! confirma-t-il en rendant son sourire à la jeune femme.

– Vous en pensez quoi ?

– Je suis d'accord avec vous. Le père et la fille Maréchal n'ont rien à voir avec tout ça. Et de toute façon, nous tenons nos assassins de la forêt.

– Je pense aussi. Ces soi-disant sorciers, qui se prennent pour des alchimistes et des meurtriers au service des Rais, sont nos tueurs. Il ne reste désormais plus qu'à les localiser.

À peine terminait-elle sa phrase que la sonnerie de son téléphone portable résonna dans la poche de son blouson.

– Tiens, en parlant du loup… Allô ?

– Coucou, ma chérie !

– Bonjour Véro ! Je te mets sur haut-parleur. Je suis avec l'adjudant de la gendarmerie de Brélac.

– D'accord.

– Dis-moi que tu as localisé le propriétaire de la carte bleue utilisée par le groupe du restaurant !

– Avant, je voulais te signaler que ça gueulait à Périgueux…

– Oui, je sais, le Père Pasquale me l'a déjà dit. Il semble que le procureur en ait un peu marre de ne pas être au courant de ce qui se passe.

– Bon, si tu le sais déjà, c'est le principal, éclata de rire Véronique. Et pour ta question, oui, nous avons localisé l'entreprise détentrice du compte bancaire lié à la carte bleue utilisée lors de ce fameux resto.

– Et ?

– Et c'est une grosse société périgourdine de fabrication et d'import-export de spécialités du terroir de la région. Ils commercialisent tout ce qui est foie gras, canards, truffes, et j'en passe. Je peux te dire que si tu te balades cinq minutes sur leur site, tu as immédiatement envie d'aller passer un week-end en Périgord noir.

– Je te rapporterai quelque chose, promis ! En attendant, tu as un nom à me donner ?

– Bien entendu. Alors pour commencer, le nom de la société est Périgord Food Export. Son usine de production et l'ensemble des bureaux administratifs sont situés à quelques kilomètres d'une petite ville appelée Le Bugue.

– Je connais, intervint l'adjudant. C'est à une trentaine de minutes d'ici.

– Le patron est un véritable notable de la région. Imposé sur les grosses fortunes, ancien maire d'un patelin du coin, il a été conseiller régional et président d'une communauté de communes. Très connu et très respecté. Bref, du lourd…

– C'est quoi son nom ?

– Pierre-François de Journiac.

– Un noble ?

– Oui. Il est le descendant de l'une des plus grandes et plus riches familles du Périgord. Je t'envoie une photo.

Instantanément, le *smartphone* de Patricia bipa. Quand elle ouvrit le fichier, elle ne put retenir sa satisfaction.

– Putain, c'est bon, ça !

– Quoi ? entendit-elle dans le haut-parleur du téléphone.

– Le mec, j'étais quasiment certaine que c'est celui qui dirigeait l'assemblée que j'avais observée en forêt. Son visage était totalement recouvert de peinture blanche mais je mets ma main au feu que c'était bien lui. Ce Pierre-François de

Journiac, le type de la carte bleue au restaurant et l'espèce de gourou des sorcières de la forêt ne font qu'un !

– Tu tiens ton assassin, ma belle, fit remarquer Véronique.

– Je crois aussi, ajouta l'adjudant Perrin. C'est curieux, quand même, qu'un homme de sa stature joue les apprentis-sorciers, à moitié nu, la nuit dans les forêts.

– Je suis d'accord avec vous. Même si, finalement, ce n'est pas si étonnant que ça. On retrouve des personnes socialement très bien intégrées – des cadres supérieurs ou des grands patrons – dans de nombreuses confréries, des associations plus ou moins fraternelles et même des sectes sataniques.

– Des gens qui ont tellement tout réussi qu'ils se font chier dans la vie, et comme ils ne savent plus quoi faire, ils jouent au con au milieu d'autres cons, intervint Véronique dont la voix résonnait dans le haut-parleur du téléphone portable.

– C'est dit avec finesse mais c'est à peu près ça, confirma Patricia en riant. Continue à fouiner sur la famille de ce Pierre-François de Journiac. Par acquit de conscience, renseigne-toi aussi sur Antoine Maréchal, l'ancien amant de Sophie Raignal qui est aussi le père de Florence. On ne sait rien de ce mec, en fait…

– OK. Et je préviens aussi le procureur ? Ça le calmera un peu de savoir que vous avez avancé sur l'enquête. Je suis certaine qu'il va être trop content que vous procédiez à l'arrestation d'un mec aussi populaire dans la région. Si ça se trouve, il le connaît… Peut-être même qu'il va traîner en forêt avec lui les nuits de pleine lune…

– Tu as fini tes délires ? éclata de rire Patricia en raccrochant.

Pendant quelques secondes, elle observa la photo figée sur l'écran de son portable. Pierre-François de Journiac devait avoir aux alentours d'une soixantaine d'années. Des yeux perçants, une calvitie totale et un visage en lame de couteau qui ne présentait pas la moindre ride donnaient à cet homme un air sévère.

– Il parait charmant, notre maître-sorcier, constata l'adjudant Perrin avec une pointe de sarcasme dans la voix.

– Prévenez vos supérieurs que, demain matin à la première heure, on place Journiac en garde à vue. Il nous faudra plusieurs véhicules car je ne sais pas du tout ce qui nous attend ni combien d'arrestations nous allons devoir effectuer.

– Vous pensez qu'il y a d'autres membres de sa secte qui bossent dans son usine ?

– C'est possible. Nous en aurons la surprise.

Quand la commandante et l'adjudant retournèrent à l'intérieur des locaux de la gendarmerie, ils croisèrent Antoine Maréchal et sa fille Florence qui en sortaient, chacun son procès-verbal de déposition à la main.

– Bonne soirée, dirent-ils de concert.

– Vous voulez que l'on vous fasse raccompagner ? demanda l'adjudant.

– Non, c'est inutile. Merci quand même.

– Alors, bonne soirée à vous aussi.

Quand les gendarmes arrivèrent dans les bureaux, ils trouvèrent Guillaume en train d'épingler les photos des Maréchal, père et fille, sur un tableau de liège à côté de son bureau. Ils s'approchèrent pour observer le travail du jeune homme.

Il avait retracé toutes les étapes de l'enquête au moyen des photos des protagonistes et des victimes, des noms sur des bouts de papiers et des Post-it avec les dates des évènements. Des fils de diverses couleurs reliaient certaines dates ou photographies quand il avait estimé qu'elles avaient un lien direct entre elles. Tout en haut du tableau, d'autres fils menaient à une feuille de papier blanc de format A4 sur laquelle était dessiné un énorme point d'interrogation.

Patricia ouvrit de nouveau la photo de Pierre-François de Journiac sur son *smartphone* et, connectée au réseau wifi de la gendarmerie, lança l'impression sur la photocopieuse située dans un local annexe, à quelques mètres du bureau du jeune gendarme.

– Ça fait très *Les experts Miami*[1] votre tableau, Guillaume, mais c'est vraiment du bon boulot.

– Merci, Commandante. Il ne nous manque plus que la photo du commanditaire de tout ça.

– Elle vous attend sur la photocopieuse.

– Pardon ? dit-il, surpris par la réponse de l'officier.

---

1. Les experts Miami est une série télévisée policière canado-américaine qui met en scène une unité de la police scientifique de Miami.

– La commandante vous a bien dit que la photo vous attendait sur la photocopieuse, appuya l'adjudant.

Incertain, les sourcils froncés, Guillaume se rendit jusqu'au local dédié et revint avec l'impression que Patricia avait lancée quelques secondes auparavant.

– Vous… vous pensez que cet homme est l'auteur des meurtres ? demanda-t-il d'un air gêné.

– Pourquoi ? Ça a l'air de vous déranger, on dirait ? demanda l'adjudant Perrin.

– Ben… Disons que quand on est d'ici, on connaît tous obligatoirement Pierre-François de Journiac. C'est un homme très respecté dans la région.

– Nous le savons. Mais il n'en demeure pas moins que c'est notre assassin, Guillaume.

– D'accord, répondit ce dernier d'un air préoccupé.

Alors qu'il collait la photo tout en haut de son tableau, Patricia regarda sa montre.

– Je vais vous laisser. J'ai besoin de dormir. Mon adjudant, je vous confie le soin d'organiser l'opération de demain matin. Tout le monde au départ pour huit heures trente !

– C'est noté, Commandante. À demain matin.

– À demain.

17

Quand Patricia arriva, le lendemain matin à huit heures quinze, cinq véhicules de gendarmerie étaient garés dans la rue et huit hommes se tenaient prêts au départ. Tous saluèrent l'officier qui, pour l'occasion, avait revêtu son uniforme.

Après s'être contentée d'un bref « Bonjour, Messieurs », elle pénétra dans les bureaux où l'attendait la brigade de Brélac au grand complet. Debout devant la cafetière, un gobelet en carton à la main, l'adjudant Perrin discutait de la mission avec un adjudant-chef que Patricia devina être le commandant d'une caserne voisine.

– Mes respects, Commandante, s'exclama l'adjudant Perrin, pendant que l'ensemble des hommes présents dans la pièce adressaient un salut militaire à l'intention de Patricia.

– Bonjour à tous, répondit-elle simplement. Vous m'offrez un café, mon Adjudant ?

– Avec plaisir. Permettez-moi de vous présenter l'adjudant-chef Lefèvre. Il nous est envoyé en renfort par le commandant de la communauté de brigades.

– Merci de votre présence, mon Adjudant-Chef. J'appellerai votre commandant en fin de journée pour le remercier de votre présence.

– Devons-nous nous attendre à quelque chose de… comment dire… musclé ?

– Non, répondit Patricia en attrapant le gobelet de café brûlant tendu par l'adjudant Perrin. Nous allons procéder à l'arrestation d'un directeur de société, mais il se pourrait, en fonction des documents que nous trouverons sur place, que nous ayons à appréhender bien plus de monde que prévu. D'où votre présence.

– D'accord. Nous sommes à l'extérieur, tous prêts au départ.

L'adjudant-chef Lefèvre sortit rejoindre ses hommes et les gendarmes de Brélac se préparèrent à l'intervention.

– Combien de temps pour rejoindre l'usine de Pierre-François de Journiac ? s'enquit Patricia.

– Quarante minutes, Commandante ! répondit Guillaume qui était en train de passer son blouson en laine polaire.

– OK. Alors, Go !

Contrairement aux jours précédents, durant lesquels le soleil avait brillé sans discontinuer, le trajet effectué par les véhicules fut rythmé par une pluie incessante et un brouillard particulièrement épais. La visibilité était quasiment nulle et les chauffeurs peinaient à apercevoir la voiture qui les précédait. Les quarante minutes annoncées par Guillaume se transformèrent finalement en une heure de route.

La pluie ne s'arrêta que lors de l'arrivée du convoi de gendarmes sur le parking de l'usine de production de la société Périgord Food Export. Parmi les quatre voitures garées, Patricia remarqua immédiatement un grand Renault Espace noir en face duquel était apposé un petit panonceau indiquant *place réservée à la Direction.*

– Apparemment, il est là ! commenta-t-elle d'un air satisfait.

– C'est bizarre qu'il y ait si peu de voitures sur le parking réservé au personnel, fit remarquer l'adjudant-chef Lefèvre. C'est une grosse usine, pourtant.

– Je crois que nous n'allons pas tarder à savoir pourquoi.

Un homme d'une soixantaine d'années, vêtu d'un pantalon de bleu de travail, d'une veste kaki et d'une paire de bottes en caoutchouc, sembla surgir de nulle part et s'approcha du groupe de gendarmes.

– Bonjour, dit-il. Je suis le jardinier du domaine. Je peux vous renseigner ?

– Oui, répondit Patricia. Comment se fait-il qu'il y ait si peu de voitures ? L'usine est fermée ?

– Oui. Avec le covid, les autorités de santé l'ont classée comme *cluster*. Tout le monde est à la maison, à part le patron, sa secrétaire et la réceptionniste.

– Et vous, apparemment.

– Pour moi, c'est différent. Je fais office de jardinier, mais aussi de gardien. J'habite la petite maison que vous avez vue sur votre droite, en entrant.

– D'accord. Donc, monsieur de Journiac est là ?

– Oui, bien entendu. Vous voulez que je vous guide ?

– Nous vous suivons !

– Que faisons-nous, Commandante ? questionna l'adjudant-chef Lefèvre.

– Pour l'instant, restez là en renfort. Vu le nombre de personnes présentes sur le site, je vais rentrer avec l'adjudant Perrin et deux de ses hommes. Cela suffira pour le moment.

– D'accord. Nous ne bougeons pas.

Les quatre gendarmes traversèrent le parking à moitié inondé par les pluies torrentielles qui venaient de s'abattre sur la région, en début de matinée. Ils arrivèrent devant des baies vitrées qui s'ouvrirent automatiquement et le jardinier leur annonça qu'il repartait à ses tâches en les invitant à se présenter à l'accueil, juste devant eux.

Les gendarmes traversèrent un hall parfumé par de nombreuses plantes vertes disséminées un peu partout. Quand la réceptionniste les vit, elle s'empressa de sortir de son bureau vitré pour venir les rejoindre.

– Bonjour, dit-elle, d'un air inquiet. Je… je peux vous aider ?

– Oui. Nous souhaitons voir Pierre-François de Journiac. Il est là ?

– Oui… oui… mais sans rendez-vous, je suis désolée, c'est impossible de le rencontrer.

– Madame, répondit Patricia calmement, je vous encourage à nous montrer son bureau très rapidement. Vous ne voudriez pas être accusée d'entrave à la justice, n'est-ce pas ?

– Non… non, bien sûr. Mais il est submergé de travail… Enfin… suivez-moi !

La réceptionniste paraissait très préoccupée par la présence des gendarmes. Manifestement, ils demandaient à rencontrer le PDG de la société dans un moment peu opportun, mais elle les guida néanmoins jusqu'au bureau de la secrétaire particulière de Pierre-François de Journiac. Celui-ci était vide, et en entendant les gémissements qui filtraient à travers la porte voisine, ils comprirent la raison pour laquelle la réceptionniste avait semblé si réticente à l'idée de les mener jusqu'à son patron.

Guillaume et son collègue, tels des adolescents, ne purent s'empêcher de pouffer de rire devant la situation.

– On entre ? questionna l'adjudant Perrin.

– Ça fait très cliché, vous ne trouvez pas, un patron de société qui se tape sa secrétaire dans son bureau ?

– Faut reconnaître…

– Merci de nous avoir menés jusqu'ici, Madame. Vous pouvez retourner à votre bureau, dit la commandante à la réceptionniste, qui repartit aussitôt. Et pour répondre à votre question, mon Adjudant, oui, on entre. Mais on va d'abord taper à la porte, histoire de leur laisser l'opportunité de se rhabiller.

L'adjudant Perrin, un petit sourire sur le visage, approuva la décision de sa supérieure d'un hochement de tête et frappa à plusieurs reprises jusqu'à ce qu'une voix masculine finisse par se manifester :

– J’avais demandé qu’on ne nous dérange pas. Revenez plus tard !

– Gendarmerie nationale ! Veuillez ouvrir, s’il vous plaît !

Les derniers mots de l’adjudant Perrin eurent l’effet escompté : un silence instantané s’installa dans le bureau, suivi d’un bruit de meubles qu’on rangeait et de vêtements froissés. Après ces quelques instants de flottement, la poignée bascula enfin et la porte s’ouvrit en grand sur une jeune femme d’environ vingt-cinq ans. Celle-ci sortit d’un pas rapide, les cheveux ébouriffés et les yeux fuyants, cherchant visiblement à éviter d’affronter les regards des gendarmes. Elle alla directement au porte-manteau situé à côté de son bureau et en décrocha une veste, qu’elle s’apprêtait à passer quand elle fut stoppée dans son élan par un ordre de Patricia.

– Mademoiselle, vous n’allez nulle part pour l’instant. Vous reposez votre vêtement et vous vous asseyez. Guillaume ?

– Oui, Commandante.

– Pendant que l’adjudant et moi-même entrons discuter avec monsieur de Journiac, vous et votre collègue demeurez ici. Cette demoiselle reste avec nous !

– À vos ordres, Commandante !

Devant le regard interrogateur de l’adjudant Perrin, Patricia se pencha et lui murmura :

– Je vous ai parlé du couple que j’ai vu la nuit où je me suis retrouvée coincée dans la forêt avec cette espèce de secte ? Ils étaient allongés sur la dépouille de Noé et s'adonnaient à des rapports sexuels.

– Oui, je m'en souviens.

– Je suis quasiment certaine que la femme en question était cette jeune personne, dit Patricia en désignant d'un geste du menton la secrétaire qui était en train de s'asseoir à son bureau.

Les deux gendarmes finissaient à peine leurs messes-basses que la porte du bureau s'ouvrit de nouveau sur un homme. Celui-ci paraissait furieux.

– Je peux savoir ce que vous foutez là ? On a encore le droit de faire ce que l'on veut entre adultes consentants, non ?

– Bonjour, Monsieur de Journiac, répondit Patricia.

– Oui ! Bonjour ! Qu'est-ce que vous voulez ? continua-t-il d'une voix agressive.

– Pour commencer, je voudrais que vous baissiez d'un ton. Ces derniers jours, j'ai très peu dormi et cela a tendance à me rendre particulièrement irascible. Vous savez ce que c'est, non ? La nuit, on part traîner en forêt, on ne voit pas l'heure passer et on finit par s'endormir très tard… Et après, par manque de sommeil, on est très tendu et on met les gens en garde à vue pour un oui ou pour un non, en les accusant de pratiques vraiment bizarres… Vous voyez ce que je veux dire, je suppose ?

Les quelques phrases sous forme d'allusions que venait de prononcer la commandante Lagazzi semblaient avoir touché leur cible. Pierre-François de Journiac parut instantanément déstabilisé.

Sous l'effet de l'énervement, il s'était adressé à elle sans faire vraiment attention à son visage. Il la regardait désormais attentivement. Après un instant, Patricia ne put s'empêcher d'arborer un petit sourire de satisfaction.

– Vous me reconnaissez, Monsieur de Journiac ?

– Non, enfin je ne sais pas… balbutia-t-il.

– Moi, je garde un souvenir, comment dire… touchant, de notre première rencontre. Un superbe hématome qui est encore extrêmement douloureux… dit-elle, en se frottant l'épaule, à l'endroit même où l'une des sorcières lui avait mis un coup de bâton.

– Je… je ne vois pas de quoi vous parlez.

– Rassurez-vous. Pour ce qui est de parler, nous allons avoir tout notre temps. Il est dix heures, Monsieur de Journiac. Vous êtes suspecté du meurtre de plusieurs habitants du lieu-dit Anarchia et êtes placé en garde à vue à partir de maintenant pour une durée de vingt-quatre heures. Je vous informe que vous avez le droit de garder le silence et que vous pouvez être assisté par un avocat de votre choix ou commis d'office. Nous allons vous donner un document qui retrace l'ensemble de vos droits de gardé à vue dès que nous arriverons sur le parking. Est-ce que vous avez compris ce que je viens de vous dire ?

– Oui… mais… je… je n'ai rien fait… Je n'ai tué personne. Vous vous trompez…

– Nous verrons ça à la gendarmerie de Brélac.

– Commandante, que faisons-nous de cette jeune femme ?

– On l’embarque également. Je suis certaine qu’elle a plein de choses à nous dire, elle aussi.

Pendant que ladite jeune femme, qui semblait complètement perdue, se laissait passer les menottes sans même réagir, Pierre-François de Journiac parut réfléchir.

– C’est au sujet des corps en forêt, c’est ça ? Les crucifiés ? Vous pensez que c’est nous ?

– Ce n’est pas l’endroit, intervint l’adjudant Perrin. Vous aurez tout le loisir de vous exprimer dès que nous serons arrivés à la gendarmerie de Brélac. Allez, on y va !

Les quatre gendarmes et les deux gardés à vue longèrent un couloir puis passèrent devant l’accueil de l’entreprise. S’adressant à la réceptionniste, Journiac lui ordonna :

– Contactez Maître Guilbert, avocat au barreau de Périgueux. Demandez-lui de venir m’assister à la gendarmerie de Brélac très rapidement.

Dès qu’ils arrivèrent sur le parking, Patricia informa les militaires venus en renfort qu’elle n’aurait finalement pas besoin d’eux et qu’ils pouvaient réintégrer leurs services respectifs. Quelques instants après, tous les gendarmes avaient quitté les lieux.

Une heure plus tard, les véhicules se garaient sur le trottoir qui longeait la gendarmerie de Brélac et, devant les regards curieux de passants qui flânaient dans la rue, les gendarmes et leurs deux suspects en descendirent et pénétrèrent immédiatement à l’intérieur de la caserne.

Journiac et sa secrétaire furent aussitôt placés chacun dans une pièce différente et demeurèrent seuls pendant de longues minutes.

– Par qui voulez-vous commencer ? demanda l'adjudant.

– On va attaquer par la secrétaire, répondit Patricia. Mais elle a l'air d'une jeune fille plutôt fragile, alors je vais peut-être y aller seule. Je pense qu'elle va tout nous déballer sans la moindre hésitation. Après, nous verrons Pierre-François de Journiac ensemble, dès que son avocat sera là.

Patricia alla jusqu'à la cafetière remplir deux gobelets à ras bord. Elle se rendit ensuite à la salle d'interrogatoire dans laquelle la jeune secrétaire l'attendait.

– Re-bonjour, Mademoiselle. Je suis la commandante Patricia Lagazzi. Vous êtes bien Anne Lefrançois, née le 8 juillet 1997 à Mende ?

– Oui, répondit celle-ci timidement. Je n'ai pas le droit d'avoir un avocat ?

– Si, bien entendu. Nous avons demandé au barreau de Périgueux de vous en désigner un d'office dès que vous nous avez indiqué ne pas en connaître. Vous avez même le droit de garder le silence jusqu'à son arrivée. D'ailleurs, souvent, les coupables exercent ce droit… Vous désirez attendre votre avocat qui ne sera probablement pas là avant deux heures ?

– Non… non… Je n'ai rien fait de mal…

– C'est noté. Nous allons donc pouvoir discuter un petit peu toutes les deux. Est-ce que vous vous souvenez de moi ?

– Je ne sais pas, répondit la jeune fille en hésitant. Je ne crois pas vous avoir jamais vue…

– Peut-être ne me reconnaissez-vous pas ? Après tout, c'est bien normal. Il faisait nuit, on était en pleine forêt et vous étiez… comment dire… particulièrement occupée. Vous ne voyez toujours pas ?

– Vous parlez de la nuit de la consécration ?

– Consécration ? répéta Patricia en souriant. Ce n'est pas le mot que j'aurais utilisé mais bon, pourquoi pas… Donc, je repose ma question ; est-ce que vous vous souvenez de moi ?

– Non, je ne vois pas…

Patricia se leva de sa chaise et fit le tour de la petite table qui la séparait d'Anne Lefrançois. Elle se positionna debout derrière la jeune fille qui n'osait bouger et, avec délicatesse, posa sa main sur son épaule droite.

– J'espère que cela ne fait pas trop mal, dit-elle, en appuyant très légèrement du bout des doigts entre la clavicule et le haut du muscle pectoral.

Anne Lefrançois poussa un gémissement, accompagné d'une grimace de douleur. Aussitôt, la commandante revint s'asseoir.

– Je suis désolée. Je vous présente mes excuses. Je ne voulais pas vous toucher ni vous faire mal.

– Ce… ce n'est pas grave.

– J'espère que vous avez compris où je voulais en venir. Vous ne me reconnaissez toujours pas ?

– C'est vous qui m'avez tiré dessus, n'est-ce pas ?

– À la bonne heure ! Nous allons enfin pouvoir avancer un peu. Je voudrais que vous commenciez déjà par me donner des nouvelles de cette blessure.

– La balle m'a à peine effleurée. Je n'ai eu que deux points de suture.

– D'accord. Vous comprendrez que je ne pouvais pas vous laisser poignarder votre amant ?

– Pourquoi vous dites ça ? demanda Anne Lefrançois d'un air surpris. Il n'était pas question de tuer qui que ce soit. Le couteau était factice. Ce n'était qu'une cérémonie d'intronisation pour nous deux. Après ce rapport, nous allions être consacrés sorciers au service des Rais.

– Au service des Rais ? Vous connaissez les Rais ?

– Non. Seul notre Maître les connaît.

– Votre Maître ? Je suppose qu'il s'agit de monsieur de Journiac ?

– Oui.

– D'accord. Admettons, effectivement, que le couteau était factice. Pour commencer, je suis désolée, mais en pleine nuit et à plus de vingt mètres de vous, j'étais bien incapable de faire la différence. Cela dit, et même si vous ne comptiez pas le tuer, vous étiez en train d'avoir des rapports sexuels sur le corps d'un homme qui avait été crucifié et à moitié brûlé… Vous vous êtes donc rendue complice de meurtre.

– De meurtre ? Mais ce corps était un faux. C'était un mannequin. Vous ne croyez tout de même pas que j'aurais pu faire ça sur un cadavre…

La jeune fille avait prononcé ses derniers mots avec une certaine hésitation dans la voix. Devant le regard affligé de la commandante, les phrases étaient sorties de sa bouche presque au ralenti et au fur et à mesure qu'elle parlait, Anne Lefrançois avait semblé se rendre compte de la naïveté dont elle avait pu faire preuve.

– Le corps… le corps était un vrai ? C'était un mort… ? J'ai fait ça sur un mort ?

Patricia ne répondit pas et observa la jeune fille d'un air désolé. Elle réfléchit un instant : *soit c'est une comédienne hors pair, soit elle est conne à un point simplement pas croyable… Si ce qu'elle me dit est juste, il est probable que Pierre-François de Journiac soit le seul coupable des meurtres et que cette jeune fille, comme l'ensemble des sorcières que j'ai vues en forêt, ne soient que les victimes d'une vaste supercherie…*

– Si vos déclarations sont justes, pour quelle raison les sorcières auraient-elles tenté de me capturer dans la forêt, cette nuit-là ?

– Pour vous empêcher d'aller raconter n'importe quoi. Quand le Maître leur a demandé de vous rattraper, c'était pour vous expliquer ce que nous étions en train de faire. Histoire, justement, d'éviter toute méprise.

Patricia prit son gobelet de café et le but jusqu'à la dernière goutte. Quand elle le reposa, elle fixa de nouveau la jeune fille pendant plusieurs secondes et conclut :

– Bon, pour l'instant, nous allons vous placer en cellule. Vous allez y rester le temps que nous interrogions monsieur de Journiac. Nous vous reverrons par la suite.

– Je… je vais aller en prison ?

– Ce n'est pas moi qui décide, mais si vous avez dit la vérité, il n'y a aucune raison pour que vous soyez incarcérée.

– Merci, répondit la jeune fille d'un air rassuré.

– Si vous avez dit la vérité ! répéta Patricia. Et juste une dernière chose…

– Oui ?

– Je suppose que la chose dans laquelle vous avez mordu cette nuit-là était un simple morceau de viande de bœuf qui avait vocation à imiter un véritable cœur, n'est-ce pas ?

– Oui… Cela faisait aussi partie de notre intronisation… Pourquoi me demander ça ? Vous pensez que… que c'était un véritable cœur ? répondit la jeune femme en blêmissant.

Sans répondre à la question et laissant Anne Lefrançois à la garde d'un gendarme avec ordre de la mettre en cellule, la commandante se rendit immédiatement au bureau de l'adjudant Perrin qui l'attendait. Après qu'elle lui eut rapporté l'ensemble des propos relatifs au témoignage de la secrétaire, il ne put s'empêcher d'exprimer la même réflexion que Patricia, quelques minutes plus tôt :

– Ça existe, des gens assez cons pour arriver à avoir des relations sexuelles sur le corps d'un défunt sans voir la différence entre un mannequin et une véritable dépouille ?

– À croire, répondit-elle.

– Vous pensez qu'elle dit la vérité ?

– Je crois, oui. Elle a l'air suffisamment naïve pour dire ou faire tout ce qu'on lui demande. Vous avez constaté, comme moi, que même au bureau,

Journiac se sert d'elle comme d'une poupée gonflable. Elle est manipulée et obéit à tout ce que lui demande ce sale type…

– Vous avez sûrement raison. Mais vous croyez que c'est le cas de toutes les autres sorcières, ainsi que de l'homme avec lequel elle a eu des rapports sexuels sur le cadavre ?

– Oui, répondit-elle. Ce sont probablement toutes des personnes de l'entourage proche de Journiac. Il a dû créer une espèce de secte d'adoration de l'ancienne famille des Rais.

– D'accord, mais les morts ? Les Dignitaires assassinés ? Qui a fait ça ?

– Je penche, concernant ça aussi, pour Journiac. Il est peut-être le seul à savoir que lors des cérémonies qui ont lieu en forêt, ce sont de véritables cadavres qui sont utilisés, et non des mannequins, comme semblent le croire les autres participants.

Guillaume s'approcha pour écouter la conversation entre les deux gradés. Le jeune gendarme, originaire de Brélac, paraissait montrer, depuis le premier Dignitaire retrouvé assassiné, un intérêt bien plus marqué que ses collègues pour cette enquête.

– Si je peux me permettre, Commandante…

– Oui, Guillaume ?

– Il est quand même difficile de croire qu'au bout de six meurtres, aucune des sorcières n'ait fait la différence entre de véritables corps et des mannequins…

– C'est vrai, mais en même temps, quand elles arrivent pour participer aux cérémonies, il fait systématiquement nuit et les corps sont complètement couverts de sang ou à moitié brûlés. Ce n'est peut-être pas si facile que ça de s'en apercevoir… Et puis, je soupçonnerais bien Journiac de leur donner une saloperie à boire ou à manger avant les cérémonies pour qu'elles soient un peu dans le brouillard et perdent le contrôle…

– Vous croyez ?

– Quand Anne Lefrançois avait des rapports sexuels sur le cadavre, j'ai eu l'impression, en voyant son visage, qu'elle était comme possédée. Il en était de même avec toutes ces sorcières qui m'ont pistée en forêt. Elles n'arrêtaient pas de geindre, comme si elles étaient habitées par un démon… C'était vraiment flippant, quand j'y pense…

Le silence retomba dans la pièce. Chacun des gendarmes réfléchissait en tentant de faire coller tous les morceaux de l'enquête. Du premier Dignitaire assassiné, retrouvé ligoté à un fauteuil en plein milieu d'Anarchia, à Noé, dont le corps avait terminé comme paillasse pour un couple endoctriné par un notable de la région, qui lui-même semblait se prendre pour un descendant direct de Gilles de Rais.

Après cet instant de réflexion, le regard de l'adjudant Perrin croisa celui de Patricia.

– On y va ? demanda-t-il, avec un petit sourire amusé sur le visage.

– On y va, confirma-t-elle en souriant à son tour.

Devant le regard étonné de Guillaume, ils se levèrent. Le moment était maintenant venu de procéder au dernier interrogatoire de cette enquête qui se terminait. Tous deux étaient convaincus qu'ils tenaient enfin l'assassin des Dignitaires. Il ne leur restait désormais plus qu'à le faire avouer et la commandante Lagazzi pourrait clore cette nouvelle enquête de la section Alésani.

18

– Cela fait des heures que j'attends, fit remarquer Pierre-François de Journiac dès que les gendarmes pénétrèrent dans la pièce.

– Tant mieux, répondit Patricia. J'espère que vous avez mis tout ce temps à profit pour bien réfléchir à votre déposition.

– Mademoiselle, avez-vous bien conscience de la personne à qui vous vous adressez ?

– Pour commencer, je ne suis pas « mademoiselle » mais « commandante Lagazzi ». Ensuite, qui vous êtes m'importe peu. Et pour finir, je vous encourage vivement à baisser le ton, Monsieur de Journiac. Vous ne m'impressionnez pas.

– Excusez-moi, intervint l'homme assis à côté de lui. Je suis maître Guilbert et je représente monsieur de Journiac.

– Bonjour, Maître, répondirent les deux gendarmes.

– Je suis désolé mais mon client est un peu énervé car nous ne comprenons pas ce que nous faisons ici. Aussi, pourriez-vous commencer par nous expliquer de quoi il est accusé, précisément.

L'avocat de Pierre-François de Journiac avait aux environs de cinquante ans. Il portait une chemise de type hawaïen, dissimulée sous un costume gris pâle, sur laquelle il avait noué une cravate bleu foncé. Au-delà du mauvais goût vestimentaire dont il faisait preuve, quelque chose en lui laissait paraître ce que Patricia identifia immédiatement comme une intelligence redoutable. Son regard vif, sa façon de s'exprimer en soignant tous les mots qui sortaient de sa bouche dans un débit lent et posé, sa manière d'observer les gens… Tout chez cet homme respirait la finesse et le discernement.

– Je vais vous expliquer exactement pour quelles raisons monsieur de Journiac est en garde à vue, répondit la commandante.

– Nous vous écoutons.

– Il est accusé du meurtre de six personnes qui se faisaient appeler les Dignitaires et vivaient au lieu-dit Anarchia, endroit qui se trouve en bordure de forêt, à quelques kilomètres de Brélac.

– Six meurtres ? Rien que ça ! s'emporta l'accusé. C'est une plaisanterie, j'espère !

– Maître, pourriez-vous expliquer à votre client les enjeux de cette garde à vue et peut-être lui souffler qu'il a tout intérêt à coopérer avec nous s'il estime être innocent des accusations portées à son encontre.

– Elle a raison, confirma celui-ci en se tournant vers Pierre-François de Journiac. Si tu veux que l'on fasse toute la lumière sur cette histoire, il faut que tu te calmes.

– OK. Mais tu comprends que je sois énervé, quand même…

– Oui. Bien entendu. Mais si tu veux qu'on te sorte de là, il va vraiment falloir que tu sois un peu plus pertinent dans tes réactions et tes propos. Ce sera bien plus productif pour toi !

– Je continue ? intervint Patricia, satisfaite que l'avocat ait réussi à faire entendre raison à son client.

– Je vous en prie, Commandante Lagazzi, poursuivez !

– Je vous disais donc que monsieur de Journiac était accusé des meurtres des six Dignitaires d'Anarchia. Concernant le mobile, il est lié aux cérémonies d'une secte dont il semble être le responsable et le guide spirituel. La fin de l'enquête ne devrait avoir aucun mal à prouver que le gardé à vue ici présent dirige tout un groupe de sorcières qui, lors de ces rituels, utilisent les dépouilles de personnes qu'il a assassinées.

– Quel intérêt aurait eu mon client à tuer ces personnes ?

– Ces homicides ont pour but d'entretenir la malédiction familiale et les activités meurtrières liées aux descendants de Gilles de Rais, ancien maréchal de France, qui vécurent dans un château situé dans la forêt de Brélac. C'est d'ailleurs le lieu où se déroulent les cérémonies de la secte en question…

– Vous avez une preuve de tout ce que vous avancez, Commandante ? s'enquit l'avocat.

– J'ai été moi-même témoin de l'un de ces rituels. J'y ai vu votre client imposer une relation sexuelle à un couple sur la dépouille de l'un des Dignitaires assassinés. Il leur a aussi fait manger un morceau du cœur, tout juste prélevé sur ce même corps. Je vous passe l'ordre qu'il a également donné à ses sorcières de me capturer… Cela vous suffit-il ?

L'avocat tourna lentement la tête vers Pierre-François de Journiac. Il paraissait particulièrement contrarié par ce qu'il venait d'entendre et avait désormais conscience du guêpier dans lequel son client s'était fourré.

– Ce n'est pas moi ! intervint l'accusé.

– Tais-toi, le coupa-t-il aussitôt.

Pierre-François de Journiac se tut immédiatement, comprenant à la réaction de son avocat qu'il était bien mal embarqué.

– Non, reprit-il après un moment de réflexion. Je fais le choix de ne pas me taire. Même si tout semble m'accuser, ce n'est pas moi qui ai tué ces six personnes. Il faut que je dise ce que je sais.

– Tu comprends que tous les propos que tu vas tenir vont ensuite être utilisés contre toi par la gendarmerie. Tu as bien conscience de ça ?

– Oui. Mais je dois dire ce que je sais.

– Soit. Nous t'écoutons. Même si je continue de penser que tu devrais te taire. En tout cas, pour l'instant.

– C'est plus compliqué que vous ne le croyez, dit Journiac en regardant les deux gendarmes. Ce n'est pas nous qui tuons ces personnes.

– Vous reconnaissez donc être le dirigeant de la secte qui organise des cérémonies dans la forêt de Brélac ? Ceux que les gens d'ici appellent les ombres de la forêt ?

– Oui, bien entendu. Mais nous ne faisons de mal à personne. Il y a toujours eu de nombreux mythes qui ont entouré la forêt de Brélac. Notamment une légende qui veut que, tous les quarante ans, il se passe des choses terribles.

– Oui, j'en ai entendu parler, confirma Patricia.

– En fait, ce sont des conneries. Dans toutes les régions, il se passe des trucs tous les ans. Mais ici, cette légende est entretenue depuis plusieurs siècles. Aussi, tous les quarante ans, tout le monde attend un massacre et le moindre truc est immédiatement pointé du doigt par les habitants de Brélac comme étant une manifestation de cette fameuse légende.

– D'accord. Mais vous et votre assemblée de sorcières, que venez-vous faire dans toute cette histoire ?

– Dans les années cinquante, il existait une association de défense des vestiges de la forêt de Brélac, dont mon grand-père faisait partie. Enfant, je traînais donc régulièrement au milieu des ruines de l'ancien château des Rais et du monastère voisin.

– Je suppose que l'origine de toutes ces légendes remonte à la construction du château par la fille de Gilles de Rais et qu'elles ont pris leur essor à l'effondrement de ce fameux monastère. Tout le monde a dû y voir la main du diable.

– Vous supposez bien. Plus tard, à la fin des années quatre-vingt, j'ai repris l'association de mon grand-père que j'ai transformée, progressivement, en une assemblée. À l'aide d'anciens rituels de sorcellerie du XVe siècle, nous avons mis en place notre propre cérémonial. Ainsi, depuis une vingtaine d'années, nous tenons mensuellement une assemblée en forêt durant laquelle nous invoquons les esprits de la famille Rais.

– Vous jouez aux apprentis-sorciers, si je comprends bien…

– Oui. Mais nous ne faisons de mal à personne. C'est un peu notre défouloir. Nos cérémonies tournent autour de prières et de sexe mais tout est fait entre adultes consentants.

– Bon, admettons… Je dis bien *admettons* que tout cela ne soit qu'un jeu de provinciaux en mal de sensations fortes. Expliquez-moi alors toutes les disparitions qui ont lieu dans cette forêt depuis plusieurs années. Notamment les randonneurs qui se sont volatilisés en 2000.

– Nous ne savons pas ce qui leur est arrivé. Nous avons entendu parler de cette histoire comme tout le monde. Effectivement, il y a toujours eu des drames qui se sont déroulés dans la forêt, et notamment autour d'Anarchia, mais nous n'y sommes pour rien. Cela ne peut être que…

Pierre-François de Journiac se tut soudain. Il semblait mal à l'aise à l'idée de prononcer la fin de sa phrase.

– Oui ? intervint l'adjudant Perrin.

– Cela ne peut être que les Rais…

– Les Rais ? Vous vous foutez de nous, Monsieur de Journiac ! s'emporta Patricia. Que vous jouiez aux sorciers dans cette forêt, soit ! Mais n'allez pas me dire qu'il y a encore des membres de la famille Rais dans les environs. Je veux bien croire que Sophie Raignal, qui s'est suicidée en 1982, et celle qui est peut-être sa fille, soient des descendantes de cette famille, chose qui, soit dit en passant, reste à prouver, mais que vous me disiez qu'il y a encore des Rais qui traînent, vous ne me ferez pas avaler ça !

– C'est pourtant vrai…

– Le Guide des habitants d'Anarchia, celui qui se faisait appeler Noé, m'a déjà servi la même histoire. Il pensait que les assassins de la forêt, vous et toute votre secte en l'occurrence, travailliez pour les Rais en effectuant leurs basses besognes. Nous ne sommes plus au XVe siècle, Monsieur de Journiac ! Vous voulez savoir ce que je pense, moi ?

– Oui…

– Je pense que vous avez assassiné les Dignitaires parce qu'ils essayaient de ramener un peu de foi en Dieu dans un coin du Périgord où le Diable semble avoir élu domicile depuis plusieurs siècles. Vous vouliez protéger votre forêt, alors vous avez décidé de les assassiner pour vous défendre de leurs prières et venger Sophie Raignal, la dernière descendante des Rais, famille de dingues à laquelle vous vouez un véritable culte…

– En ce qui concerne le culte, c'est vrai, mais je n'ai tué personne, se défendit Journiac. Je reçois des directives par le biais de messages qui sont déposés à mon intention dans les ruines de l'ancien château…

– Qu'est-ce que c'est encore que cette histoire ? intervint l'adjudant Perrin.

– Les Rais nous laissent occuper leur forêt et nous protègent, mais en échange, nous devons faire ce qui est dicté dans ces messages.

– Messages que vous avez gardés, j'espère ?

– Non… Je n'en ai pas le droit. Une fois les consignes exécutées, lors de la cérémonie, je dois les brûler…

– Ben voyons… Alors, de quelles directives parlez-vous ? Précisez, au moins !

– Les Rais sacrifient certaines personnes qu'ils choisissent sur des critères que je ne connais pas du tout. Une fois qu'elles sont mortes, je reçois un message qui me dit ce que notre assemblée doit faire pour les satisfaire. Pour les deux premiers Dignitaires, on nous a demandé d'attacher leurs corps à des fauteuils et de les exposer en plein centre d'Anarchia après avoir gravé un chiffre romain dans leur cou. Concernant le couple qui a été retrouvé dans sa chambre, nous avons simplement dû nous introduire de nuit dans leur maison et relier le corps du mari à celui de sa femme par du fil barbelé.

– Savez-vous ce que représentent ces chiffres ?

– Ils sont liés à l'alchimie telle qu'elle est pratiquée par les Rais mais je n'en connais pas la signification.

– Et pour Cham et Noé ?

– Nous les avons trouvés tous deux crucifiés et presque totalement brûlés. Les consignes étaient de poser leurs restes sur une toile aux couleurs des armoiries de la famille Rais, que l'un de nous se délecte d'un morceau du cœur puis de les souiller par le sexe avant de les enterrer.

Comme son avocat le regardait d'un air effaré, Pierre-François de Journiac se mit à dégouliner de transpiration. L'adjudant Perrin se leva et entrouvrit les fenêtres, rafraîchissant l'air presque immédiatement. Une ambiance étrange régnait dans la pièce. Maître Guilbert n'osait plus parler, complètement sidéré par ce qu'il venait d'entendre. Les gendarmes, eux, écoutaient avec attention, mais beaucoup de scepticisme, le témoignage ahurissant de Journiac.

– Et vous obéissez à tout ce que vous demande ce mystérieux Rais, que personne n'a jamais vu, sans poser la moindre question ? Vous réalisez que ça vous rend coupable de complicité d'assassinats ?

– Je suis désolé, intervint l'avocat, mais mon client n'est pas complice. Il est tout au plus coupable de non-dénonciation de crimes.

– Allons, Maître… ne me dites pas que vous ne vous posez pas vous-même de questions à propos de ces messages anonymes émanant d'un soi-disant Rais ?

L'avocat resta muet.

– Si ce n'est pas vous l'auteur des meurtres, j'ai une nouvelle question, Monsieur de Journiac.

– Oui ?

– J'ai vu de mes yeux comment étaient grimées les sorcières. Elles étaient toutes maquillées de blanc avec une large bande noire qui barrait leur visage.

– C'est juste.

– L'une d'entre elles a tenté, il y a deux jours de ça, de crucifier une lieutenante de gendarmerie qui venait me rejoindre à Anarchia. Comment pouvez-vous m'expliquer cette tentative de meurtre, qui aurait probablement abouti sans l'intervention de Noé, bien que vous prétendiez n'être pour rien dans ces assassinats ?

– Je… je ne sais pas. Ce n'était pas l'une des nôtres. Nous ne sommes pas des meurtriers… Nous ne sommes que les sorciers de la forêt.

– Non. Je suis désolée mais vous n'êtes pas « les sorciers ». Vous n'êtes rien d'autre que « les assassins » de la forêt. D'ailleurs, vous reconnaîtrez quand même que tout vous désigne comme tel ?

Journiac regarda son avocat. Il semblait progressivement perdre pied. Rien dans son système de défense ne lui permettait de s'en sortir et il venait de comprendre qu'il allait devoir payer ses activités criminelles au prix fort.

– Monsieur de Journiac, annonça Patricia, vous allez être transféré demain matin au palais de justice de Périgueux pour y rencontrer les magistrats qui vous mettront en examen pour l'assassinat des six dignitaires d'Anarchia et la tentative de meurtre sur un officier de gendarmerie. Si vous avez quelque chose d'autre à ajouter, c'est maintenant ou jamais.

– Je… je ne suis pas l'auteur de ces meurtres…

– Maître, Monsieur de Journiac… dit la commandante en se levant et en inclinant la tête pour les saluer.

Les gendarmes quittèrent aussitôt la pièce, laissant celui qui venait d'être confondu pour les meurtres d'Anarchia se contenir afin de ne pas exploser ou, plus sûrement, pour ne pas fondre en larmes dans les bras de son avocat.

Dès qu'ils furent dans le couloir, Guillaume vint à leur rencontre.

– Commandante, je vous informe que les techniciens de l'identification criminelle sont remontés vers Anarchia pour déterrer le corps que vous aviez trouvé.

– Celui de Sophie Raignal ?

– Oui. Et selon vos indications, ils iront ensuite inspecter les ruines qui sont dans la forêt pour tenter de retrouver les restes de Noé et de Cham.

– C'est parfait, apprécia-t-elle en se tournant vers l'adjudant Perrin. Je crois que vous n'avez plus besoin de moi. Il ne vous reste plus qu'à mettre la main sur la liste des sorcières afin qu'elles soient aussi inculpées pour leur participation à tous ces meurtres. Je suppose que vous ne devriez avoir aucun mal à convaincre Journiac de vous la remettre. Je pense qu'il est au bout…

– Je le pense aussi. Nous vous remercions beaucoup de votre aide. Nous n'y serions jamais arrivés sans votre précieuse assistance, Commandante.

– Merci à vous, mon Adjudant. Je vous dois probablement la vie et je ne l'oublierai pas.

– Cela doit avoir un côté extrêmement frustrant de mener à bien une enquête et de devoir repartir aussi rapidement dès que vous en approchez de la fin en laissant les services locaux terminer le travail.

– Un peu, oui… Mais cela fait partie de mon job. J'aide les gendarmes confrontés à des affaires tordues mais dès que les coupables sont confondus, je dois lever le camp. C'est à vous et aux magistrats qu'il appartient désormais de clore toute cette histoire, mon adjudant.

– Je comprends. Dans quelques jours, vous serez probablement dans une autre région de France à aider une brigade confrontée à une enquête… peu commune…

– C'est tout à fait ça, sourit Patricia en se dirigeant vers la porte. Je reviendrai tout à l'heure en compagnie de la lieutenante Stal pour vous dire au revoir.

– À tout à l'heure, Commandante Lagazzi, répondit-il en inclinant la tête.

La satisfaction du devoir accompli, Patricia sortit et erra quelques minutes, seule au milieu des rues quasi désertes. Lors de chaque enquête qui se terminait, elle avait pris l'habitude de quitter ses collègues assez subitement. Elle n'aimait ni les « au revoir » ni les débriefings, et encore moins les questions sur ses propres impressions. Elle fuma deux cigarettes l'une après l'autre en retraçant les différentes étapes de son enquête. Non, elle était certaine de n'avoir rien laissé au hasard et elle allait pouvoir regagner Paris. Sans même s'en rendre compte, elle venait d'arriver devant l'hôtel où l'attendait Éva.

Moins de deux heures plus tard, leurs affaires chargées dans les voitures, elles passèrent faire leurs adieux aux gendarmes de Brélac.

Dès leur arrivée, Guillaume vint à la rencontre de Patricia.

– Vous nous quittez, Commandante Lagazzi ?

– Oui. L'enquête se termine et l'adjudant Perrin va pouvoir la clore. Je pense qu'il a tous les éléments nécessaires pour que Pierre-François de Journiac passe les vingt prochaines années de sa vie en prison.

– Probablement…

– Vous voudrez bien saluer votre grand-mère pour moi ?

– Je n'y manquerai pas. Désirez-vous un dernier café avant de prendre la route ?

– Je ne sais pas. Éva, tu veux un café ? demanda-t-elle en cherchant sa compagne du regard.

– Bof… répondit la jeune femme, sans se retourner.

Elle se tenait devant le panneau en plexiglas que Guillaume avait confectionné et qui retraçait toutes les étapes de l'enquête sur les assassins de la forêt d'Anarchia.

– Qu'est-ce que tu regardes ?

– Il est bien fait, ce tableau…

Elle scrutait toutes les photos en suivant les fils de laine qui les reliaient les unes aux autres. Elle s'arrêta sur plusieurs Post-it qu'elle lut attentivement et fit remonter son regard sur les clichés qui trônaient dans le haut du tableau. La photo supérieure, celle de Pierre-François de Journiac, avait été entourée d'un cercle, dessiné au marqueur rouge. Juste en dessous étaient collées celles d'Antoine et de Florence Maréchal.

– C'est qui, ces deux-là ? demanda Éva à Patricia, qui approchait dans son dos.

– Lui, c'est Antoine Maréchal. C'était l'amant de Sophie Raignal, celui avec qui elle aurait eu une fille au début des années quatre-vingt. Et à côté, c'est la fille en question…

– Si j'ai bien compris, ce serait la dernière descendante de la famille Rais.

– En effet. Même si tout cela me laisse assez sceptique. Pourquoi ?

– Je crois que je l'ai croisée dans Brélac.

– C'est possible. Ils habitent un train désaffecté dans l'ancienne gare SNCF. Ils doivent faire leurs courses par ici…

– Peut-être... À moins que je ne l'aie vue ailleurs… Je ne sais plus trop… Bon, on y va ?

– On y va !

– Donc, pas de café ? s'enquit Guillaume.

– Pas de café, répondirent-elles en même temps.

Avant de sortir, la commandante se retourna et glissa au jeune gendarme :

– Cela a été un véritable plaisir de travailler avec vous. Dès que vous le pourrez, foncez et passez des concours, Guillaume. Vous avez une belle carrière qui vous attend.

– Merci, Commandante. J'essaierai…

Éva était déjà dans le couloir. Au moment de quitter la pièce à son tour, Patricia salua l'ensemble de la brigade. L'adjudant Perrin, appuyé dans un angle, inclina la tête et lui adressa un inaudible « merci » du bout des lèvres.

– On fait quoi ? questionna Éva, dès que les deux jeunes femmes parvinrent dans la rue.

– On file sur Paris. Directement ! Ça te va ?

– Carrément !

19

Paris, dix jours plus tard…

Éva et Patricia étaient attablées dans la cuisine du petit appartement de fonction de cette dernière, chacune une tasse de café fumante devant elle.

– Depuis qu'on est rentrées du Périgord, tu as l'air contrariée, constata Patricia.

– Oui… Enfin, non, pas contrariée… Il y a un truc qui ne va pas mais je ne sais pas quoi… C'est à propos de cette histoire de Rais… Il y a quelque chose qui me dérange… Ne t'inquiète pas, ça va passer.

– Le contrecoup de ton enlèvement dans la forêt par la sorcière peut-être ?

– J'en sais rien. Possible…

La discussion fut interrompue par la sonnerie du téléphone. Patricia regarda Éva. Elle sentait bien que quelque chose n'allait pas depuis leur retour. Peut-être avait-elle sous-estimé le traumatisme vécu par la jeune femme. Après un instant, elle se décida enfin à répondre :

– Allo ?

– Bonjour ma belle. C'est Véro ! Tes vacances sont terminées !

– Pardon ?

– Oui. On vient de recevoir un coup de fil de Corse.

– Le Père Pasquale ? Une nouvelle affaire pour la section Alésani ?

– Je ne sais pas trop. Il m'a laissé le numéro de téléphone d'un curé du Vatican. Un dénommé Paul Kaminsky. Il faut que tu le rappelles.

– Kaminsky ? Tu plaisantes ?

– Non. Pourquoi ? Tu le connais ?

– Disons que j'en ai entendu parler. Il travaille au service des enquêtes spéciales du Saint-Siège.

– Services secrets ?

– Ce que fait ce mec est au-delà des services secrets… Je suis une petite joueuse à côté de lui. Bon, je vais le rappeler. Je verrai bien ce qu'il me veut.

– Ah, au fait, tu veux des *news* de Brélac ?

– Bien sûr ! répondit Patricia en posant son iPhone sur la table et en activant le haut-parleur.

– Pierre-François de Journiac a été incarcéré ainsi que toute une ribambelle de femmes qui jouaient les sorcières dans sa secte. Ils sont tous mis en examen pour deux assassinats, quatre meurtres accompagnés d'actes de barbarie et une tentative d'assassinat sur personne dépositaire de l'autorité publique.

– Pour la tentative de crucifixion d'Éva ?

– C'est ça ! Mais c'est pas tout.

– Oui ?

– Le corps de Sophie Raignal a été retrouvé, et cette dernière étant enfin reconnue officiellement décédée, sa fille, Florence Maréchal, va toucher le jackpot.

– Elle va récupérer l'argent qui était sur les comptes de la société d'exploitation d'Anarchia ?

– Pas que… Quand Sophie Raignal a compris que tout ça était en train de tourner au vinaigre, les Dignitaires, les Rais, les assassins qui traînaient dans la forêt, et j'en passe, elle a décidé de verrouiller ses affaires chez un notaire.

– Comment cela se fait-il qu'on n'ait pas découvert ça pendant l'enquête ?

– Le notaire n'avait pas le droit d'en parler tant que le village d'Anarchia était occupé. Les clauses de succession n'entraient en vigueur qu'à partir du moment où le village était abandonné et vide.

– Sophie Raignal a voulu protéger les habitants d'Anarchia de tout problème matériel, supposa Patricia.

– C'est ce que je pense aussi. Mais attends la suite… Avec le décès officiel de sa mère, Florence Maréchal récupère non seulement la forêt et le village d'Anarchia, mais aussi le compte bancaire de la société et tous les autres avoirs des ascendants.

– Tu veux dire qu'il y a encore une fortune des Rais ?

– Oui. Sophie Raignal détenait de ses parents des domaines, des comptes bancaires et même un coffre-fort dans une banque privée parisienne qui daterait du début du XIXe siècle. Elle va être millionnaire. Peut-être même bien plus que ça. Le notaire de Périgueux qui a l'affaire entre les mains est incapable de dire ce qui se trouve dans le coffre. Mais il y a encore autre chose…

– Quoi ? demanda Patricia en se levant pour aller se resservir un café.

– L'adjudant Perrin, tu sais, le gendarme de Brélac…

– Oui ?

– Il commence à s'interroger sur toute cette affaire. Il nous a envoyé un mail que je vais te transférer. Cette histoire de succession qui découle du décès officiel de Sophie Raignal et du fait que les habitants aient quitté Anarchia l'interpelle. D'autant que de nombreuses femmes mises en examen dans le cadre des histoires de sorcellerie et des meurtres des Dignitaires semblaient vraiment tomber de haut. Il a l'impression qu'on est passés à côté de quelque chose.

– Il faut reconnaître que tout ça est une sacrée aubaine pour Florence Maréchal.

Patricia vit soudain Éva écarquiller les yeux, comme si elle venait de découvrir avec stupeur quelque chose d'incroyable.

– Véro, je te rappelle dans un instant.

– OK. À tout de suite.

Patricia raccrocha et scruta intensément les traits figés d'Éva. Elle avait le visage décomposé.

– Qu'est-ce qui se passe ?

– C'est pas vrai…

– Qu'est-ce qui n'est pas vrai ?

– Depuis que nous sommes parties de Brélac, je cherche… Je savais bien qu'il y avait un truc…

– Un truc ? Quel truc ?

– J'en suis quasiment certaine…

– Mais de quoi ? insista Patricia.

– Le fait que Véro parle de la sorcière qui a tenté de me crucifier m'a fait réaliser…

– T'a fait réaliser quoi ?

– Tu sais, quand nous sommes allées dire au revoir aux collègues de la gendarmerie de Brélac ?

– Oui ?

– Est-ce que tu te souviens que j'ai observé le tableau qui retraçait l'ensemble de l'enquête que tu as menée ?

– Oui, bien entendu. Tu avais été interpellée par la photo de Florence Maréchal.

– C'est ça…

Patricia fixa la jeune lieutenante dans les yeux. En moins d'une seconde, elle avait deviné l'erreur qu'elle avait commise.

– Ne me dis pas…

– Si… Ce cliché me rappelait quelqu'un mais j'étais bien incapable de la reconnaître, étant donné que la seule fois où je l'avais vue, elle avait le visage recouvert de peinture blanche et noire.

– Putain ! hurla Patricia en attrapant son téléphone portable.

– Allô ! répondit immédiatement Véronique.

– On s'est bien plantés.

– De quoi parles-tu ?

– Je crois qu'on a tous été manipulés. Pierre-François de Journiac, sa secte de sorcières, les gendarmes de la brigade de Brélac, les Dignitaires et surtout moi !

– Calme-toi ! Comment ça « manipulés » ?

– Tout à l'heure, quand nous avons évoqué la tentative de meurtre sur Éva et la sorcière qui l'aurait probablement crucifiée sans l'intervention de Noé…

– Oui. Et alors ?

– Éva vient de reconnaître Florence Maréchal.

– Merde…

– Comme tu dis !

– Cela voudrait dire que Pierre-François de Journiac et toute sa secte ne sont pas les auteurs des assassinats des Dignitaires.

– C'est exactement ça. Si c'est bien Florence Maréchal, sûrement avec l'aide de son père, qui est l'auteur de tous ces meurtres, les sorcières de Journiac ne seront inculpées que de dissimulation de cadavres, peut-être violation de sépultures ou je ne sais quoi d'autre. En creusant un peu, on pourra peut-être les accuser également de complicité de meurtres mais à mon avis, elles ont, tout comme nous, été manipulées du début à la fin par les Maréchal. Maintenant, le tout est que ces derniers ne nous glissent pas entre les mains.

– J'avertis les flics de Brélac.

– Je ne sais pas où en est la succession mais téléphone immédiatement aux magistrats et au notaire. Il faut bloquer les comptes bancaires des Maréchal de façon à les empêcher d'effectuer tout virement vers l'étranger.

– OK, je m'en occupe, répondit Véronique.

– Quand tu auras l'adjudant Perrin, avertis-le que je serai sur place dans moins de cinq heures, continua Patricia en regardant sa montre. Entre-temps, il faut à tout prix qu'ils les localisent. De ton côté, cherche dans les listings des passagers des gares et des aéroports… Enfin, fouille partout !

– Ils sont peut-être toujours dans leur train désaffecté…

– Ça m'étonnerait ! Ils ont planifié toute cette histoire depuis des années. Je peux pas croire qu'ils auraient fait l'erreur de rester là, sachant qu'à un moment ou à un autre, on finirait par savoir pour l'héritage. Ils ont peut-être même déjà quitté la France…

– Sauf…

– Sauf ?

– Sauf si la procédure d'héritage n'est pas terminée et qu'ils ont encore des papiers à signer ou que les biens ne leur ont pas encore été légués de façon officielle, suggéra Véronique.

– C'est juste ! La lenteur des procédures administratives dans ce domaine est notre seule chance. Allez, je file ! Avertis tout le monde.

– D'accord. Fais quand même gaffe sur la route !

– T'inquiète !

– Je descends avec toi ! décréta Éva, alors que Patricia courait vers sa chambre pour s'habiller.

– D'accord. Nous aurons probablement besoin de ton témoignage pour confondre Florence Maréchal. On part immédiatement.

– *Yes* ! répondit la jeune femme en terminant son café et en se levant de sa chaise dans la foulée.

À peine dix minutes plus tard, la Golf de Patricia, gyrophare allumé et avertisseur deux-tons hurlant à tout-va, s'extirpait des embouteillages parisiens en direction de l'autoroute A10.

***

Le lendemain, 14 heures.

Florence et Antoine Maréchal patientaient depuis une vingtaine de minutes dans la salle d'attente d'une étude notariale de Périgueux. Depuis leur arrivée, ils n'avaient pas prononcé un mot. De temps à autre, ils échangeaient un bref regard, qui leur permettait de se rassurer mutuellement, mais surtout de savourer en silence ce délicieux moment de réussite. Ça y est, ils étaient arrivés au bout. Ils avaient passé tant d'années à élaborer un plan pour parvenir à leurs fins. Le père et la fille étaient bien complices dans une série de meurtres, mais ils ne poursuivaient pas tout à fait le même objectif. Elle ne pensait qu'à assouvir une vengeance contre les meurtriers de sa mère, Sophie Raignal, quand lui n'aspirait qu'à la fortune de la dernière descendante de Gilles de Rais.

– Maître Hermann vous attend, leur indiqua le clerc de notaire en pénétrant dans la pièce. Veuillez me suivre, s'il vous plaît.

– Ce n'était pas vous, la semaine dernière, constata Antoine Maréchal en se levant.

– Non, répondit le jeune homme, légèrement mal à l'aise. Je remplace ma collègue qui est souffrante.

Il s'engagea dans le couloir qui menait au bureau du notaire, ouvrit la porte, puis s'effaça pour les laisser entrer. Les derniers papiers de la succession qui ferait de Florence Maréchal une héritière millionnaire étaient prêts à être signés.

Ils pénétrèrent dans le bureau et saluèrent le notaire qui leur tournait le dos dans son fauteuil. Florence s'installa dans l'un des deux sièges de cuir, mais son père resta debout, deux pas derrière elle. Après tout, c'était elle et elle seule qui allait hériter de la fortune de sa famille maternelle.

Une porte latérale s'ouvrit subitement, laissant le passage à l'adjudant Perrin qui pénétra dans la pièce, une arme à la main. Simultanément, le fauteuil de bureau pivota sur lui-même. Antoine et Florence Maréchal eurent alors la surprise de découvrir, à la place de Maître Hermann, la commandante Patricia Lagazzi qui, elle aussi, tenait dans l'une de ses mains un pistolet automatique.

– Que… que faites-vous ici ? Pourquoi nous menacez-vous avec des armes ? demanda Antoine Maréchal. Que… que se passe-t-il ?

– Allons, Monsieur Maréchal, je suis certaine qu'en cherchant bien, vous devinerez aisément les raisons de notre présence, répondit Patricia d'un air sarcastique. Vous pensiez vraiment que vous alliez toucher le jackpot et profiter de tout cet argent sans, qu'à un moment ou à un autre, nous découvrions le pot aux roses.

– Je ne comprends pas bien vos allusions, Commandante Lagazzi. Qu'insinuez-vous ?

Antoine Maréchal avait la voix tremblante. Il venait de réaliser que le plan qu'il avait mis des années à élaborer, et bien plus longtemps encore à exécuter, venait de s'écrouler à quelques heures seulement de son accomplissement. Ses yeux balayèrent la pièce à la recherche d'une solution, d'une idée ou d'une échappatoire, mais rien ne vint. Les gendarmes avaient finalement tout compris et le but qu'il croyait atteint venait de s'évanouir en quelques secondes. Toujours assise sur son siège, Florence restait silencieuse mais son visage était en train de se durcir progressivement. Patricia voyait son regard noircir un peu plus à chaque instant. Soudainement, elle se mit à hurler tout en sautant de son siège. Tel un animal furieux, elle sortit un couteau et se rua sur la commandante en escaladant le bureau qui les séparait. Celle-ci n'eut que le temps de faire feu à deux reprises sur son assaillante pour éviter qu'elle ne la poignarde. Repoussé par l'impact des deux coups tirés à bout presque touchant, le corps de Florence Maréchal fut stoppé net dans son élan. Il perdit toute force et finit par glisser et s'affaler sur le sol, coincé entre le bureau et le siège qu'elle occupait quelques instants plus tôt.

Dans le même temps, l'adjudant Perrin avait tenté d'empêcher l'agression mais sans prendre conscience de l'erreur qu'il commettait en s'avançant bien trop près. Antoine Maréchal, désormais dans son dos, en profita pour lui asséner un violent coup de poing derrière la tête.

Il ramassa ensuite l'arme du gendarme et mit la commandante en joue. Patricia posa son pistolet sur le bureau et leva immédiatement les mains. Maréchal regarda le corps sans vie de sa fille, puis, doucement, ses yeux revinrent vers Patricia. Il s'approcha d'un pas.

– Pourquoi ? À plusieurs reprises, quand vous l'avez croisée, elle vous a dit de partir, elle vous a avertie que votre vie était en danger… Pourquoi l'avez-vous tuée ?

– Monsieur Maréchal, vous avez assisté à la scène. Je… je n'ai pas eu le choix. Elle m'aurait poignardée, et vous le savez très bien…

Il ne répondit pas mais tendit un peu plus son bras armé vers Patricia, s'apprêtant à tirer. La détonation fit trembler les murs. Pendant deux ou trois secondes, le temps parut suspendu. Patricia et Antoine Maréchal se regardèrent dans les yeux. Enfin, le corps sans vie du vieil homme s'effondra en silence sur la moquette du bureau. Deux mètres derrière l'endroit où il se tenait debout quelques instants auparavant, la porte était désormais ouverte sur Guillaume, le jeune gendarme de Brélac, son arme encore à la main.

– Vous… vous nous avez sauvé la vie, à l'adjudant et à moi-même, murmura Patricia, encore sous le coup de la scène meurtrière qui venait de se dérouler dans le bureau du notaire.

Le jeune homme rengaina son arme et repartit sans un mot dans les couloirs de l'étude notariale. Il est probablement très choqué, se dit-elle en tournant la tête vers l'adjudant Perrin, qui se relevait doucement, encore groggy après le coup porté par Antoine Maréchal.

– Il avait toujours une sacrée poigne pour son âge, constata-t-il en se passant la main sur la nuque. Pardonnez-moi le mot, Commandante, mais c'est vraiment parti en cacahuète…

– Un autre terme aurait été tout aussi juste, répondit Patricia en se levant pour observer les deux corps couchés sur le sol, à quelques centimètres l'un de l'autre. Qu'est-ce qui lui a pris, à cette conne, de vouloir me planter ? Dès que nous avons découvert leur rendez-vous d'aujourd'hui chez le notaire, nous avons tout organisé pour pouvoir les arrêter en douceur. Mais toujours ce putain de facteur humain… Si Guillaume n'avait pas eu la présence d'esprit d'ouvrir la porte dès qu'il a entendu les détonations, on serait peut-être morts tous les deux…

– Quand je pense qu'on n'aurait sûrement jamais pu prouver leur culpabilité…

– C'est vrai. C'était leur parole contre celle de Pierre-François de Journiac. Je suppose qu'avec le maquillage que Florence Maréchal avait sur le visage quand elle a agressé la lieutenante Éva Stal, même le témoignage de cette dernière aurait probablement été complètement démonté par la défense devant une cour d'assises.

– Si vous permettez, je vais allez voir comment va Guillaume.

– Je vous en prie. Au passage, récupérez son arme. Nous allons en avoir besoin pour expliquer tout ce merdier…

Patricia sortit de l'étude notariale et alluma immédiatement une cigarette. Ses pensées étaient accaparées par le visage de Florence Maréchal en train de se crisper au moment des détonations.

– C'est pas vrai, dit-elle à haute voix. Comment ça a pu merder à un point pareil… ?

Elle tira nerveusement à plusieurs reprises sur sa Marlboro. Elle l'écrasait sur le sol quand elle fut rejointe par l'adjudant Perrin.

– Guillaume va bien. Il va être aidé par la cellule psychologique. Par contre, le procureur…

– Il hurle ? demanda-t-elle avec un certain détachement dans la voix.

– Il hurle.

– Faut reconnaître qu'il a un peu raison. On a complètement déconné.

– Je ne sais pas, Commandante… On ne pouvait pas deviner que Florence Maréchal tenterait de vous tuer.

– C'est vrai aussi… Bref…

– Vous repartez pour Paris ?

– Oui. Immédiatement. Je ferai mon rapport de là-bas, dès que j'arriverai. De toute façon, je reste à la disposition des magistrats et des collègues de Périgueux qui vont devoir enquêter sur ce qui s'est passé aujourd'hui.

– Et pour Pierre-François de Journiac ?

– Honnêtement, je n'en sais rien. Sous couvert d'une pseudo-sorcellerie, lui et sa secte ont fait du grand n'importe quoi. À mon avis, ils ne sont pas sortis de l'auberge, car même s'ils ne sont pas les assassins de la forêt, ils ont malgré tout aidé à faire disparaître les corps et à les mettre en scène, notamment en ce qui concerne les deux premiers Dignitaires. Ce sont également eux qui se sont introduits dans Anarchia après le meurtre de Rachel et Jacob, le couple retrouvé assassiné dans sa chambre. Ils se sont quand même rendu auteurs d'actes de barbarie, même si c'était sur des personnes déjà mortes…

– C'est sûr que Journiac ne risque pas de sortir de prison avant un moment…

– Mon Adjudant, dit Patricia en tendant la main pour le saluer, je vous renouvelle tous mes remerciements pour votre participation particulièrement active à toute cette enquête.

– Merci, Commandante. J'aurais préféré qu'elle se termine autrement…

– Moi aussi, mais c'est ainsi, que voulez-vous… Je pense que nous nous reverrons très bientôt pour nos dépositions.

– C'est même certain, Commandante. Bonne route.

– Merci.

Laissant l'adjudant retourner auprès de ses hommes, Patricia leva les yeux vers le ciel. La chaleur du soleil caressa son visage. Ce bref moment, aussi simple fût-il, lui permit d'oublier pendant quelques secondes ce qu'elle venait de vivre dans le bureau du notaire.

À chaque enquête, un peu plus de violence… À chaque enquête, des morts qui semblent prendre un malin plaisir à jalonner mon parcours de gendarme… pensa-t-elle en tournant les talons pour se diriger vers la voiture dans laquelle l'attendait Éva depuis plus d'une heure. *J'en ai marre de tout ça…*

Elle n'eut pas le temps de parcourir dix mètres qu'elle sentit son téléphone vibrer au fond de sa poche. Elle loucha un instant sur l'écran.

Je commence à reconnaître les appels dont le numéro débute par 04.95, soupira-t-elle, en pensant à la Corse.

– Bonjour, Patricia. C'est le père Pasquale. Véronique m'a informé du fin mot de l'histoire et de la probable culpabilité des Maréchal. C'était bien aujourd'hui, leur rendez-vous chez le notaire ?

– Bonjour, mon Père. Oui, c'était bien aujourd'hui. Mais tout ne s'est pas passé comme nous l'escomptions.

– C'est-à-dire ?

– Florence Maréchal a tenté de me poignarder. Elle est morte. Son père aussi…

– Ah…d'accord… Comment avez-vous compris qu'ils étaient les vrais assassins de la forêt ? Véronique m'a dit qu'Éva avait reconnu Florence Maréchal comme la personne qui l'avait agressée ?

– Oui. Et il y avait aussi le fait que cette dernière m'avait aidée à retrouver le corps de Sophie Raignal pour prouver le décès de sa mère. Il y a eu ensuite tous les meurtres à Anarchia qui ont fait déguerpir les derniers habitants du lieu…

– Je comprends… Tout ça lui a permis, non seulement de débloquer l'héritage familial, mais aussi de se venger des Dignitaires qui avaient assassiné sa mère au début des années quatre-vingt.

– Mais vous savez le pire ? enchaîna Patricia.

– Dites !

– Si les Maréchal n'étaient pas morts, je suis convaincue qu'on n'aurait jamais rien pu prouver contre eux.

– Comment ça ?

– Pierre-François de Journiac et sa secte sont en mesure de témoigner de messages transmis par des inconnus mais ne peuvent absolument pas prouver que leurs consignes venaient bien des Maréchal pour la simple et bonne raison qu'ils ne les ont jamais vus. Non, la seule pseudo-preuve qu'on avait contre eux était le témoignage d'Éva Stal qui avait reconnu Florence Maréchal.

– Et ça n'aurait pas suffi ?

– Éva a mis de nombreux jours à faire le rapprochement entre la photo de Florence Maréchal et la personne au visage peint qui avait tenté de la crucifier. Jamais son témoignage n'aurait tenu, car trop incertain ; notamment pour ce qui est de reconnaître quelqu'un dont le visage est badigeonné de peinture.

– Je comprends. Et vous pensez également que ce sont les Maréchal qui sont à l'origine de toutes ces disparitions qui ont eu lieu dans la forêt d'Anarchia depuis tant d'années ?

– Probablement. Je ne crois pas trop aux fantômes des descendants de Gilles de Rais. Mais malheureusement, nous ne le saurons jamais…

– Au fait, nous parlions d'Éva, tout à l'heure…

– Oui ?

– J'ai appris qu'elle était désormais officiellement lieutenante de gendarmerie.

– En effet.

– Vous désirez toujours qu'elle intègre la section Alésani ?

– Oui, bien entendu.

Patricia ouvrit la portière de sa Golf et s'installa à côté d'Éva. En posant la main sur le micro du téléphone, elle indiqua à voix basse à sa compagne : « C'est le Père Pasquale. Ne fais pas de bruit ». Elle activa alors le haut-parleur de l'appareil.

– Vous m'entendez, Patricia ? demanda-t-il.

– Oui…oui, mon Père, je vous en prie, continuez.

– Nous avons l'accord du ministère pour qu'elle intègre la section, mais pour des raisons assez évidentes, vous ne pourrez pas travailler ensemble sur une enquête. Vous êtes trop proches et cela ne nous paraît pas du tout pertinent.

– Je comprends.

– Et autre chose…

– Oui, mon Père ?

– Il va falloir la former. Non pas à son métier de gendarme mais au volet plus… comment dire ?

– Plus ésotérique de nos missions ?

– C'est ça ! « Plus ésotérique de vos missions » comme vous dites. Elle va devoir effectuer un stage de plusieurs mois auprès de nous, au couvent…

– Bien entendu. Merci de votre confiance, mon Père.

– Prenez soin de vous, Patricia.

– Merci mon Père. Vous aussi.

Quand elle raccrocha, Éva, qui depuis quelques instants, avait énormément de mal à se contenir, l'attrapa par le cou et l'embrassa à plusieurs reprises.

– Tu es contente ?

– Oui. Je vais être avec toi H24 ! Trop cool.

– Tu as entendu ce qu'il a dit ?

– Oui ! Pas de missions communes ! Ce n'est pas grave, je serai quand même avec toi.

Patricia démarra la voiture, puis boucla sa ceinture de sécurité avant de tourner doucement la tête vers sa compagne. Cette dernière la regarda et lui sourit tendrement.

– Je t'aime.

– Je t'aime aussi…

M+ éditions
12 rue de la Part-Dieu
69003 Lyon
mpluseditions.fr

Dépôt légal : octobre 2023 N° imprimeur : 102376651

Imprimé en France par Présence Graphique - Monts.